Rachel Wells

Alfie – Retter auf Samtpfoten

Weitere Titel der Autorin:

Alfie kehrt heim

Über die Autorin:

Rachel Wells ist Autorin, Mutter und Katzenliebhaberin. Sie stammt aus Devon, zog aber fürs Studium der Geschichte nach Bristol. Anschließend arbeitete sie im Marketing und lebte eine Weile in London und in Singapur, bevor sie nach Devon zurückkehrte. Dort lebt sie mit ihrem Sohn Xavier und ihrer Katze Lady A und jongliert ihre Aufgaben als alleinerziehende Mutter und Vollzeitautorin.

RACHEL
WELLS

Alfie

Retter auf Samtpfoten

ROMAN

Aus dem Englischen von Sonja Fehling

lübbe

Dieser Titel ist auch als E-Book erschienen

Vollständige Taschenbuchausgabe

Deutsche Erstausgabe

Titel der englischen Originalausgabe: »A Cat Called Alfie«
Originalverlag: AVON, a division of HarperCollins*Publishers*, London

Textredaktion: Wibke Sawatzki, Mainz
Einband-/Umschlagmotive: © shutterstock:
Potapov Alexander | Tattoboo | Tr1sha
Umschlaggestaltung: Christin Wilhelm, www.grafic4u.de
Satz: Dörlemann Satz, Lemförde
Gesetzt aus der Garamond
Druck und Verarbeitung: GGP Media GmbH, Pößneck
Printed in Germany
ISBN 978-3-404-18376-0

2 4 5 3 1

Sie finden uns im Internet unter luebbe.de
[ggf. quadriga-verlag.de / luebbe-sachbuch.de / luebbe-life.de]
Bitte beachten Sie auch: lesejury.de

Für Xavier –
du bist mein Sonnenschein

Kapitel Eins

Gähnend und mich streckend blinzelte ich in die dunkle Nacht hinein. Der Himmel war klar, nur vereinzelt funkelten ein paar Sterne über uns, und der Mond warf sein Licht auf uns herab wie ein großer Scheinwerfer.

»Ich gehe besser nach Hause, Tiger«, sagte ich ohne rechte Lust. »Wahrscheinlich machen sie sich schon Sorgen.« Es kam nicht oft vor, dass ich so lange draußen blieb, aber Tiger und ich hatten mit einigen Katzen aus der Nachbarschaft herumgetollt, und ich hatte einfach die Zeit vergessen.

»Okay, Alfie, ich bringe dich nach Hause.« Tiger, meine beste Freundin, war zwar eine weibliche Katze, aber ziemlich tough und definitiv furchteinflößender als ich. Und nach allem, was ich durchgemacht hatte, fand ich es ganz schön, sie als Bodyguard zu haben. Obwohl wir nur die Edgar Road hinunterliefen, vorbei an dunklen Häusern, leuchtenden Straßenlaternen und geparkten Autos, erschrak ich hin und wieder vor meinem eigenen Schatten. Die Dunkelheit machte mich immer ein bisschen nervös; dann kamen Erinnerungen hoch – Dinge, die ich am liebsten vergessen würde. Aber wenn Tiger, so wie gerade, schützend neben mir hermarschierte, sagte ich mir, dass diese Dinge der Vergangenheit angehörten und ich mittlerweile in Sicherheit lebte.

»Schau mal, Tiger!«, rief ich und hatte meine Angst völlig vergessen, als wir bei meinem Nachbarhaus stehen blieben: der Nummer 48.

»Huch, das sieht ja so aus, als würde da jemand einziehen«, entgegnete Tiger.

»Um diese Zeit!«, entfuhr es mir. Das war wirklich seltsam – normalerweise schliefen die Menschen nachts, das wusste ich, und ich wusste auch, dass sie für gewöhnlich am Tag umzogen.

Wir schlichen uns in den Vorgarten und versteckten uns hinter einem Busch, den wir gut kannten und von dem aus wir einen perfekten Blick auf das Geschehen hatten.

Tiger und ich hatten dieses Haus schon öfter beobachtet. Tatsächlich kannten wir es fast genauso gut wie unsere eigenen Häuser.

Vor ein paar Monaten waren die damaligen Bewohner ausgezogen und hatten ein »Zu vermieten«-Schild aufgestellt. Ich hatte Tiger schon diverse Male dazu überredet, den Stand der Dinge zu überprüfen; selbst nach so langer Zeit konnte ich den Verlockungen eines leeren Hauses immer noch nicht widerstehen. Vor einigen Jahren, als ich plötzlich obdachlos geworden war, hatte mir ein weiser alter Kater beigebracht, dass leere Häuser neue Menschen bedeuteten und damit auch potenzielle Familien für hilfsbedürftige Katzen. Deswegen zogen sie mich an wie das Licht die Motten, und obwohl ich inzwischen liebevolle Familien gefunden hatte und definitiv kein hilfsbedürftiger Kater mehr war, erlag ich immer noch diesem Reiz.

Draußen vor dem Haus parkte ein weißer Kleintransporter, den zwei Männer entluden. Beide trugen Jeans und Pullover; der eine hatte eine Wollmütze auf, der andere nur sehr wenig Haar. Beide waren groß; einer war schlank, der andere ein bisschen rundlicher. Während sie riesige Kisten aus dem Van hievten und ins Haus schleppten, redeten sie kaum ein Wort miteinander.

Ich schnurrte vor Aufregung. »Neue Bewohner! Ich kann es kaum erwarten, sie kennenzulernen.«

»Ach, Alfie, du bist echt die geborene Haustürkatze. Du kannst dich immer noch nicht zusammenreißen, wenn du eine neue Familie siehst, oder?« Ich schüttelte den Kopf. »Findest du das da nicht irgendwie seltsam?«, fragte Tiger mit Blick auf die Männer.

»Hm, na ja, ein bisschen«, gab ich zurück.

»Wer trägt denn mitten in der Nacht Sachen in ein Haus?«

Sie hat recht, dachte ich, da auch ich mich fragte, wieso um alles in der Welt die Leute bei Nacht und Nebel einzogen.

Als ich vor etwa drei Jahren in die Edgar Road gekommen war, hatte ich, wie gesagt, erfahren, dass Schilder vor Häusern neue Bewohner ankündigten. Nachdem meine vorherige Besitzerin verstorben war, hatte ich keine Ahnung gehabt, wo ich hinsollte. Ich war obdachlos, einsam und ängstlich gewesen, als ich die Straße hier erreicht hatte, und die Schilder hatten mir dabei geholfen, die vier Häuser zu finden, die kurz darauf zu meinem neuen Zuhause wurden.

Ohne es zu merken, war ich zu einem Haustürkater geworden, einer Katze, die in mehreren Häusern lebte oder dort zumindest ab und zu vorbeischaute. Mit so vielen verschiedenen Familien konnte ich sicher sein, immer genug zu essen zu haben und von jemandem geliebt zu werden. Die Erfahrung, plötzlich ganz allein auf der Welt zu sein, ohne ein Frauchen oder Herrchen, war schrecklich gewesen, und ich wusste, dass ich das nie wieder durchmachen wollte.

Ich hatte in der Edgar Road zwar mit vier Häusern angefangen, aber mittlerweile war die Anzahl auf zwei zusammengeschrumpft, weil die Familien umgezogen waren. Deshalb konnte ich nicht anders, als leere Häuser auszukundschaften, trotz meiner guten Absicherung. Alte Gewohnheiten lassen sich eben nicht so leicht abschütteln, und man weiß ja nie, was an der nächsten Ecke auf einen wartet.

»Das ist ein ziemlich großes Haus«, stellte Tiger fest. »Wahrscheinlich zieht dann dort auch eine große Familie ein.« Tiger wohnte nur ein paar Häuser von meinem entfernt, aber ihres war kleiner. Meine Hauptbesitzer, Jonathan und Claire, waren inzwischen verheiratet, nachdem ich die beiden zusammengebracht hatte, und wohnten in Jonathans riesigem Haus, das geradezu nach einer größeren Familie schrie. Für nur zwei Menschen und einen Kater war es einfach zu groß; es wurde Zeit, dass dort endlich Kinder herumliefen. Die beiden wollten auch eins, vielleicht sogar mehrere, aber momentan war ich ihr Baby, das sie verhätschelten. Nicht dass ich mich darüber beschweren würde.

»Ich hoffe, es zieht eine große Familie ein, mit lieben Kindern. Aber ohne Katze.«

»Wieso das?«

»Na ja, ich hab gehofft, sie brauchen vielleicht eine Haustürkatze.«

Tiger legte sich unter dem Busch auf den Boden und sah mich nachdenklich an. »Du hast doch Jonathan und Claire, und Polly und Matt. Findest du nicht, du solltest langsam mal akzeptieren, dass du zwei Familien hast, die dich lieben, und du nicht mehr nach einem neuen Zuhause suchen musst?« Tiger ließ ein langes träges Gähnen hören. Mich zu belehren, schien sie immer sehr zu ermüden.

Tief in meinem kleinen Herzen wusste ich ja, dass sie recht hatte, aber etwas zu wissen und etwas zu fühlen waren zwei vollkommen unterschiedliche Dinge.

Wir sahen zu, wie die beiden Männer die letzten Kisten aus dem Van luden und dann die Türen schlossen. Anschließend trugen sie die restlichen Kartons ins Haus und kamen wenige Minuten später wieder zurück.

»Ich weiß echt nicht, wie ich dir danken soll«, sagte der schlanke Mann. Er sah traurig aus. Ich hatte mich näher herangeschlichen, damit ich sie besser hören konnte.

»Ach, darüber mach dir mal keine Gedanken. Wozu hat man Familie?«, erwiderte der andere und klopfte ihm aufmunternd auf den Rücken.

»Ich weiß, aber … na ja, in der jetzigen Situation … nach allem, was passiert ist … weiß ich einfach nicht, wie …« Seine Stimme brach. Ich horchte auf.

»Das wäre dann alles?«, wechselte der andere Mann das Thema.

»Jepp. Das ist so ziemlich unser gesamter Besitz. Insofern alles fertig.« Er lachte bitter.

»Ach komm, kleiner Bruder, das wird schon wieder«, entgegnete der erste Mann.

»Ich wünschte, das könnte ich glauben«, sagte der Dünne. Dann stiegen beide in den Van ein und fuhren davon.

»Wow, jetzt bin ich definitiv neugierig«, murmelte ich vor mich hin, während wir dem Wagen hinterhersahen.

»Alfie, ich finde wirklich, du solltest aufhören, dir neue Familien zu suchen«, verkündete Tiger mit einem neuerlichen Gähnen. Ich blickte zu ihr hinüber und stellte fest, dass sie dringend ins Bett musste. Tiger war zwar auch jung, so wie ich, aber ich kannte keine Katze, die so viel Schlaf brauchte wie sie.

»Du hast sicher recht«, stimmte ich ihr daher zu. »Aber andererseits: einmal Haustürkater, immer Haustürkater.«

Kapitel Zwei

Mein Haus lag im Dunkeln, als ich durch die Katzenklappe hineinsprang; wenig überraschend, es war ja schon spät. Ich trank etwas Wasser und schleppte mich dann müde nach oben in mein Katzenbett, das im Treppenflur stand.

Als Claire und Jonathan gerade erst zusammengekommen waren, hatte ich meine Zeit noch zwischen ihren Häusern und den Wohnungen der anderen beiden Familien aufgeteilt. Dass die zwei ein Paar geworden waren, hatten sie mir zu verdanken, schließlich hatte ich sie einander vorgestellt. Das war wirklich witzig gewesen: Ich hatte schon eine ganze Weile vorgehabt, sie miteinander bekannt zu machen, aber dann war es völlig unbeabsichtigt passiert. Ich hatte verletzt in einer Tierklinik gelegen, und als ich nicht mehr zu Jonathan gekommen war, hatte er mich gesucht. Erst da hatte Claire gemerkt, dass ich auch *sein* Kater war. Die beiden verliebten sich – ich hatte ja gewusst, dass sie perfekt zusammenpassten –, und sechs Monate später zogen Claire und ich bei Jonathan ein. Ein Jahr darauf heirateten sie. Das war meine erste Menschenhochzeit, und ich hatte sogar eine kleine Aufgabe bei der Trauung, die in einer kleinen Kirche in der Nähe der Edgar Road stattfand. Mann, war ich aufgeregt – bis sie mir ein Halsband umlegten und mich an die Leine nahmen. Das war so was von peinlich! Aber ich verzieh ihnen, weil sie mich zu ihrem besonderen Tag mitgenommen hatten. Außerdem bekam ich Sardinen zu essen. Lecker! Als sie einige Zeit weggefahren waren zu etwas, das sie »Flitterwochen« nannten, hatte ich bei meiner anderen Familie gewohnt – Polly, Matt, Henry und Baby Martha –, doch mittlerweile lebte ich fast ausschließlich bei Jonathan und Claire.

Während ich in meinem Bett lag, machte ich mir Gedanken über die neue Familie, und mir fiel einfach kein Grund ein, warum jemand mitten in der Nacht Kisten in ein Haus schleppen sollte. Gleichzeitig musste ich immer wieder daran denken, wie traurig der Mann ausgesehen hatte. Meiner Erfahrung nach verhielt er sich wie jemand, der große Sorgen hatte; jemand, der meine Hilfe gebrauchen konnte. Darüber grübelte ich immer noch nach, als ich schließlich einschlief.

***

Am nächsten Morgen wachte ich später auf als gewöhnlich. Ich streckte mich ausgiebig und machte mich dann auf den Weg in Claires und Jonathans Schlafzimmer. Die beiden lagen immer noch im Bett und schliefen. Es war Wochenende, deshalb mussten sie nicht früh aufstehen, aber ich hatte Hunger, und die Zeit, zu der ich normalerweise frühstückte, war definitiv schon vorüber. Zum Glück hatten sie ihre Zimmertür nicht ganz zugemacht, sodass ich sie mit dem Kopf aufschieben konnte.

Ich sprang aufs Bett, kletterte auf Claires Brust und stieß ein lautes Miauen aus.

»Oh Mann, Alfie!«, rief Claire, als sie sich aufrichten wollte und feststellte, dass ich auf ihr lag. »Wieso setzt du dich immer auf mich und nie auf ihn?« Sie deutete Richtung Jonathan, der eindeutig nur so tat, als würde er noch schlafen.

Ich miaute, um ihr zu sagen, dass ich auf ihr lag, weil Jonathan morgens richtig griesgrämig sein konnte; Claire war einfach die bessere Wahl.

»Schon kapiert«, fuhr sie fort. »Zeit fürs Frühstück.« Sie stand auf, zog ihren Morgenmantel vom Sessel, der neben ihrem Bett stand, und schlüpfte hinein.

»Wenn du schon mal auf bist: Kaffee wäre toll«, sagte Jonathan, der sich immer noch weigerte, die Augen zu öffnen. Ich sprang auf den Bettrahmen hinter seinem Kopf und kitzelte ihn mit meinem Schwanz an der Wange, bis er gezwungen war, die Augen zu öffnen und sich aufzurichten. »Lass das, Alfie, das kann ich nicht ab«, erklärte er und schob mich sanft von sich, während er mich gleichzeitig streichelte.

»Sehr gut, Alfie«, befand Claire kichernd. Dann hob sie mich hoch, klemmte mich unter den Arm und trug mich nach unten.

»Claire, Claire!«, rief Jonathan atemlos, als er einige Zeit später auftauchte. »Hast du meine Joggingschuhe gesehen?« Er stoppte kurz, um mich zu streicheln. Ich hatte mein Frühstück mittlerweile beendet und leckte mich gerade sauber.

»Im Schrank unter der Treppe, da, wo alle Schuhe sind.« Claire schnalzte missbilligend mit der Zunge. Sie war wahnsinnig ordentlich, das Haus war immer makellos aufgeräumt, und trotzdem schien Jonathan nie seine Sachen zu finden. Claire meinte, das sei ein »Männerding«, wobei das auf mich definitiv nicht zutraf. Glücklicherweise war ich ein sehr sauberer, gepflegter Kater, und ich hatte es gern ordentlich, sodass wir alle gut zusammenleben konnten.

»Ich schau noch mal. Du weißt ja, was für ein Blindfisch ich bin.« Jonathan gab Claire einen Kuss, einen von diesen langen Küssen, die man immer in Filmen sieht, deshalb kam ich mir ein bisschen störend vor und hielt mir die Augen mit den Pfoten zu. Als ich sie wieder herunternahm, kniff er Claire gerade in den Hintern und verschwand dann wieder, um weiter nach den offensichtlich schwer zu findenden Schuhen zu suchen. Claire bekam ganz rote Wangen vor Glück. Jedes Mal, wenn ich sie so sah, fiel mir wieder ein, warum ich die beiden damals unbedingt hatte zusammenbringen wollen. Sie waren zwar kein perfektes Paar – ich hatte gelernt, dass es perfekte Beziehungen selten gab, weder für Katzen noch für Menschen –, aber sie machten sich fast die ganze Zeit über gegenseitig glücklich, und so waren wir ein fröhliches Haus voller Liebe. Tiger hatte recht: Ich konnte mich glücklich schätzen, dass ich so ein Leben hatte, und manchmal musste ich mich einfach nur wieder daran erinnern.

»Hab sie gefunden!« Jonathan kam in die Küche zurück und schwenkte triumphierend seine Turnschuhe hin und her. »Okay, Liebling, ich mache mich dann mal auf den Weg ins Fitnessstudio. Sollen wir was essen gehen, wenn ich wieder da bin?«

»Ach, das wäre schön. Und ich lege die Füße hoch, bis du wiederkommst«, entgegnete Claire und nahm ihn in den Arm. »Übrigens: Du weißt schon, was heute für ein Tag ist, oder?«

»Ähm … Samstag?«, erwiderte Jonathan.

»Du weißt genau, was ich meine«, sagte Claire sehr leise. Dabei hätte sie gar nicht zu flüstern brauchen, ich hatte sowieso keine Ahnung, wovon sie sprach.

»Ich hab's nicht vergessen, mein Schatz.« Er küsste sie lächelnd auf die Wange. »Bis nachher«, verabschiedete er sich, und ich sah, wie er Claire noch zuzwinkerte, bevor er ging.

Menschen sind wirklich komische Wesen, dachte ich oft. Ich liebte sie sehr, und sie kümmerten sich gut um mich, aber ich glaube nicht, dass ich sie je ganz verstehen werde. Nahmen wir zum Beispiel Jonathan und seine Turnschuhe. Er wusste genau, wo sie standen, doch er öffnete den Schrank, sah sie nicht, fragte Claire und fand sie dann genau dort, wo er vorher schon nachgeschaut hatte. Das machte er bei allen Sachen so, und aus irgendeinem Grund schien Claire das witzig und liebenswert zu finden. Mich dagegen nervte es. Er war ja nicht dumm, aber manchmal benahm er sich schon so, als wäre er es.

Und Claire flüsterte oft in meiner Gegenwart, wobei sie nicht ahnte, wie viel ich trotzdem verstand. Eine Menge nämlich. Deshalb war ich mir auch ziemlich sicher, dass sie immer nur so leise sprach, wenn es um ein ganz bestimmtes Thema ging: dass die beiden versuchten, ein Baby zu bekommen. Ich wusste, was ein Baby war, schließlich kannte ich Henry und Martha aus der Nachbarschaft. Außerdem mochten wir Katzen Babys sehr gern – sie waren klein und warm und auf gewisse Weise ein bisschen so wie wir.

Aber Claire war noch nicht schwanger. Sie war deswegen manchmal traurig, das wusste ich, und es machte mir Sorgen, weil sie am Anfang, als ich bei ihr eingezogen war, oft sehr traurig gewesen war. Und obwohl sie jetzt glücklich zu sein schien, war das Leben doch häufig unberechenbar, und die Dinge konnten sich innerhalb von Sekunden ändern.

Eine Weile nachdem Jonathan gegangen war, klingelte es an der Tür, und ich eilte sofort mit Claire nach vorn. Draußen stand Polly aus meinem zweiten Zuhause und begrüßte uns mit einem strahlenden Lächeln im Gesicht. Claire und Polly waren mittlerweile enge Freundinnen, was ebenfalls mein Verdienst war, weil sich die beiden durch mich kennengelernt hatten.

»Hi!« Claire lächelte fröhlich zurück. Ich fing an zu schnurren und tigerte zu Polly hinüber, um sie mit gleicher Begeisterung willkommen zu heißen. In meiner Anfangszeit hier hatte sie nie gelächelt, doch jetzt tat sie es ständig. Sie war so schön, dass sie jeden mit ihrem Strahlen ansteckte, sogar mich. Alle meine Menschen waren attraktiv, jeder auf seine ganz eigene Weise, aber Polly war atemberaubend. Das sahen alle so, doch sie tat solche Komplimente immer mit einem Lachen ab. Vermutlich war sie die uneitelste Person, die ich kannte. Zumindest machte sie sich weniger Gedanken über ihr Aussehen als ich, das stand fest.

»Ich hoffe, es ist okay, dass ich einfach so hier reinplatze, aber du meintest, Jon würde heute ins Fitnessstudio gehen. Und da Matt gerade mit den Kindern im Park ist, konnte ich mich davonschleichen.«

»Jetzt red doch keinen Quatsch, natürlich ist das okay. Komm rein«, forderte Claire sie auf und trat zur Seite.

»Hi, Alfie.« Polly ging in die Hocke, um mich zu streicheln. Es war zwar ein weiter, beschwerlicher Weg gewesen von unserer ersten Begegnung bis hierher, aber inzwischen waren wir zwei gute Freunde geworden.

Claire machte Kaffee, und als die beiden am Küchentisch Platz genommen hatten, ließ ich mich zu Pollys Füßen nieder und strich gelegentlich mit dem Schwanz über ihre Beine.

»Ich weiß nicht, ob ich wirklich Kaffee trinken sollte«, sagte Claire und nippte an ihrem Becher.

»Bist du etwa …?«, erkundigte sich Polly.

»Nein, ich bin nicht schwanger, aber ich bin in meinen fruchtbaren Tagen.«

»Wenn ich dir einen Rat geben darf, Süße: Versuch, dich ein bisschen zu entspannen. Bevor ich schwanger wurde, hab ich mehr als nur Kaffee getrunken, und zwar bei beiden. Mach dir nicht so einen Druck, und denk nicht so viel darüber nach.« Polly sah auf einmal ziemlich besorgt aus, deshalb rieb ich meinen Kopf an ihren Unterschenkeln.

»Ich versuch's ja, aber du kennst mich doch. Ich nehme es zu ernst und mache mir über alles Gedanken. Seit wir uns dazu entschieden haben, ein Kind zu bekommen, mache ich mir sogar Sorgen, dass mich das Thema total in Beschlag nimmt, bis es endlich geklappt hat.« Claire wirkte ganz nachdenklich. Mich beunruhigte das Thema auch. Claire war ein ängstlicher Mensch. Genau deshalb war es auch so ein genialer Schachzug von mir gewesen, sie mit Jonathan zusammenzubringen. Jonathan war zwar ein komplizierter Typ – da waren wir uns sehr ähnlich –, aber er behandelte Claire gut. In mancherlei Hinsicht war er altmodisch und kümmerte sich wie ein Gentleman um sie. Gleichzeitig überließ er ihr die Hausarbeit, doch das schien ihr eher zu gefallen. So ganz verstand ich als Kater das noch nicht, aber ich lernte immer mehr dazu. Jonathan war offensichtlich ein starker Mann, bei dem Claire sich sicher fühlte, und außerdem sorgte er dafür, dass sie nicht mehr so nervös und traurig war. Ja, er konnte auch ziemlich griesgrämig sein, aber er hatte ein Herz aus Gold und war ihr treu. Treue war etwas sehr Wichtiges, hatte ich herausgefunden.

»Das ist doch völlig normal«, sagte Polly jetzt. »Wobei ich wirklich glaube, dass du dich ein bisschen davon freimachen solltest. Ich meine, guck dir doch all die jungen Mädchen an, die ungewollt schwanger werden. Ich bin mir sicher, das passiert nur, weil sie nicht die ganze Zeit an Babys denken, wenn sie Sex haben.« Polly lachte.

»Blöderweise kann ich das mittlerweile nicht mehr abstellen«, entgegnete Claire lächelnd. »Wobei du natürlich recht hast: Ich muss lockerer werden.« Sie stand auf, ging zum Küchenschrank hinüber und holte eine Keksdose heraus.

»Was denkt Jonathan denn darüber?«, fragte Polly, während sie sich einen Keks nahm und davon abbiss.

»Er findet, wir sollten das ›Üben‹ einfach genießen und unseren Spaß haben. Typisch Mann.« Wieder lächelte Claire.

»Dann mach das doch. Er hat nämlich recht.«

»Ich weiß, aber im Gegensatz zu mir ist Jon der spontane Typ. Er ist schnell mal auf hundertachtzig, aber er hakt die Sachen auch genauso schnell wieder ab und reitet nicht ewig darauf herum, Gott sei Dank. Ich glaube, er wird ein guter Vater.«

Polly beugte sich über den Tisch und drückte Claire aufmunternd die Hand.

»Ihr werdet beide tolle Eltern sein. Bessere als ich auf jeden Fall«, fügte sie mit einem traurigen Lächeln hinzu.

»Ach komm, Pol, willst du dir das nicht endlich mal verzeihen?«, fragte Claire.

Als ich Polly damals kennengelernt hatte, war es ihr ziemlich schlecht gegangen. Später hatte man festgestellt, dass sie an einer postpartalen Depression litt – das bedeutet, man ist traurig, nachdem man ein Baby geboren hat. In gewisser Weise war ich damals dafür verantwortlich gewesen, dass sie Hilfe bekam. Henry war ein glückliches, gesundes Baby gewesen, und jetzt war er ein sehr zufriedener kleiner Junge, aber es hatte eine Weile gedauert, bis es Polly besser gegangen war. Als sie dann vor über einem Jahr die kleine Martha bekam, hatte sie Angst gehabt, dass sie sich wieder so schrecklich fühlen würde, doch zum Glück war das nicht passiert. Heute sind die vier eine glückliche Familie, und mit Henry und Martha habe ich zwei tolle Spielgefährten gefunden.

»Ich glaube, das werde ich nie. Ich meine, tief in mir drinnen weiß ich, dass es nicht meine Schuld war. Aber dadurch, dass es mit Martha so gut lief, werde ich Henry gegenüber wahrscheinlich immer ein schlechtes Gewissen haben. Aber das muss ich wohl akzeptieren, und darüber musst du dir nicht auch noch Gedanken machen.« Nun sah Polly nachdenklich aus.

»Stimmt, ich habe schon genug damit zu tun, mir Gedanken zu machen, weil ich nicht schwanger werde.« Claire schwieg kurz. »Meine Freundin Tasha bekommt Akupunktur.«

»Au.«

»Na ja, sie behauptet, es tut nicht weh. Sie und ihr Freund versuchen es schon eine ganze Zeit lang, und ehrlich gesagt: Ich spiele mit dem Gedanken, es auch mal auszuprobieren. Jonathan befürchtet allerdings, dass ich mich, wenn ich immer mehr tue, um schwanger zu werden, da total reinsteigere und das Ganze ein Teufelskreis wird.«

»Da bin ich ganz seiner Meinung, aber ich könnte das sowieso nicht. Ich finde ja schon Spritzen furchtbar.« Polly schauderte.

Claire goss ihnen erneut Kaffee ein, und ich tauchte langsam in einen dösenden Zustand ab, während die beiden das Thema Babys endlich ruhen ließen und sich stattdessen über die Arbeit und ihr Zuhause unterhielten.

»Apropos, meine Süße«, sagte Polly irgendwann, als sie ausgetrunken hatte, »ich gehe dann mal besser und mache der Bande was zum Mittagessen. Du denkst dran, dass Franceska und die Jungs morgen zu uns kommen? Die wollen Alfie sehen.«

Sofort öffnete ich die Augen und miaute laut, um ihnen zu verstehen zu geben, dass ich die drei auch sehen wollte.

»Ich schwöre dir, dieser Kater versteht jedes Wort«, meinte Claire und hob mich hoch, damit wir Polly gemeinsam zur Tür bringen konnten.

Also, ich liebte meine Menschen ja wirklich, aber manchmal waren sie nicht besonders schlau. Natürlich konnte ich immer alles verstehen.

Na ja, fast.

Kapitel Drei

Obwohl Tiger sich redlich Mühe gab, mich zu überreden, hatte ich heute wenig Lust auf unseren morgendlichen Fitnessspaziergang, weil ich keine Minute mit Aleksy und dem kleinen Tomasz verpassen wollte. Aleksy war das erste Kind, mit dem ich mich angefreundet hatte; ich hatte ihn kennengelernt, als er in die Edgar Road gezogen war, und seitdem verband uns eine unerschütterliche Freundschaft. Und obwohl ich natürlich auch Henry und Martha gern hatte – und Aleksys jüngeren Bruder Tomasz, der verwirrenderweise genauso hieß wie sein Vater –, war Aleksy mein bester Freund unter den Kindern.

»Wir könnten doch einfach das leere Haus beobachten«, schlug ich Tiger vor. Das Gebäude lag in der Nähe von Pollys Haus, sodass ich gleichzeitig beide im Blick hatte und sehen würde, wenn Aleksy ankäme. Seit den Ereignissen von Freitagnacht hatte sich nichts mehr getan, was das leere Haus noch faszinierender machte. Es schien noch immer niemand dort zu leben.

»Alfie, da passiert doch eh nichts. Dann gehe ich eben allein und schaue mal, was die anderen Katzen in der Straße so treiben«, sagte Tiger beleidigt. Ich sah sie mit meinem charmantesten Gesichtsausdruck an, doch sie würdigte mich keines Blickes.

»Frauen«, dachte ich bei mir – ein Ausdruck, den ich von Jonathan gelernt hatte.

»Okay, wir können ja nachher was spielen«, schlug ich vor

in dem Versuch, Tiger zu besänftigen, aber sie stolzierte davon. Ich wusste, sie würde jetzt eine Weile schmollen, dann jedoch wieder vergessen, dass sie sauer auf mich war. Tiger war keine nachtragende Katze, deshalb waren wir auch so gut befreundet. Allerdings konnte sie ganz schön launisch sein. Anscheinend waren das die meisten Frauen, zumindest hatte Jonathan das schon öfter gesagt, und da Claire ihn jedes Mal anschrie, wenn er das tat, hatte er offensichtlich recht damit.

***

So tigerte ich denn allein durch den Vorgarten des leeren Hauses. Die früheren Bewohner, fünf junge Leute, hatten eine Wohngemeinschaft gehabt; »Generation Praktikum«, hatte Claire sie manchmal genannt. Zwar waren sie ganz nett gewesen, aber nur selten daheim, und außerdem hatten sie kein Interesse an Katzen gehabt, deshalb kannte ich mich in dem Haus nicht aus.

Es gab keinerlei Anzeichen dafür, dass irgendjemand hier wohnte; abgesehen von den Kisten und Möbeln war das Haus nach wie vor erstaunlich leer. Ich hatte auch immer noch nicht herausgefunden, warum die Leute zwar ihre Sachen schon hergebracht hatten, noch dazu mitten in der Nacht, aber selbst noch nicht eingezogen waren. Ein Rätsel. Das ergab überhaupt keinen Sinn. Um ganz sicherzugehen, sprang ich auf eine niedrige Fensterbank und blickte in einen der vorderen Räume, doch es hatte sich nichts verändert. Als ich wieder hinuntersprang, ließ ich meinen Gedanken erneut freien Lauf und fragte mich zum wiederholten Male, wer wohl demnächst hier wohnen würde. Ich stellte mir eine liebevolle Familie vor, vielleicht mit älteren Kindern, da ich noch keine kannte. Hoffentlich mochten sie Fisch (also essen, nicht als Haustier), dann konnte ich immer Leckerbissen abstauben. Und ich betete, dass sie keinen Hund hatten.

Lächelnd verließ ich den Vorgarten und schlenderte die Straße hinauf zu Pollys Haus. Als ich sie und Matt kennengelernt hatte, hatte die Familie noch in einer Wohnung gelebt, aber mittlerweile bewohnten sie ein Haus – ein gemütliches, schönes Zuhause. Polly hatte sehr viel Arbeit in die Einrichtung gesteckt, und es gab viele Bilder, Fotos und bunte Kissen im Wohnzimmer. So hatte ich es bei meinen Besuchen immer sehr bequem, und außerdem hatte ich auch ein eigenes Katzenbett. Schließlich war das mein zweites Zuhause.

Ich stellte mich vor die Eingangstür. Natürlich hätte ich auch ums Haus herumgehen können, wo sie extra eine Katzenklappe für mich eingebaut hatten, aber ich wollte Aleksy sofort begrüßen, wenn er ankam. Meine kleinen Beinchen zitterten fast vor Aufregung, während ich wartete. Das Wetter war auch nicht schlecht, angenehme Temperaturen, und ab und zu fielen Sonnenstrahlen durch die Wolken, sodass ich darin baden konnte. Entspannt vertrieb ich mir die Zeit damit, an den Blumen zu riechen, die Polly im Vorgarten gepflanzt hatte: viele rote, gelbe und orangefarbene Blüten. Trotzdem war ich vorsichtig und achtete darauf, nicht zu nahe heranzugehen; letztes Jahr hatte Tiger nämlich die Nase in eine Blüte gesteckt und war von einer Biene gestochen worden. Sie hatte große Schmerzen gehabt und musste zum Tierarzt, wo sie eine fiese Spritze bekommen hatte. Das wollte ich auf gar keinen Fall. Nachdem ich mein vorsichtiges Schnüffeln aus sicherer Entfernung beendet hatte, suchte ich mir ein sonniges Plätzchen und legte mich hin, um ein bisschen zu entspannen.

»Alfie«, hörte ich weniger später eine vertraute Stimme. Ich öffnete die Augen. Aleksy stand vor mir, in Jeans und Sweatshirt, und lächelte mich an. Mittlerweile war er so groß geworden – sein siebter Geburtstag war noch nicht lange her – und lebte schon seit drei Jahren hier in England. Zwar wusste ich immer noch nicht viel über Polen, wo er ursprünglich herkam, aber es kam mir vor, als würde er von Mal zu Mal englischer werden, wenn wir uns sahen.

Ich stand auf und begrüßte ihn mit einem Schnurren, woraufhin Aleksy mich hochhob. Erfreut kuschelte ich mich an seinen Hals. Der kleine Tomasz fing an, mich zu streicheln, und ich schnurrte erneut, um ihn wissen zu lassen, dass ich mich auch freute, *ihn* wiederzusehen.

»Okay, Jungs, gehen wir rein. Du auch, Alfie«, sagte Franceska, die Mutter der Jungen, und beugte sich hinunter, um mich ebenfalls zu streicheln. Franceska war eine liebevolle und ruhige Frau, die sich sehr angestrengt hatte, um ihrer Familie die Eingewöhnung in England zu erleichtern. Eine Weile hatte sie in einem Laden gearbeitet, aber mittlerweile half sie ihrem Mann, dem großen Tomasz, in dessen Restaurant, wenn die Jungen in der Schule waren. Ich war noch nie dort gewesen – für einen Kater wie mich lag das Restaurant viel zu weit entfernt von der Edgar Road –, doch meine Familien hatten erzählt, dass es ein tolles und sehr beliebtes Lokal sei. Franceska und Tomasz hatten also viel zu tun. Tatsächlich wünschte ich mir, ich könnte dorthin laufen und sie besuchen, nur um zu sehen, wie sie lebten. Inzwischen waren sie in eine Wohnung über dem Restaurant eingezogen, und ich vermisste sie sehr. Als sie noch in der Edgar Road gewohnt hatten, war ich fast jeden Tag bei Aleksy gewesen; jetzt sahen wir uns nur noch einmal die Woche.

Wir machten es uns alle in Pollys warmem Wohnzimmer

bequem. Martha hielt sich an dem dunkelblauen Sofa fest – sie lernte gerade zu laufen. Ich hatte erfahren, dass Menschen länger dafür brauchen, im Gegensatz zu uns Katzen. Wir lernen es innerhalb weniger Tage nach der Geburt. Noch so eine Sache, die in mir die Frage aufwirft, warum es hieß, Menschen seien klüger als Katzen. Mir fallen eine Menge Gründe dafür ein, dass es genau umgekehrt ist, nicht nur die Sache mit dem Laufen.

Henry und Tomasz stürzten sich sofort auf Henrys Eisenbahn. Tomasz war zwar älter als Henry, aber sie spielten gerne zusammen. Aleksy sagte oft, er sei zu groß, um mit den kleineren Jungs zu spielen, aber manchmal merkte ich schon, dass er gerne mitmachen würde. Stattdessen spielte er mit mir. Er bewahrte immer Spielzeug für mich auf, das er mitbrachte, wenn er zu Besuch kam. Das holte er jetzt aus seinem Rucksack, und obwohl ich eigentlich fand, dass diese Art von Spiel für einen sechsjährigen Kater wie mich unter meiner Würde war, tat ich ihm den Gefallen und ließ ihn eine unechte Maus vor meiner Nase herumschwenken und einen Ball rollen. Sogar seinen Schleifchen und Glöckchen jagte ich hinterher. Außerdem hatte Martha ihren Spaß daran. Sie versuchte, die Balance zu halten und gleichzeitig meinen Schwanz zu fassen zu kriegen. Natürlich konnte ich ihr leicht ausweichen, aber ich wusste auch, wenn sie das weiter probierte, würde es nicht gut ausgehen.

Als Polly und Franceska aus der Küche wiederkamen, hatten sie ein Tablett mit Heißgetränken für die Erwachsenen, Fruchtsaft für die Kinder und einen Teller mit Keksen dabei, und die Jungs machten sich sofort über das Gebäck her.

»Jeder nur einen«, sagte Franceska, aber ich sah genau, dass Aleksy sich zwei nahm und dabei in sich hineingrinste.

Polly hob Martha hoch, um ihr ein Fläschchen mit Milch

zu geben, und als ich miaute, weil ich mich ausgeschlossen fühlte, lächelte sie.

»Frankie, bist du so nett und gibst Alfie etwas Milch? Anscheinend möchte er auch einen Snack.«

Ich folgte Franceska in die Küche und schleckte die Milch auf, die sie mir hinstellte. Kurz darauf kam Aleksy hinter mir her, und plötzlich waren wir allein. Auf der einen Seite der Küche, im Essbereich, stand ein kleiner runder Tisch mit vier Stühlen, während die gegenüberliegende Wand hinter grauen Holzschränken verborgen lag. Als Kater wusste ich nicht viel über Inneneinrichtung. Das einzige Möbelstück, das ich besaß, war mein Körbchen. Aber Polly hatte definitiv Talent, denn ihr Zuhause sah ein bisschen so aus wie sie; als hätte sie es direkt aus einem der glänzenden Magazine herausgezaubert, die Claire so gerne las. Tatsächlich hatte Claire auch schon ein paarmal gesagt, dass sie Polly bitten wolle, ihr bei der Umgestaltung unseres Hauses zu helfen.

»Ich vermisse dich, Alfie«, sagte Aleksy, als ich mir gerade den letzten Rest Milch schmecken ließ. Während ich mich putzte, blickte ich zu ihm hoch und versuchte, seine Miene zu deuten. Ein Stich fuhr mir durchs Herz: Ich konnte die Traurigkeit in seinem kleinen Gesichtchen sehen, und das verursachte mir körperliche Schmerzen. Die Gefühle meiner Menschen berührten mich immer sehr, aber bei den Kindern – vor allem bei Aleksy – war es am schlimmsten. Um ihm zu verstehen zu geben, dass ich ihn auch sehr vermisste, rieb ich mich an seinen Beinen. »Manchmal wünsche ich mir, wir würden immer noch hier wohnen. Dann könnte ich dich jeden Tag sehen«, sagte er, und ich schnurrte zustimmend.

»Aleksy.« Tomasz kam wie ein Wirbelwind in die Küche gerannt. Das war typisch für ihn: Er war sehr lebhaft und ungestüm, während Aleksy ein eher sensibles Kind war.

»Was ist denn, Tommy?«

»Claire ist hier und hat uns was mitgebracht.« Tomasz zitterte richtig vor Aufregung, und im nächsten Moment stürmte er auch schon zurück ins Wohnzimmer, während Aleksys Augen zu leuchten begannen.

Was auch immer ihn belastete, konnte anscheinend noch warten.

»Alfie!«, rief Claire und nahm mich auf den Arm. »Ich hab dich schon gesucht. Also, dieser Kater verschwindet immer noch genauso oft wie früher. Manchmal frage ich mich, ob er sich noch ein anderes Zuhauses gesucht hat.«

»Meinst du wirklich?«, fragte Franceska.

»Na ja, er ist ständig unterwegs. Wer weiß? Nachts ist er zwar meistens bei uns, aber …«

»Tagsüber ist er fast immer bei uns«, stellte Polly fest.

Ich stieß ein lautes Miauen aus. Ich mochte zwar neugierig sein, wer in das neue Haus einziehen würde, trotzdem wusste ich genau, zu welchen Familien ich gehörte.

Ich machte es mir auf Franceskas Schoß bequem, und während ich den Blick durchs Wohnzimmer schweifen ließ, ging mir mein kleines Herz auf. Die Jungen spielten alle zusammen ein Spiel, das Claire ihnen mitgebracht hatte. Martha lag neben Polly auf dem Sofa und war eingeschlafen. Nur ihre pummligen Beinchen schauten unter der Decke hervor, in die ihre Mutter sie eingewickelt hatte. Claire unterhielt sich angeregt mit Franceska, die mich währenddessen streichelte, und Polly hörte lächelnd zu. Wie gut es mir doch ging. Ja, wirklich.

Mein letzter Gedanke, bevor ich wie Martha ein Mittagsschläfchen hielt, war, wie glücklich es mich machte, hier in diesem Raum zu sein, mit meinen Familien und all der Liebe um mich herum.

Kapitel Vier

Ich putzte mich gerade nach dem Frühstück in der Küche, als die Katzenklappe schepperte und Tiger hindurchkam, ganz außer Atem. Wir besuchten uns oft in unseren Häusern, wobei wir allerdings aufpassen mussten, dass unsere Besitzer uns nicht erwischten. Zu nicht eingeladenen Katzen konnten sie manchmal schon gemein sein. Doch Tiger wusste, dass Jonathan und Claire werktags bei der Arbeit waren, somit stellte ihr Besuch keine Gefahr dar.

»Was machst du gerade?«, wollte sie wissen, und sie klang ziemlich aufgeregt.

»Ich wollte gleich zu Polly. Um diese Zeit macht sie normalerweise einen Spaziergang zum Park, und ich dachte, ich begleite sie.«

»Tja, ich würde sagen, du kommst besser mit mir mit.« Das hörte sich eher an wie ein Befehl und nicht wie eine Einladung.

Trotzdem folgte ich ihr nach draußen. Sie sprang auf den Gartenzaun hinterm Haus, wo sie innehielt und zu mir hinunterblickte. »Kannst du heute springen?«

Ich schaute zu ihr hoch. Heute fühlte sich mein Bein in Ordnung an, was ich Tiger auch sagte. Dann folgte ich ihr.

Vor ein paar Jahren war ich einmal verletzt worden, weil Claires Ex-Freund mich angegriffen hatte, und obwohl mein Hinterbein mittlerweile verheilt war, tat es doch an manchen Tagen noch weh. Insofern vermied ich es im Allgemeinen, zu viel zu springen. Diese Verletzung erinnerte mich an das, was ich durchgemacht hatte, wie eine tief eingewachsene Narbe. Ich hatte wirklich Glück gehabt, dass ich überlebt hatte, aber daran wollte ich gerade nicht denken.

Im Moment gab es Wichtigeres zu tun.

Ich hatte keine Ahnung, was los war, bis Tiger mich in den Garten von Haus Nummer 48 führte, zu den Terrassentüren, durch die man ins Innere schauen konnte. Man blickte direkt auf eine Küche mit Essbereich, ähnlich der, die Jonathan und Claire hatten. Und heute konnten wir erkennen, dass jemand die Kisten ausgepackt hatte.

»Gestern hab ich hier niemanden gesehen. Sind sie heute Morgen gekommen?«, fragte ich.

»Nein, deshalb bin ich auch gleich zu dir gelaufen. Ich bin heute Morgen ziemlich früh aufgestanden, und als ich vorn am Haus vorbeigekommen bin, hab ich gesehen, dass die Kisten im Wohnzimmer ausgepackt waren. Ich hab extra noch mal alles überprüft, aber es war nirgendwo ein Mensch zu sehen.«

Bevor wir Freunde geworden waren, hatte Tiger nie viel unternommen. Ich hatte sie früher sogar oft als Faulpelz bezeichnet. Ihre Besitzer, ein Paar mittleren Alters ohne Kinder, verwöhnten sie, deshalb war sie an ein bequemes Leben im Haus gewöhnt und genoss dessen Annehmlichkeiten. Was ich ihr nicht verdenken konnte, schließlich war ich selbst mal ein Stubentiger gewesen, als ich noch bei meiner ersten Besitzerin gewohnt hatte. Doch mein positives Beispiel schien etwas in Tiger zu bewirken, denn seit wir miteinander befreundet waren, war sie schon etwas abenteuerlustiger geworden.

»Komm, lass uns die anderen suchen und fragen, ob sie vielleicht irgendwas wissen«, schlug ich vor. Und so liefen wir zum Ende der Straße, wo tatsächlich einige unserer Freunde abhingen.

Nachdem Joe, Claires Ex-Freund, damals auf mich losgegangen war, hatte Tiger den anderen davon erzählt, wie ich Joe provoziert hatte, um Claire aus der schrecklichen Beziehung mit ihm herauszuholen. Er hatte sie ziemlich schlecht behandelt. Abgesehen von der Tatsache, dass ich fast dabei gestorben wäre, hatte mein Plan hervorragend funktioniert, und als ich mich wieder erholt hatte, war ich plötzlich unter den Katzen der Nachbarschaft zu einer Art Held geworden. Sogar Bandit, der recht gemein sein konnte, hatte seitdem zähneknirschenden Respekt vor mir und versuchte nicht mehr, sich mit mir anzulegen. Somit hatte ich, nachdem ich mich so lange allein gefühlt hatte, endlich Freunde unter den Katzen gefunden, die sich jederzeit für mich einsetzen würden.

Elvis, Nellie und Rocky begrüßten uns herzlich.

»Weiß jemand von euch, was bei Nummer achtundvierzig los ist?«, erkundigte ich mich sofort.

»Ja, ich«, verkündete Nellie selbstzufrieden.

»Und?«, hakte ich gespannt nach.

»Gestern Nacht war es schon spät, und nirgendwo im Haus brannte Licht. Nur die Straßenlaternen waren an. Jedenfalls hab ich einen kleinen Spaziergang gemacht, mit Ronnie.« Ronnie gehörte auch zu unseren Katzenfreunden, aber da sie fast nur nachtaktiv war, sah ich sie nie am Tag.

»Und weiter?«, drängte ich Nellie. Das Problem mit ihr war, dass sie dramatische Auftritte liebte.

»Ich erzähl ja schon. Also, wir gingen spazieren, und dann hielt ein Auto vor dem Haus. Wie gesagt, es war mitten in der Nacht.«

»Nun komm endlich zum Punkt«, schimpfte Tiger und sah Nellie finster an.

»Okay, kein Grund, so aus dem Fell zu fahren. Na, jedenfalls hielt das Auto an, und zwei Männer stiegen aus. Ich denke mal, sie haben ausgepackt, aber nach ein paar Stunden sind sie wieder ins Auto gestiegen und weggefahren.«

»Aha. Und wie sahen die Männer aus?«, wollte ich wissen.

»Na, wie zwei normale Menschen eben. Der eine war dünn und hatte nur wenig Fell auf dem Kopf, und der andere war etwas dicker und hatte so gräuliche Haare. Mehr kann ich dir auch nicht sagen.« Das hörte sich an wie die Männer von neulich Nacht.

»Also ist bisher niemand eingezogen?«

»Nö, die sind weggefahren. Aber das bedeutet, es wird bald jemand einziehen.«

»Ja, danke, Nellie, das haben wir auch schon kapiert«, versetzte Tiger und warf Nellie einen genervten Blick zu.

»Du könntest natürlich auch ... du weißt schon ... *ihn* fragen«, schlug Elvis vor. Doch wir alle zuckten bei dem Gedanken zusammen. Obwohl Elvis seinen Namen nicht ausgesprochen hatte, wussten wir alle, wen er meinte. Und mit diesem Kater waren wir definitiv *nicht* befreundet.

»Himmel, ja, das könntest du, aber willst du das wirklich?«, fragte mich Rocky.

»Nur, wenn mir nichts anderes übrig bleibt«, erwiderte ich.

»Aber auch wirklich absolut gar nichts anderes«, betonte Tiger, und wir alle erschauderten.

Wie auf Stichwort bog besagter Kater in diesem Moment um die Ecke und schlenderte auf uns zu. Sofort rückten wir alle zusammen, als Zander näher kam. Er war ein unangenehmer Zeitgenosse, der schräg gegenüber des leer stehenden Hauses bei Vic und Heather Goodwin wohnte, die bei allen in der Edgar Road als Wichtigtuer bekannt waren. Zander, ein dicker brauner Kater mit hinterlistigen Augen, war mindestens genauso aufdringlich wie seine Besitzer und ziemlich arrogant. Keiner von uns mochte ihn, deshalb gingen wir ihm so weit wie möglich aus dem Weg. Vor allem, weil er auch aggressiv und gemein werden konnte.

»Was macht ihr da?«, fragte er und sah uns aus zusammengekniffenen Augen an.

»Wir unterhalten uns nur«, entgegnete Tiger und starrte ihm direkt in die Augen. Sie hatte von uns allen am wenigsten Angst vor Zander. Nellie dagegen versteckte sich geradezu hinter Elvis, und Rocky sah aus, als wolle er am liebsten davonlaufen. Selbst ich fühlte mich ein wenig unwohl, vor allem, da Zander seine scharfen Zähne fletschte.

»Wir haben gerade über die neuen Leute in Nummer achtundvierzig gesprochen«, erklärte ich, um wenigstens ein wenig Kontrolle über die Situation zu haben.

»Gott, wie langweilig«, gab Zander gähnend zurück.

»Nur weil du nichts darüber weißt«, fauchte Tiger. Manchmal bewunderte ich sie für ihre Angriffslust.

»Wenn, dann würde ich es euch ganz sicher nicht erzählen«, erwiderte Zander von oben herab, bevor er ebenfalls ein aggressives Fauchen ausstieß und davonstolzierte.

»Ich hasse diesen Kater«, verkündete Tiger, und in Gedanken stimmten wir ihr alle zu.

Den Nachmittag verbrachten wir damit, Vögel zu jagen, um diese unangenehme Begegnung zu vergessen.

Als ich nach Hause kam, traf ich Jonathan an der Haustür und freute mich über mein perfektes Timing – nach diesem geschäftigen Tag hatte ich ziemlichen Hunger. Ich war zwar kein Haustürkater geworden, um ständig nur zu essen, trotzdem aß ich durchaus gerne. Welche Katze tat das nicht?

»He, mein Freund«, begrüßte mich Jonathan, und ich rieb mich an seiner Anzughose. Darüber hatte er sich früher immer aufgeregt, da anscheinend meine Haare daran hängen blieben, doch in letzter Zeit war er mir gegenüber lockerer geworden. Er hatte nur drei Jahre dafür gebraucht. »Kommst du zum Abendessen vorbei? Ich hab dir frische Sardinen aus dem Feinkostladen mitgebracht, aber sag's nicht Claire. Die ist zum Glück heute bei ihrem Buchklub, also können wir zwei uns einen schönen Männerabend machen.«

Ich ließ ein Miauen hören und folgte ihm ins Haus. Das war ein gutes Ende für diesen Tag. Ein perfektes Ende sogar.

Jonathan gab mein Essen in einen Napf und ging dann nach oben, um zu duschen. Während Claire lieber sogenanntes »Katzenfutter« einkaufte, brachte Jonathan mir immer etwas Edleres zum Essen mit. Bei diesem Thema waren sich die beiden uneinig, und keiner von ihnen gab nach. Natürlich zog ich es vor, von Jonathan gefüttert zu werden, aber da ich Claire genauso liebte, versuchte ich, mich auch für die Fertigmahlzeiten, die sie mir gab, dankbar zu zeigen. Ich wollte nicht, dass es so aussah, als würde ich nur Delikatessen erwarten. Aber ablehnen würde ich sie gewiss nicht.

Als Jonathan wieder herunterkam, hatte er sich etwas Bequemeres angezogen, T-Shirt und Jogginghose. Er holte sich ein Bier aus dem Kühlschrank, ging damit ins Wohnzimmer und machte den Fernseher an, bevor er sich aufs Sofa fallen ließ. Jonathan und Claire waren so verschieden: Er konnte sich nicht im Wohnzimmer aufhalten, ohne dass der Fernseher lief, während Claire meistens eher mit einem Buch dasaß, anstatt auf den eckigen Bildschirm zu starren. Ich folgte Jonathan ins Wohnzimmer, um mich nach meinem köstlichen Mahl hier zu putzen. Während Jonathan sich noch durch die verschiedenen Sender zappte, läutete es an der Tür. Er stand auf. Ich lief ihm hinterher und stellte zu meiner Freude fest, dass Matt draußen stand, mit einem Sechserpack Bier in der Hand. Matt war Pollys Mann, ein großer, recht gut aussehender und sehr lieber Mensch. Seit meinem Unfall waren er und Jonathan ebenfalls gute Freunde geworden, und die beiden Paare verbrachten viel Zeit miteinander. Sie nannten mich oft *Kater Amor* oder *Freundschaftsvermittler*, was mir natürlich gut gefiel.

»Na, Ausgang bekommen?«, fragte Jonathan leicht amüsiert.

»Polly bringt heute die Kinder ins Bett, da dachte ich mir, ich schaue mal nach, ob du vielleicht Lust auf ein Bier hast. Und zufällig kommt gleich Fußball.«

»Super. Komm rein.«

Als Matt mich herzlich begrüßte, gratulierte ich mir im Stillen, dass ich so gut darin war, Menschen zusammenzubringen. Vielleicht würde es mir ja auch gelingen, die Familie, die in Haus Nummer 48 einziehen würde, in unsere kleine Gemeinschaft zu locken.

Menschen sprachen viel über Liebe, Familie, Beziehungen und Freundschaften, das hatte ich schon oft mitbekommen, und wenn man sie in Aktion sah, stellte man fest, wie sehr ihr Leben von anderen Menschen abhing. Was allerdings nicht immer gut war. Menschen konnten sich gegenseitig sehr glücklich machen, aber andererseits auch sehr traurig. Dieses Konzept war ziemlich kompliziert, deshalb hatte ich es auch noch nicht vollkommen durchschaut. Bei uns Katzen funktionierte das einfacher: Wir waren eigenständige Wesen, was allerdings nicht hieß, dass die meisten von uns es nicht trotzdem gern hatten, wenn sich jemand um uns kümmerte.

»Und? Wie läuft's bei der Arbeit?«, erkundigte sich Jonathan bei Matt.

»Ziemlich gut. Ich hab zwar viel zu tun, aber ich arbeite

jetzt mehr von zu Hause aus, damit ich Pol unterstützen kann. Und bei dir?«

»Ach, du weißt ja, ich war echt skeptisch, als ich den Job angenommen hab. Ich dachte doch, die Firma wäre nicht so toll, also, nicht gut genug für mich. Aber wie sich rausgestellt hat, hätte mir nichts Besseres passieren können. Seit ich meinen Stolz runtergeschluckt habe und mich richtig reinknie, läuft es echt rund.«

»Dann scheint es ja endlich mal aufwärtszugehen. Darauf trinken wir.« Die beiden stießen ihre Bierflaschen gegeneinander. »Ach, bevor ich's vergesse: Könntet ihr nächsten Samstag bei uns babysitten, du und Claire? Ich will Pol überraschen und sie zum Essen ausführen.«

»Klar. Ich wüsste nicht, dass wir irgendwas vorhätten, und außerdem ist das ein gutes Training.«

»Sie ist nicht ... oder?«

»Nein, na ja, zumindest nicht dass ich wüsste. Noch nicht, aber hoffentlich bald.« Im Gegensatz zu Claire hörte sich Jonathan ganz gelassen an, wenn er übers Kinderkriegen sprach.

Leider wurde unser gemütlicher Männerabend schon bald gestört, weil es erneut an der Tür klingelte. Stöhnend erhob sich Jonathan vom Sofa, und ich folgte ihm nach vorn. Als er die Tür öffnete, standen dort Heather und Vic Goodwin und lächelten ihn an – oder eher: Sie zogen Grimassen, die ein Lächeln darstellten sollten.

»Jonathan, ist Claire da?«, fragte Vic. Als ich an ihm und Heather vorbeischaute, sah ich, dass sie Zander mitgebracht hatten, der an *meinem* Gartentor wartete und aggressiv seinen Schwanz aufrichtete. Ich verengte die Augen, beschloss dann aber, ihn zu ignorieren. Was für ein lästiger Kater. Mit lästigen Besitzern. Die beiden waren älter als meine Menschen und hatten graues Haar. Sie wohnten in einem kleinen

Haus, so ähnlich wie das von Matt und Polly, gegenüber von uns auf der anderen Straßenseite. Sie zogen grundsätzlich das Gleiche an. Heute hatten sie sich für marineblaue Pullover entschieden, aus denen weiße Hemdkrägen hervorschauten. Vic trug eine Cordhose, Heather einen Cordrock. Manchmal fragte ich mich, ob sie einer besonderen Spezies von Menschen angehörten – keins der anderen Paare, die ich kannte, trug die gleichen Klamotten.

»Äh … nein, sie ist bei ihrem Buchklub«, murmelte Jonathan nervös, und ich beobachtete, wie er ein Stück nach vorn ging, um die Tür zu versperren. Er wollte verhindern, dass die zwei hereinkamen, aber Vic und Heather durfte man nicht unterschätzen, das wusste ich.

»Macht nichts, du bist ja da«, sagte Heather grinsend, und ehe wir wussten, wie uns geschah, hatten die beiden sich auch schon ins Haus gedrängelt. Sofort sträubten sich mir die Nackenhaare. Als die zwei in Richtung Wohnzimmer marschierten, schloss Jonathan mit verwirrtem Gesicht die Tür, und ich blieb ihm dicht auf den Fersen, während wir ihnen folgten.

»Ah, Matt, du bist auch da!«, rief Vic. »Gut, gut, das erspart uns den Weg zu euch.«

»Hallo.« Mit panischem Blick sah Matt zu Jonathan hinüber.

»Wir sind …« Heather verstummte, während sie sich auf dem Sofa niederließ. Ich kauerte mich unter einen Stuhl und hielt mir die Augen mit den Tatzen zu. Das hier ließ nichts Gutes erahnen. »… hier als Mitglieder der Nachbarschaftswache«, fuhr Heather fort. »Natürlich.«

»Natürlich.« Jonathan und Matt tauschten einen weiteren Blick aus. Jonathan stand immer noch, während Matt auf dem Sessel in der Ecke saß und Vic und Heather es sich zusammen auf der Couch bequem gemacht hatten.

»Was können wir für euch tun?«, fragte Jonathan höflich.

»Nun, wie ihr ja wisst, gab es in letzter Zeit einige Veränderungen hier in der Straße. Und da Nummer achtundvierzig mittlerweile wieder vermietet ist, dachten wir, es wäre ein guter Zeitpunkt, um eine gemeinsame Strategie zu entwickeln«, begann Vic. Als er das leere Haus erwähnte, stellte ich die Ohren auf.

»Okay ... eine Strategie wofür?«, erkundigte sich Matt.

»Na ja, wie du weißt, mein Lieber, haben wir hier in der Edgar Road eine gute Gemeinschaft, und die wollen wir erhalten. Deshalb dachten wir, sobald die neuen Leute in Nummer achtundvierzig einziehen, sollten wir eine Versammlung anberaumen, um ihnen zu erklären, dass wir hier eine Gemeinschaft sind, in der sich jeder um den anderen kümmert«, erklärte Heather.

»So eine Art Willkommensparty?«, fragte Matt mit hochgezogenen Augenbrauen.

»Genau, Matt, genau«, bestätigte Vic. »Damit wir ihnen gleich zeigen, wie der Hase hier läuft.«

»Für mich gab's keine Willkommensparty«, sagte Jonathan grimmig.

»Na ja, du hast dich auch nicht so verdächtig benommen, als du eingezogen bist«, gab Vic zu bedenken.

»Was meinst du denn damit?«, wollte Matt wissen.

»Nun, es ist ja nicht gerade normal, dass jemand nachts Kisten ins Haus bringt und sie auch nachts auspackt, oder?« Heather lächelte fast auf die gleiche Art, wie Zander es immer tat – mit gefletschten Zähnen. Instinktiv hielt ich mir wieder die Augen zu.

»Und ein Freund von mir wohnt hier in der Nähe in einem anderen Viertel, wo vor Kurzem ebenfalls ein Haus vermietet wurde«, warf Vic ein. »Was soll ich sagen: Da sind dann um die zwanzig ausländische Mitbürger eingezogen. Und, na ja, das wollen wir doch hier wohl nicht.«

Jonathan wirkte etwas schockiert und hatte irritiert die Augenbrauen zusammengezogen. »Wovon um alles in der Welt redest du? Was hat das mit Nummer achtundvierzig zu tun?« Er klang auch ziemlich entsetzt.

»Der Immobilienmakler wollte uns nicht sagen, wer da einzieht, aber da sich die neuen Mieter bisher so verdächtig benommen haben, haben wir einfach eins und eins zusammengezählt. Und so etwas passiert überall in ganz London, deshalb sollten wir uns schon mal im Vorfeld organisieren. Als Koordinatoren der Nachbarschaftswache und besorgte Anwohner, meine ich.«

»Also, verstehe ich das richtig? Wir wissen noch nicht, wer da einzieht, aber ihr plant schon mal, sie ins Gebet zu nehmen?« Matt hörte sich richtig verärgert an.

»Nein, das haben wir nicht gesagt. Aber wir dachten uns, wir sollten sie – wer auch immer dort einzieht – zu einem Treffen einladen, damit sie gleich wissen, welche Regeln hier in unserer Straße gelten. Und außerdem sollen sie uns erklären, was sie hier nachts treiben. Schließlich haben wir eine Verpflichtung gegenüber allen Anwohnern, die Sicherheit in unserer Straße zu gewährleisten«, erklärte Heather.

»Gott, das klingt, als wolltest du sie direkt lynchen.« Jonathan blickte noch fassungsloser drein.

»Nein, natürlich nicht. So haben wir das selbstverständlich nicht gemeint. Aber wie auch immer, wir wollten euch nur informieren. Natürlich wissen wir, dass ihr und eure lieben Ehefrauen zu der Versammlung erscheinen werdet, um unser Viertel zu unterstützen«, sagte Vic lächelnd, doch sein Lächeln war genauso teuflisch wie das seiner Frau und das seines Katers.

»Es geht ja nur darum: Wenn hier demnächst so viele Migranten in unsere Straße ziehen, dann müssen wir ihnen demonstrieren, dass sie sich mit uns gar nicht erst anzulegen brauchen. Und wenn es sich um eine ganz normale Mittelschichtfamilie handelt, heißen wir sie einfach willkommen«, ergänzte Heather. »Wir können also auf euch zählen?«

Jonathan und Matt waren sprachlos, während ich unter dem Stuhl hervorkam und mich stattdessen auf die Fensterbank setzte. Zander hockte immer noch an unserem Tor, und nun stellte *ich* meinen Schwanz auf, hinter der sicheren Fensterscheibe. Ich konnte sehen, dass er mich anfauchte, und grinste schadenfroh. Hier, im Schutz des Hauses, konnte er mir nichts tun, und so ärgerte ich ihn fröhlich weiter.

»Wann soll denn dieses Treffen stattfinden?«, wollte Matt wissen.

»Den Termin werden wir festlegen, sobald die Mieter von Nummer achtundvierzig eingezogen sind. Du bist also dabei?«, fragte Vic.

»Ich weiß nicht …«, begann Matt.

»Das Ding ist …«, sagte Jonathan gleichzeitig.

»Meine Lieben«, mischte sich Heather wieder ein und klang sogar noch dämonischer als sonst, »ich hoffe doch sehr, euch liegt so viel an dieser Straße, dass ihr kommt. Ich fände es wirklich enttäuschend, wenn euch unser Viertel überhaupt nichts bedeutet, und die anderen Bewohner sicher auch.«

»Definitiv, meine Liebe.« Vic legte den Arm um seine Frau. »Bisher haben wir euch für sehr gute Mitglieder unserer Gemeinschaft gehalten. Es wäre doch sehr bedauerlich, wenn wir diese Meinung noch mal überdenken müssten.«

Matt wirkte zu Tode erschrocken; zumindest schien er auf seinem Sessel immer kleiner zu werden.

»Natürlich kommen wir«, sagte Jonathan, woraufhin Matt ihm einen überraschten Blick zuwarf. »Um unsere neuen Nachbarn willkommen zu heißen, denn darum geht es doch bei diesem Treffen, richtig?« Jonathan klang sehr bestimmt, und ich war stolz auf ihn.

»Selbstverständlich«, gab Vic zurück. »Nun gut, wir müssen noch eine Menge Leute informieren, deshalb sollten wir jetzt besser los. Schön, dass wir auf euch zählen können.« Damit waren Jonathan und Matt recht glimpflich davongekommen.

»Gut, ich begleite euch zur Tür.« Während Jonathan die beiden nach draußen scheuchte, fuhr er fort: »Übrigens haben unsere guten Freunde Franceska und Tomasz eine ganze Weile hier gewohnt. Sie kommen aus Polen, und es gab nie ein Problem mit ihnen.« Als wir an der Haustür stehen blieben, nutzte ich die Gelegenheit, Zander einen letzten finsteren Blick zuzuwerfen.

»Das ist wahr. Mit den beiden hatten wir wirklich Glück, aber nicht alle Ausländer sind so«, entgegnete Heather mit vollem Ernst. Ich konnte hören, wie Matt sich im Wohnzimmer an seinem Bier verschluckte.

»Die sind doch echt unfassbar«, meinte Jonathan, als er zu Matt zurückkehrte. Sein Gesicht war leicht gerötet, so wie immer, wenn er sich über irgendetwas ärgerte.

»Ich finde sie irgendwie unterhaltsam. Na ja, abgesehen von ihren rassistischen Ansichten, versteht sich. Aber immer, wenn ich die Straße entlanggehe, sehe ich, wie sich ihre Gardinen bewegen.«

»Na, dank den beiden ist das hier sicher die Straße mit der niedrigsten Verbrechensrate. Wenn du hier irgendwas Falsches tust, quatschen die dich zu Tode«, sagte Jonathan lachend. »Oder sie spielen Polizei und verhaften dich direkt.

Die passende Uniform haben sie ja schon mit ihren gleichfarbigen Pullovern.«

»Auf jeden Fall tun mir die Leute, die in die Achtundvierzig einziehen, jetzt schon leid«, verkündete Matt, »egal, ob es eine Familie ist oder hundert Migranten.«

»Ja, da hast du recht. Okay, vergessen wir die Goodwins und schauen uns endlich das Spiel an.«

Kapitel Fünf

Als Claire und Jonathan zusammengezogen waren, hatte ich mir eine neue Schlafroutine aneignen müssen, aber daran hatte ich mich schnell gewöhnt. Bevor sie ein Paar gewesen waren, als jeder noch für sich allein geschlafen hatte, hatten sie mich oft bei sich im Schlafzimmer übernachten lassen. Nun allerdings stand mein Körbchen im Flur oberhalb der Treppe, und die Schlafzimmertür war immer zu. Doch das machte mir nichts aus; mittlerweile hatte ich gelernt, dass die Menschen sich gern zurückzogen, wenn sie nicht mehr allein im Haus waren. Ich verstand zwar nicht, warum ich nicht trotzdem in ihr Schlafzimmer durfte, aber ich akzeptierte es. Ich wusste auch so instinktiv, wann der Wecker klingelte, und sobald das passierte, kratzte ich an der Tür. Das begeisterte Claire, die mich für unglaublich clever hielt, da ich sie und Jonathan nie auch nur eine Sekunde vor dem Schrillen störte. Wenn Menschen eine eingebaute Uhr hätten, so wie wir Katzen, wäre die Welt wesentlich effizienter, dachte ich oft.

Auch heute kratzte ich pünktlich an der Tür, und Jonathan machte mir auf. Er trug seinen marineblauen Bademantel.

»Morgen, Alfie«, sagte er abwesend und ging direkt in die Küche zu seiner Kaffeemaschine. Morgens war er immer recht ungenießbar, bis er eine Tasse Kaffee getrunken hatte, das hatte ich inzwischen gelernt. Als er zwei Becher aus dem Schrank holte, miaute ich hoffnungsvoll.

»Okay, warte, ich gebe dir noch ein bisschen was von dem

geräucherten Lachs, aber sag's nicht Claire.« Ich schnurrte zustimmend.

»Was machst du denn hier?«, fragte ich Tiger, die plötzlich in der Küche auftauchte, während ich gerade meine Katzenwäsche erledigte. »Claire und Jonathan machen sich für die Arbeit fertig, sie können jeden Moment wieder hier unten sein.«

»Komm schnell mit, Alfie, ich muss dir was zeigen.« Sie wirkte sehr zufrieden mit sich, wenn nicht sogar ein wenig selbstgefällig.

»Was denn?«

»Komm mit, dann siehst du's. Ich hab ein Geschenk für dich, ein ganz besonderes Geschenk.«

»Wow«, sagte ich, als ich mit Tiger vor Haus Nummer 48 stand. Wir schlichen uns in den Vorgarten, um einen besseren Blick zu haben. Im Haus brannte Licht, wir hörten Schritte von drinnen, und als wir vorsichtig durchs Fenster lugten, konnten wir sogar sehen, dass noch mehr Kisten ausgepackt worden waren. Die Leute waren endlich eingezogen. Einen kurzen Moment lang fragte ich mich, ob unsere neugierigen Nachbarn doch recht gehabt hatten: Wer immer hier wohnte, war offensichtlich hergekommen, als alle anderen noch geschlafen hatten. Aber warum?

»Ich hab's dir ja gesagt, Alfie: Als ich gestern Abend ins Bett gegangen bin, waren sie noch nicht hier, aber als ich heute Morgen rauskam, um einen Spaziergang zu machen, schon!« Tiger klang ganz aufgekratzt.

»Dann müssen sie nachts eingezogen sein, wie die Kisten«, überlegte ich.

»Wahrscheinlich. Aber egal, komm mit.« Tiger führte mich ums Haus herum in den Garten, wo wir uns ein Versteck unter einem Busch suchten, um von dort aus die Lage zu peilen. Durch die Terrassentüren, die in die Küche führten, konnte ich eine Frau erkennen. Sie war ein bisschen älter als Claire, und ihr Haar, das sie zusammengebunden hatte, wurde hier und da schon grau. Sie war dünn und wirkte erschöpft, während sie emsig Kisten auspackte. Nach einer Weile kam der Mann zu ihr, den wir schon mal gesehen hatten: der dünne, fast glatzköpfige, der heute eine Jeans und ein Shirt trug. Er küsste die Frau, doch die lächelte ihn nur traurig an. Der Mann selbst sah allerdings auch nicht besonders glücklich aus.

»Sie sind also nur zu zweit?«, fragte ich.

»Nein, ich glaube, da sind noch mehr. Als ich heute Morgen hier vorbeigekommen bin, habe ich auch jemand Jüngeren gesehen.«

»Es wundert mich ja, dass Zander gar nicht hier ist, um zu spionieren.«

»Zum Glück. Schau mal!«

Ein Junge im Teenageralter kam in die Küche. Er hatte ebenfalls eine Jeans an, dazu einen Kapuzenpulli, und er sah recht schlecht gelaunt aus. Ich konnte nicht erkennen, dass er auch nur ein Wort sagte, während er sich an den Küchentisch setzte. Die Frau, seine Mutter, nahm ich an, ging zu ihm hinüber und gab ihm einen Kuss auf den Kopf, doch er tat so, als hätte er nichts davon mitbekommen.

»Der sieht aber nicht sehr nett aus«, stellte ich fest.

»Das ist ein Teenager. Ich glaube, die sind allgemein nicht sehr nett. Zumindest sagen das meine Besitzer. Anscheinend sind sie der Hauptgrund dafür, dass in diesem Land so viel schiefläuft.«

»Echt?« Ich hatte bisher kaum Erfahrungen mit Teenagern, deshalb fand ich das ziemlich faszinierend.

»Ja, sie sind faul und schlampig, und der Rest der Welt ist ihnen egal. Sagen meine Besitzer.«

»Aber du warst noch nie in einer Familie mit Teenagern, oder?«, erkundigte ich mich.

»Nein, aber meine Besitzer haben einige Freunde, die Kinder in dem Alter haben. Offensichtlich sprechen die fast gar nicht, sondern grummeln eher vor sich hin, und danke sagen sie auch nie.«

»Das klingt furchtbar.«

»Aber wenn sie erwachsen sind, bessern sie sich. Manche zumindest.«

»Na, das ist ja schon mal was. Trotzdem graut es mir schon davor, wenn Aleksy mal ein Teenager ist.«

»Ja, oder? Stell dir vor, der wird genauso wie der Junge da drinnen.« Wir verzogen beide das Gesicht.

Während wir weiter das Geschehen in der Küche beobachteten, kam ein hübsches blondes Mädchen ins Zimmer, und wir krochen ein Stück zurück, als sie auf die bodenlangen Fenster zuging, durch die wir zu ihr hineinschauten. Sie sah älter aus als der mürrische Junge – vielleicht hatte sie diese Teenagerphase schon hinter sich. Sie war groß, größer als ihre Mum, aber kleiner als ihr Dad. Ihre blauen Augen waren wunderschön, doch als ich genauer hinsah, bemerkte ich, dass irgendetwas darin fehlte; ihr Blick war ganz abwesend, während sie in ihrem neuen Zuhause stand und aus dem Fenster schaute. Diesen Blick hatte ich schon mal gesehen. Mehr als einmal.

Was hatte die Edgar Road bloß an sich, dass hier immer wieder die gleiche Art von Menschen herzog?

Nach einer Weile wurde es Tiger langweilig, und sie versuchte, Blätter von einem Busch abzureißen, doch ich war wie hypnotisiert von dem Haus. Die Menschen bezeichneten ihre Häuser oft als ihr Heim, aber für mich waren sie auch Orte, die Geschichten erzählten; glückliche und traurige Geschichten, und genau die zogen mich an.

»Können wir jetzt gehen?«, fragte Tiger, die mittlerweile dazu übergegangen war, ihre Tatzen zu betrachten.

»Noch nicht«, zischte ich ihr zu. »Ich will noch ein bisschen zuschauen.«

»Du bist echt besessen, was Menschen angeht, Alfie. Also wirklich!« Sie verdrehte die Augen. Über ihr löste sich ein Blatt und landete auf ihrem Kopf.

»Immer noch sinnvoller, als von Blättern besessen zu sein, so wie du!«, schoss ich zurück und starrte demonstrativ auf den Laubhaufen, den sie vor ihren Pfoten gesammelt hatte.

»Gar nicht«, entgegnete Tiger beleidigt.

»Wie auch immer: Wir können gleich gehen. Ich will nur noch sehen, ob sie tatsächlich nur zu viert sind. Falls ja, könnte das gar nicht so schlecht sein. Noch ein Zuhause für mich. Vielleicht mögen sie Katzen, und auf jeden Fall haben sie eine schöne große Küche, wo ich viel Platz zum Essen hätte.«

»Oh Mann, Alfie, du hast doch nun wirklich genug Familien, die dich liebhaben und sich um dich kümmern. Wann akzeptierst du das endlich? Und außerdem: Dieser Teenager da wird dich wahrscheinlich nicht mögen.« Tiger sah ganz genervt aus, weil sie sich so oft wiederholen musste.

»Margaret, meine erste Besitzerin, hat immer gesagt …« Ich machte eine Pause und erinnerte mich an die gutherzige alte Dame, die ich über alles geliebt hatte. »Sie sagte: ›Wir dürfen uns nie auf unseren Lorbeeren ausruhen.‹ Ich weiß zwar nicht genau, was das heißt, aber ich glaube, sie meinte damit, dass man nichts für selbstverständlich halten sollte. Ich habe mir mal geschworen, dass ich das nie wieder tun werde. Und dir täte es auch gut, mal etwas von mir zu lernen.«

»Dafür bin ich zu faul. Wenn meinen Menschen mal irgendwas passiert, weiß ich, dass ich zu dir kommen kann, weil du dich um alles kümmern wirst«, sagte sie lächelnd, und natürlich hatte sie damit recht. Ich war nun mal ein hilfsbereiter Kater.

In diesem Moment ertönte ein Geräusch, und wir schreckten zusammen.

»Ach du meine Güte, die haben wir ja gar nicht gesehen«, kommentierte Tiger, als sich in der Hintertür langsam eine Katzenklappe hob.

»Und das war's dann mit meinem Plan, deren Haustürkater zu werden«, murmelte ich, während mich ein Gefühl der Enttäuschung erfasste. Tiger und ich rührten uns nicht und sahen nur stocksteif zu, wie eine Katze aus dem Haus kam.

»Wow!«, entfuhr es mir, bevor ich mich zurückhalten konnte.

»Hm.« Tiger fehlten anscheinend die Worte.

»Wer seid ihr, und was macht ihr in meinem Garten?«, fauchte uns eine unfreundliche Stimme an, und plötzlich war ich wie erstarrt. Vor mir stand die schönste Katze, die ich je in meinem Leben gesehen hatte.

Kapitel Sechs

»Wer seid ihr?« Ärgerlich starrte die Schönheit uns an. Ich wollte mich bewegen, irgendwas sagen oder tun, aber ich stand da wie angewachsen und hatte die Sprache verloren.

»Wir«, gab Tiger resolut zurück, »sind deine Nachbarn. Ich bin Tiger, und das hier ist Alfie, und wir sind hier, um dich in der Edgar Road willkommen zu heißen.«

Ich blickte die Neue aus dem Augenwinkel an: Sie sah nicht so aus, als wollte sie irgendjemanden willkommen heißen, und sie klang auch nicht so.

»Schön. Nachdem ihr das ja nun getan habt, könnt ihr jetzt auch gehen.« Das anmutige Wesen stand immer noch vor uns. Noch nie zuvor hatte ich so weiches weißes Fell und so blaue Augen gesehen. Ihr Gesicht war wie ein Gemälde; sie war einfach wunderschön, wenn auch – zugegebenermaßen – nicht besonders freundlich.

»Aber wir … wir … wir könnten dir die Gegend zeigen«, stammelte ich und merkte, dass meine Beine zitterten – ein merkwürdiges, fremdartiges Gefühl.

»Danke, aber ich komme schon allein zurecht. Eigentlich will ich euch nicht noch mal bitten, aber würdet ihr jetzt *bitte* aus meinem Garten verschwinden?«

»Kein Grund, so unhöflich zu sein, Bleichgesicht!«, fauchte Tiger. »Wir wollten nur nett sein, aber wie ich sehe, verschwenden wir hier nur unsere Zeit.«

»Ja, das tut ihr«, entgegnete die weiße Katze, drehte uns ihr hübsches Hinterteil zu und stolzierte zurück in ihr Haus.

»Boah, ich hab noch nie so eine unverschämte Katze getroffen«, sagte Tiger, während wir den Garten verließen.

»Und ich noch nie so eine schöne«, entgegnete ich seufzend und streckte die Beine, um die Fassung wiederzugewinnen. Ich musste zugeben, ich war völlig durcheinander. Mein ursprünglicher Plan, Haustürkater bei der neuen Familie zu werden, hatte sich zerschlagen, aber wie konnte ich mich deswegen ärgern, wenn ein so wunderschönes Wesen daran schuld war? Aus irgendeinem Grund hob der Gedanke an die weiße Katze meine Laune, und ich verspürte nicht mal eine Spur von Enttäuschung. Während dieser kurzen Begegnung hatte sich mein Ziel verändert: Jetzt wollte ich nicht mehr Haustürkater werden, sondern mich mit der weißen Katze anfreunden. Und ich war fest entschlossen, dieses Ziel zu erreichen.

»Echt? Du findest die schön? Die war doch furchtbar, Alfie!« Tiger klang sauer.

»Ich fand sie ja auch nicht nett, nur hübsch«, verteidigte ich mich, aber damit stieß ich auf taube Ohren. Tiger warf mir nur noch einen vernichtenden Blick zu, bevor sie wütend davonstapfte. Ich folgte ihr in einigem Abstand, doch auch auf dem Weg ging mir die weiße Katze nicht mehr aus dem Kopf.

Tiger eilte auf unseren Lieblingsplatz zu, wo bereits vier andere Katzen herumhingen: Elvis, Nellie, Rocky und der fiese Bandit. Beim Anblick der anderen vergaß Tiger, dass sie sauer auf mich war; dafür brannte sie viel zu sehr darauf, den anderen von der neuen Nachbarin zu erzählen. Als sie fertig war, wandten sich alle zu mir um.

»Und? Wie findest du sie?«, fragte Bandit und leckte sich die Schnauze.

»Sie ist umwerfend«, setzte ich an, musste allerdings schnell in Deckung gehen, weil Tiger versuchte, mir einen Hieb mit ihrer Tatze zu versetzen. »Aber ja, definitiv unverschämt«, fügte ich rasch hinzu. Ich musste daran denken, wie Jonathan am Anfang gewesen war; er hatte mich nicht gerade freundlich aus seinem Haus verbannt, doch mittlerweile liebte er mich über alles.

»Hm, ich frage mich, ob sie irgendwann mal mit uns abhängt«, holte Nellie mich aus meinen Erinnerungen.

»Ich hatte eher das Gefühl, dass sie lieber in ihrem Garten bleiben will«, drückte Tiger es diplomatisch aus.

»Ich wünschte, der da würde auch in seinem Garten bleiben«, murmelte Rocky und deutete mit dem Kopf auf Zander, der sich uns näherte.

»Hab ich's mir doch gedacht, dass ihr alle hier seid. Ihr seid so langweilig und vorhersehbar. Habt ihr schon die Neue kennengelernt?«, fragte Zander in seiner typisch spöttischen Art. Er mochte uns zwar genauso wenig wie wir ihn, aber dem neuesten Klatsch und Tratsch konnte er einfach nicht widerstehen.

»Jepp«, erwiderte Tiger und weigerte sich, ihm mehr zu erzählen.

»Uh, und jetzt hältst du dich wohl für ganz toll? Aber ich hab sie auch schon gesehen«, gab Zander zurück.

»Und ich wette, sie wollte nicht mit dir reden«, fügte ich hinzu und sah ihn aus verengten Augen an. Aus irgendeinem Grund fühlte ich mich plötzlich mutiger als sonst.

»Nein, wollte sie nicht. Die dumme Pute ist sofort weggelaufen, als sie mich gesehen hat.« Er klang ärgerlich.

»Also, das kann ich ihr nicht verübeln«, sagte Tiger, und wir lachten alle. Nur Zander fauchte sie böse an und sah aus, als wollte er gleich auf sie losgehen.

»Das wäre ziemlich dumm von dir«, warnte ihn Bandit und stellte sich direkt neben Tiger. »Oder willst du dich wirklich mit uns allen anlegen?«

»So viel Mühe seid ihr mir nicht wert.« Zander stieß noch ein letztes Fauchen aus, dann drehte er sich um und lief davon.

»Ich kann ihn echt nicht leiden«, meinte Rocky und sprach damit das aus, was wir alle dachten.

Da ich ein bisschen nachdenken wollte, verzog ich mich in den kleinen Park am Ende der Straße, während Tiger sich auf den Heimweg machte. Sie sagte zwar, sie sei müde, aber ich konnte sehen, dass sie immer noch sauer auf mich war und einen ihrer typischen Schmollanfälle hatte. Als wir uns trennten, wollte ich ihr einen freundschaftlichen Stups mit der Nase geben, doch sie wehrte mich ab. Ich wusste zwar nicht genau, was ich ihr getan hatte, aber ich würde mir später irgendetwas Nettes für sie einfallen lassen.

Bei meiner Ankunft im Park erlebte ich eine freudige Überraschung, denn Polly war mit den Kindern dort. Henry saß auf der Rutsche, und Martha versuchte zu laufen, doch sie fiel immer wieder hin. Trotzdem stand sie immer wieder auf, um es erneut zu probieren, während Polly sie anfeuerte, und ich staunte über ihre Hartnäckigkeit.

»Alfie!«, rief Henry, als er mich sah, und rannte sofort auf mich zu. Er kniete sich neben mich auf den Boden und streichelte mich, und ich genoss seine Aufmerksamkeit. Schließlich folgte ich ihm zu Polly hinüber, die jetzt die weinende Martha auf dem Arm hatte.

»Traurig, Martha?«, fragte Henry seine Schwester, und seine Augen waren dabei voller Sorge.

»Sie hat sich gestoßen, als sie hingefallen ist, Schatz«, erklärte Polly und lächelte dann mich an. »Hi, Alfie.« Ich miaute zur Begrüßung und stellte den Schwanz auf.

»Okay, wir müssen jetzt los zu Franceska. Sie hat uns zum

Mittagessen eingeladen. Aber, Alfie … Ich fürchte, das ist ein wenig zu weit für dich«, sagte sie bedauernd, während sie Martha im Buggy festschnallte und anschließend versuchte, Henry dazu zu überreden, sich ebenfalls hinzusetzen.

»Ich laufen«, verkündete Henry. Und plötzlich kam mir eine tolle Idee. Ich war noch nie in Franceskas neuer Wohnung gewesen, was vor allem daran lag, dass ich Angst hatte, mich zu weit von meinem Zuhause zu entfernen. Als ich gezwungen war, mein erstes Zuhause zu verlassen, weil Margaret gestorben war, hatte ich wochenlang durch die Gegend laufen müssen, bevor ich die Edgar Road gefunden hatte. Ein paarmal wäre ich fast umgekommen, denn die großen Straßen, die ich überqueren musste, waren wesentlich gefährlicher, als ich erwartet hatte. Deshalb hatte ich Angst, aber ich wollte auch sehen, wo meine dritte Familie wohnte. Wenn Henry nicht in der Kinderkarre mitfahren wollte, bedeutete das, es gab einen freien Platz, und so sprang ich kurzerhand auf seinen Sitz.

»Alfie!«, rief Polly tadelnd. Henry lachte, genau wie seine Schwester. »Okay, du darfst mit uns zum Essen kommen, aber wenn Henry nicht mehr laufen will, musst du auf seinem Schoß sitzen.« Sie schüttelte den Kopf und fing an, uns zu schieben. Ich blickte zu Martha, die mich begeistert anlächelte. Glücklich bewegte ich meinen Schwanz hin und her. Ich wusste genau, was sie mir sagen wollte: Das hier war keine schlechte Methode, um sich fortzubewegen.

Der Weg schien recht lang zu sein, und auf halber Strecke wollte Henry in den Buggy, sodass Polly mich auf seinen Schoß setzte.

Als wir die ruhige Edgar Road hinter uns gelassen hatten, wurden die Straßen lebhafter. Es gab mehr Verkehr, mehr Läden und wesentlich mehr Menschen, um die Polly die Doppelkarre herumbugsieren musste. Nach kurzer Zeit schob ich meine Bedenken beiseite und konzentrierte mich stattdessen auf die Umgebung, nur für den Notfall. Schließlich erreichten wir das Restaurant von Franceska und Tomasz, das *Ognisko*, und als Polly davor anhielt, konnten wir durch das große quadratische Fenster hineinschauen. Das Lokal sah sehr einladend aus mit seiner blau gestrichenen Holzfassade, fand ich. Drinnen war es auch sehr voll, und die Menschen, die an den rustikalen Holztischen mit den blütenweißen Tischdecken saßen, wirkten sehr zufrieden, während sie sich ihr Essen schmecken ließen. Ich war ganz aufgeregt, weil ich zum ersten Mal hier war.

Polly ging mit uns zu einer anderen Tür und drückte dort auf die Klingel. Es dauerte nicht lange, bis Franceska uns öffnete, mit einem breiten Lächeln im Gesicht. Polly klappte den Buggy zusammen und ließ ihn im Eingangsbereich stehen, während wir die Treppe hinauf in die Wohnung stiegen.

»Hey, du hast Alfie mitgebracht!« Franceska strahlte, und ich schenkte ihr mein schönstes Katzengrinsen.

»Er ist einfach in den Buggy gesprungen, und ich dachte: Warum nicht? Wobei ich mir schon ein bisschen wie eine Verrückte vorkam, weil ich eine Katze spazieren fahre.« Sie lachten beide.

»Tomasz?«, rief Henry auf der Suche nach seinem Freund. Es verwirrte mich jedes Mal, dass sowohl der Vater als auch der jüngste Sohn der Familie Tomasz hießen. Ich nannte sie der große und der kleine Tomasz, um sie auseinanderzuhalten, trotzdem war es nicht besonders schlau, zwei Menschen, die im selben Haus wohnten, den gleichen Namen zu geben.

»Oh, mir tut leid, Schatz, der ist heute in der Schule. Aleksy auch. Aber du kannst mit seinen Sachen spielen, komm.« Franceska führte Henry durchs Wohnzimmer. Der

Raum war hell, warm und gemütlich und größer als der, den sie in der Edgar Road gehabt hatten. Er war sogar so groß, dass sie nicht nur das Sofa, sondern auch den Esstisch mit hineingestellt hatten. Auf dem lag ganz viel Essen, und ich konnte riechen, dass es Sardinen gab, ein Leckerbissen für mich – als hätte sie gewusst, dass ich komme.

»Okay, Alfie, du bekommst Fisch. Zum Glück ich habe welchen da, obwohl ich keine Ahnung gehabt, dass du kommst.« Lachend hob sie mich hoch und drückte mich liebevoll an sich.

Wir hatten einen wunderschönen Nachmittag zusammen. Ich konnte sogar einen Erkundungsrundgang durch die Wohnung machen, was toll war, weil ich nun endlich wusste, wie die Familie lebte. Nach dem Mittagsansturm im Restaurant kam der große Tomasz, Franceskas Mann, zu uns nach oben und freute sich wahnsinnig, mich zu sehen. Der Spitzname, den ich ihm gegeben hatte, passte zu ihm: Er war ein großer Mann, aber viel sanfter, als er ausschaute. Ich hatte mir immer gewünscht, ihn besser kennenzulernen; da er jedoch so viel arbeitete, sah ich ihn am allerwenigsten von allen.

Als wir gehen mussten, war ich richtig traurig, aber auf dem Rückweg schliefen Martha und Henry ein, sodass ich mich auf Henrys Schoß zusammenrollen und mitfahren konnte. Nach der überraschenden Abwechslung hatte ich allerdings selbst Mühe, die Augen offen zu halten.

Vor Claires und Jonathans Haus sprang ich aus dem Buggy und rieb mich an Pollys Bein, um mich bei ihr für den Ausflug zu bedanken. Jetzt wurde es dringend Zeit für ein Schläfchen, doch ich konnte einfach nicht widerstehen und musste noch einmal zu Nummer 48 hinübergehen, um einen Blick hineinzuwerfen. Mittlerweile hatten sie vorn schon an allen Fenstern Vorhänge angebracht, und die im unteren Bereich waren alle zugezogen, mitten am Tag. Noch so etwas Seltsames. Sogar bei einem der oberen Räume waren die Vorhänge geschlossen.

Nirgendwo rührte sich etwas, und auch von der schönen weißen Katze war nichts zu sehen. Ich dachte kurz darüber nach, ums Haus herumzugehen, doch ich wollte keinen weiteren unangenehmen Zusammenstoß mit ihr erleben, solange ich mir nicht überlegt hatte, wie ich mich ihr am besten nähern könnte. Deshalb würde ich erst mal eine Nacht darüber schlafen. Das war die beste Lösung, beschloss ich, während ich mich auf den Weg in meinen Garten machte. Ich wollte gerade durch die Katzenklappe springen, als mir etwas einfiel. Sofort lief ich hinüber zu dem Gartenzaun, der unser Grundstück von dem der Nummer 48 trennte. Als ich damals bei Jonathan eingezogen war, hatte ich entdeckt, dass eins der Bretter unten ein bisschen lose war. Dadurch konnte ich in den Nachbargarten sehen, aber das hatte mich nie interessiert, weil ich nicht das Bedürfnis gehabt hatte, hinüberzugehen. Bis jetzt.

Vorsichtig stieß ich das Brett mit meiner Nase an und stellte zu meiner Begeisterung fest, dass es sich immer noch leicht bewegen ließ. Zwar war die Lücke nicht groß genug, um mich hindurchzuquetschen, aber ich konnte ein Stück vom Garten überblicken und sogar die Hintertür sehen. Auf diese Weise konnte ich die Katze von nebenan im Auge behalten, dachte ich freudig und beschloss, alles zu tun, was nötig war, um mit der weißen Katze Freundschaft zu schließen. Und als ich nun vom Zaun zurücktrat, wusste ich, dass ich nicht eher ruhen würde, als bis ich mein Ziel erreicht hatte.

Kapitel Sieben

»Ich kann auch gern was kochen«, bot Jonathan an, während er vor seinem kostbarsten Besitz stand: seiner Kaffeemaschine, die gerade vor sich hin surrte. Als ich dieses Chromding zum ersten Mal gurgeln und spucken gehört hatte, hatte ich gedacht, es wäre lebendig und würde mich fressen, doch mittlerweile hatte ich mich daran gewöhnt. Jonathan mochte anscheinend glänzende Apparate, die viel Geld kosteten und reichlich Lärm machten.

»Nimm's mir nicht übel, Schatz, aber wenn du kochst, muss ich hinterher alles saubermachen und brauche meistens Wochen dafür. Außerdem kennst du ja Tasha und Dave: Die sind mit allem zufrieden.«

»Okay, aber wenn du kochst, muss ich dann auch saubermachen?«

»Das fragst du mich jetzt nicht ernsthaft, oder?« Claire verdrehte die Augen. »Du weißt doch genau, dass ich schon direkt beim Kochen alles aufräume und putze. Wenn du unbedingt was tun willst, kannst du uns einen guten Wein besorgen und ein paar Blumen fürs Haus, und mir kannst du ein schönes neues Kleid mitbringen.«

»Wirklich? Das alles?« Leicht verwirrt nahm Jonathan seinen Kaffee und setzte sich an den Küchentisch.

»Okay, ich brauche kein neues Kleid, aber Blumen und Wein wären schön.«

»Du weißt aber, dass du es nur zu sagen brauchst, wenn ich dir ein Kleid schenken soll, oder? Ich würde dir alle Kleider dieser Welt kaufen, wenn ich dich damit glücklich machen kann, mein Schatz.«

»Ja, das weiß ich, und genau deswegen liebe ich dich auch so.«

Wieder einmal musste ich mir die Augen mit den Pfoten zuhalten, weil sie anfingen zu knutschen. Ich war froh, dass die beiden so glücklich miteinander waren, aber das musste ich mir nicht unbedingt mitansehen. Tasha zog Claire immer damit auf und bezeichnete dieses Glücklichsein als die »Flitterwochenphase«. Ich wusste zwar nicht genau, was das bedeutete, aber ich schätzte, sie wollte damit sagen, dass diese Zeit nicht ewig andauern würde. Hoffentlich. Ich war ja absolut für Zärtlichkeiten zu haben, nur manche Menschen übertrieben es damit – und gerade ging es fast so weit, dass es mir mein Frühstück verdarb.

Zeit, dass ich das Haus verließ. Ich hatte Tiger versprochen, bei ihr vorbeizukommen und mit ihr den Vormittag zu verbringen. Vielleicht auch mit einigen unserer Freunde, je nachdem, wer gerade draußen war. In den letzten Tagen hatte sich die schöne weiße Katze nicht blicken lassen, so wenig wie ihre Besitzer. Dabei hatte ich recht viel Zeit am Zaun verbracht. Trotzdem wusste ich noch nicht einmal ihren Namen. Und ich wollte doch so gern wissen, wie sie hieß.

Claire hatte Jonathan erzählt, dass sie zu den Nachbarn hinübergegangen war, um Hallo zu sagen, aber es hatte niemand aufgemacht, obwohl sie sicher war, Geräusche im Haus gehört zu haben. Die Leute waren definitiv mysteriös, und ich fragte mich, ob Vic und Heather schon bei ihnen gewesen waren. Wahrscheinlich saßen sie ständig am Fenster und beobachteten das Haus mit Ferngläsern.

Ich hatte immer noch keinen Plan, wie ich an die weiße Katze herankommen könnte, aber ich arbeitete daran. Die

Rädchen in meinem kleinen Gehirn drehten sich unaufhörlich, und vielleicht war ja heute der Tag, an dem ich sie wiedersehen würde.

Als ich Tigers Haus erreichte – nicht ohne zuvor durch meinen Garten zu gehen und noch schnell einen Blick durch den Zaun zu werfen –, saß sie schon draußen und putzte sich, bevor wir zu unserer allmorgendlichen Runde aufbrachen.

Bewegung war wichtig für mich, vor allem wegen meiner Verletzung, aber ich musste auch fit bleiben und wollte nicht, dass meine Gelenke einrosteten. Deshalb hatte ich mir angewöhnt, fast jeden Tag in den Park zu gehen, manchmal mit Polly, andere Male mit Tiger, oder einen Streifzug durch die Edgar Road zu machen.

»Park?«, fragte Tiger.

»Du kannst Gedanken lesen«, antwortete ich. Der Park am Ende unserer Straße war zwar klein, aber wir liebten ihn. Es gab überall Büsche, eine Menge Tiere, die man jagen konnte, und natürlich kamen auch viele Kinder hierher. Wir fanden also immer etwas, das uns unterhielt.

Auch ein Teich lag in dem Park, doch an den dachte ich nicht gern, nachdem ich einmal hineingefallen war und fast ertrunken wäre. Zum Glück hatte Matt mich gerettet, aber seit dieser Erfahrung hielt ich mich von Wasser fern. Selbst um Pfützen machte ich einen großen Bogen, wenn es irgendwie möglich war.

Auf dem Weg spähten wir kurz zu Haus Nummer 48 hinüber, um zu schauen, ob es irgendetwas Neues gab, doch es hatte sich nichts verändert. Die Vorhänge waren immer noch zugezogen, allerdings schimmerte heute Licht dahinter. Ich war ja kein voreingenommener Kater, aber das war wirklich höchst seltsam.

»Zanders Besitzer haben gesagt, dass da vielleicht zwanzig

Leute wohnen«, erzählte ich Tiger, »aber wir haben nur vier gesehen.«

»Die beiden sind gestern zu uns gekommen und haben sich aufgeregt, dass die Leute dort Kriminelle seien. Sie meinten, bisher hätte niemand die Neuen gesehen, und sie würden ständig die Vorhänge zuziehen, deshalb hätten sie garantiert irgendwas vor. Die Goodwins haben auch irgendwas über eine Drogenbande gesagt, aber ich habe keine Ahnung, was das ist.«

»Ich auch nicht. Aber das werden wir sicher bald erfahren. Irgendwann müssen sie ja mal rauskommen.« Erneut grübelte ich darüber nach, wieso die Menschen in Haus Nummer 48 sich so geheimniskrämerisch benahmen, doch mir fiel nichts ein. Gleichzeitig war ich ganz durcheinander, weil die Aussicht, die weiße Katze wiederzusehen, mich hypernervös machte. Und genau in diesem Moment wurde unsere Warterei belohnt, als die Haustür sich öffnete und der mürrische Junge herauskam. Verstohlen blickte er sich um, dann zog er seine Kapuze über den Kopf und ging den Gartenweg hinunter. Und ich fing vor lauter Aufregung an zu zittern, denn hinter ihm lief die weiße Katze aus dem Haus.

»Schau mal, Tiger«, sagte ich und stupste sie mit dem Kopf an. Wie gebannt starrten wir hinüber und wagten nicht, uns zu rühren. Als der Junge die Straße erreichte, beugte er sich hinunter und streichelte die Katze.

»Ciao, Schneeflocke«, sagte er und klang dabei ziemlich schlecht gelaunt. »Wünsch mir Glück.« Schneeflocke schnurrte und rieb sich auf eine sehr liebevolle Weise an seinem Bein. Sie wirkte vollkommen anders als bei unserer ersten Begegnung. Und ich kannte jetzt ihren Namen!

Als der Junge davonging, blickte sie zu uns herüber. Ich setzte mein charmantestes Lächeln auf, doch sie kniff sofort die Augen zusammen, drehte sich um und stolzierte mit aggressiv wippendem Schwanz zur Haustür zurück, wo die Frau stand. Die lächelte Schneeflocke mit zusammengepressten Lippen an, hob sie hoch und schloss die Tür.

»Hm, ich hasse es zwar, das zu sagen, aber ich muss Zander recht geben: Die verhalten sich wirklich merkwürdig«, stellte Tiger fest.

»Das stimmt, aber wenigstens wissen wir jetzt, dass die wunderschöne Katze Schneeflocke heißt.«

»Alfie, die ist doch voll unverschämt! Und du magst sie vielleicht für schön halten, aber ich finde, sie ist eiskalt.« Ich stellte meine Schnurrhaare auf – Tiger klang selbst eiskalt.

»Denk doch mal dran, wie Jonathan am Anfang zu mir war, Tiger: fies und gemein. Und jetzt liebt er mich. Ich glaube, da steckt mehr dahinter, als man auf den ersten Blick sieht, und ich werde herausfinden, was.«

»Nicht schon wieder«, murmelte Tiger und schaute mich streng an.

Ich wand mich und versuchte, ihrem finsteren Blick auszuweichen, aber ich wusste, was sie meinte. Ich hatte mich immer eingemischt, weil ich helfen wollte. Seit ich in die Edgar Road gezogen war, kam es mir irgendwie so vor, als wäre das meine Aufgabe. In letzter Zeit war es hier zwar ziemlich ruhig geworden, aber ich konnte nun mal nicht aus meinem Fell. Die Menschen sagten oft: Die Katze lässt das Mausen nicht. Und tatsächlich waren meine Hilfsbereitschaft und Neugier das, was mich antrieb. Unser Interesse an allem, was um uns herum vorgeht, macht einen Teil unserer Katzenintelligenz aus – daran glaube ich fest.

Kurze Zeit später setzten wir unseren Streifzug in einvernehmlichem Schweigen fort. Ab und zu hielten wir an, um irgendein fliegendes Insekt zu jagen oder mit einem Blatt zu spielen, das einladend über der Straße hing. Ich versuchte,

Tiger damit zu besänftigen, dass ich eine Fliege für sie fing, und als ich im Kreis hinter dem Viech herjagte, fing Tiger an zu lachen. Damit verzieh sie mir schließlich – wobei ich mich immer noch fragte, warum sie in letzter Zeit ständig so schroff zu mir war.

Der Park lag fast völlig verlassen da, als wir dort ankamen. Ich führte Tiger zu unserer Lieblingsstelle, wo es einige der buschigsten Büsche gab, außerdem eine Menge bunter Blumen und mehrere einladende Bäume. Wir spielten unser neues Lieblingsspiel: Verstecken und plötzlich herausspringen. Das war zwar albern, aber es machte Spaß.

Und dann sah ich ihn.

»Besuch!«, rief ich Tiger zu, und wir beeilten uns, auf den nächstgelegenen Baum zu klettern. Ein kleiner rundlicher Hund mit kurzen Beinen, aber langem Fell kläffte uns an, während wir ihn ärgerten. Wenn wir um diese Zeit hierherkamen, trafen wir oft auf diesen Hund, und mittlerweile hatten wir ihn in unser tägliches Training integriert – wenn mein Bein schmerzte, musste ich mich allerdings vor ihm verstecken. Der Hund wurde immer von seiner Besitzerin begleitet, die ihm schreiend hinterherlief.

»Roly, komm her! Roly, hör auf, ROLY!«, rief die grauhaarige Frau, während sie schnaufend und japsend herüberkam und dabei mit der Leine herumfuchtelte, als wäre sie eine Peitsche. Wir mussten so lachen, als sie die Leine endlich wieder am Halsband des Hundes befestigt hatte und ihn ausschimpfte.

»Böser Hund. Wir jagen keine Katzen!«, herrschte sie ihn an. »Wie oft muss ich dir das noch sagen?«

»Noch sehr oft, hoffe ich.« Tiger lachte. Schließlich waren wir nie in ernsthafter Gefahr, und diese kleine Episode versüßte uns jedes Mal den Tag.

»Also wirklich, die Menschen verbringen so viel Zeit in ihren Fitnessstudios und geben so viel Geld dafür aus. Wir brauchen nur einen Hund, der uns jagt«, sagte ich zu Tiger.

»Und die Menschen halten sich für die intelligenteren Wesen«, entgegnete sie mit einem schiefen Grinsen.

Als wir wieder in der Edgar Road waren, ging Tiger nach Hause, um ihr Schläfchen zu halten, und ich beschloss, bei Polly und Matt vorbeizuschauen. Ich schätzte, dass Matt bei der Arbeit war, aber die Kinder waren vielleicht daheim. Durch die Katzenklappe sprang ich ins Haus und stellte zu meiner großen Freude fest, dass Franceska bei Polly in der Küche saß.

»Alfie!« Franceska stand auf, um mich zu streicheln. »Diese Woche wir sehen uns richtig oft.«

»Ich wette, du hast Hunger, stimmt's?«, fragte Polly lächelnd und erhob sich ebenfalls. Sie öffnete eine Dose mit Lachs, den sie in eine besondere Schüssel gab, die sie nur für mich aufbewahrte. Dann gab sie noch Wasser in meinen Trinknapf, wofür ich ihr sehr dankbar war. Die viele Bewegung hatte mich durstig gemacht. Leider waren die Kinder weder zu hören noch zu sehen. Doch in diesem Moment fiel mir ein, dass die Jungs im Kindergarten beziehungsweise in der Schule waren, während Martha wahrscheinlich schlief. Und so rollte ich mich auf der Fensterbank des Küchenfensters zusammen und gönnte mir ein bisschen wohlverdiente Erholung, während ich dem Gespräch der beiden Frauen lauschte.

»Problem ist: Aleksy redet nicht mit mir«, erzählte Franceska. »Ich meine, ich frage ihn, wie es ist in Schule, und er sagt nur: ›Okay, Mama.‹ Mehr nicht.«

»Aber du glaubst, es stimmt irgendwas nicht?« Polly

wirkte besorgt, genau wie ich. Auf einmal erinnerte ich mich daran, dass er neulich ein wenig still gewesen war und ich den Eindruck gehabt hatte, er wolle mir etwas erzählen, bevor wir unterbrochen wurden.

»Na ja, in seinen Sachen sind Risse, und er verliert immer wieder was, neulich seine Federmappe. Außerdem ist er mehr still als sonst und hat auf einmal nicht mehr viel Lust auf Schule.«

»Hast du mal mit der Schule gesprochen?«

»Ich hab Termin bei der Schulleitung nachher, aber man hört ständig von diese Mobbing und wie schwer es fällt den Kindern, darüber zu reden. Ich könnte nicht ertragen, wenn jemand meinem Aleksy so was tut.«

»Natürlich nicht, Frankie. Als Mutter macht man sich ständig Sorgen um seine Kinder. Ich zum Beispiel rege mich fürchterlich auf, wenn irgendein Kind im Kindergarten meinen Henry schubst. Aber wenn ich mir vorstelle, nicht zu wissen, was mit ihm los ist …«

»Ich weiß. Mutter zu sein ist toll, aber Sorgen zu machen ist Preis dafür.«

»Und schlechtes Gewissen.« Für einen Moment legte sich ein Schatten auf Pollys Gesicht. »Aber gib mir Bescheid, wenn du mit der Schule gesprochen hast und wenn wir irgendwas tun können. Aleksy und Matt verstehen sich doch so gut, vielleicht kann er mal mit ihm Fußball spielen gehen und mit ihm reden.«

»Das ich fände toll.« Franceskas Englisch war so viel besser geworden als am Anfang, aber wenn sie aufgewühlt war, machte sie mehr Fehler als sonst. »Sein Vater versucht, mit ihm zu reden, aber er verschließt auch bei ihm.«

In meiner Brust erhob sich ein nervöses Flattern. Mir war schon klar, dass bald wieder irgendetwas passieren würde – es war einfach schon zu lange so ruhig und friedlich gewesen. Aber dass es Aleksy betreffen würde, damit hatte ich überhaupt nicht gerechnet. Ich musste diese Situation im Auge behalten, genau wie die neue Familie. Irgendetwas sagte mir, dass ich in nächster Zeit wieder viel zu tun haben würde.

»Wie wäre es mit diesem Wochenende? Wollen wir uns am Sonntag treffen?«

»Das wäre super. Wir könnten alle in Park gehen, vielleicht Matt dann kann versuchen, mit Aleksy zu reden. Wir haben schon versucht, Tomasz und ich, aber er will nicht …«

»Ach, Frankie, das ist doch ganz normal: Kinder wollen ihre Eltern nicht beunruhigen. Sie wissen nicht, dass wir uns nur noch mehr Sorgen machen, wenn sie nicht mit uns reden. Aber wir finden schon heraus, was mit ihm los ist, das verspreche ich dir.« Polly griff über den Tisch und nahm Franceskas Hände in ihre. Ich ließ ein sanftes Schnurren hören, weil ich mich so freute, dass auch diese Freundschaft, die ich in die Wege geleitet hatte, so eng geworden war. Es erinnerte mich daran, dass ich den Menschen helfen wollte, sowohl Aleksy als auch der neuen Familie. Das war nun mal meine Aufgabe.

Schließlich miaute ich laut und sprang von meinem Platz, um Franceska zärtlich um die Beine zu streichen. Ja, wir würden herausfinden, was mit Aleksy los war, dazu war ich fest entschlossen. So langsam wurde meine To-do-Liste immer länger.

Kapitel Acht

Nachdem Polly und Franceska gegangen waren, um die Jungs abzuholen, schlief ich irgendwann ein, und als ich wieder aufwachte, war es schon fast dunkel. Träge streckte ich mich; ich hatte keine Ahnung, wie lange ich geschlafen hatte, aber es kam mir vor wie eine Ewigkeit. Schließlich machte ich mich auf den Weg zurück zu Claire und Jonathan. Ich freute mich, weil Tasha, die auch zu meinen Lieblingsmenschen gehörte, heute zum Abendessen vorbeikam, zusammen mit ihrem Freund Dave. Blöderweise war der allergisch gegen Katzen, doch wenn er bei uns zu Besuch war, nahm er irgendwelche Pillen, um nicht dauernd niesen zu müssen. Die anderen fanden das alle lustig, ich allerdings nicht, mich beleidigte es. Antikatzenpillen zu schlucken war nicht witzig. Früher hatte ich immer gesagt, ich würde niemals einem Mann trauen, der allergisch auf Katzen reagierte, doch Dave schien ganz nett zu sein, und da ich Tasha liebte, musste ich ihn nun mal akzeptieren.

Als ich ins Haus kam, war Claire gerade dabei zu kochen, und Jonathan las am Tisch die Zeitung, wobei er vor sich hin summte. Sie hatten beide ein Getränk vor sich stehen und sahen glücklich aus. Ich setzte mich neben die Tür, legte den Kopf schief, und als ich sie so beobachtete, überkam auch mich ein Glücksgefühl.

»Alfie«, begrüßten die zwei mich gleichzeitig und lächelten mich breit an. Ich stupste meinen Napf an, um ihnen zu sagen, dass ich Hunger hatte.

»Kommt sofort«, verkündete Jonathan und ging auf den riesigen Kühlschrank zu.

»Jonathan, er braucht keinen geräucherten Lachs. Der ist für morgen fürs Frühstück, und ich hab sehr viel Katzenfutter eingekauft«, informierte Claire ihn, und sie klang ganz ärgerlich.

Ich stieß ein Protestmiauen aus.

»Bevor ich dich kannte, mein Liebling, hat er bei mir fast immer Fisch bekommen. Damit kann ich jetzt nicht einfach aufhören und ihm den Fraß geben, mit dem du ihn fütterst.«

»Aber so verwöhnst du ihn.«

»Das hat er sich auch verdient, er ist schließlich ein besonderer Kater.« Jonathan schnitt den Lachs klein und legte ihn in meinen Napf, als wäre ich Gast in einem Fünfsternerestaurant. Genüsslich leckte ich mir über die Lippen.

»Das ist er auf jeden Fall«, pflichtete Claire ihrem Mann bei und lächelte nachsichtig.

Als Tasha und Dave ankamen, zogen bereits sehr angenehme Düfte aus der Küche durchs Haus. Ich liebte Tasha, und wenn sie zu Besuch kam, musste ich an die Zeit denken, als Claire und ich noch allein gelebt hatten und sie unsere erste richtige Freundin gewesen war. Deshalb rannte ich auch zur Tür, um sie zu begrüßen, während Jonathan mir folgte und mich sanft ermahnte, weil ich ihm im Weg war.

»Alfie, wenn du mir weiter so vor den Füßen rumläufst, stolpere ich irgendwann«, tadelte er mich, während er die Tür öffnete. Ich weiß, ich war zu stürmisch, aber ich freute mich nun mal so.

»Hi«, sagte Jonathan lächelnd und trat zurück, um Tasha und Dave ins Haus zu lassen. Tasha nahm mich sofort auf den

Arm, während Dave Jonathan irgendwelche Flaschen reichte und mich argwöhnisch ansah.

»Hi, Alfie«, begrüßte er mich, doch mir fiel auf, dass er es vermied, mir allzu nahe zu kommen. Einen Moment lang spielte ich mit dem Gedanken, mich an seinem Bein zu reiben, um ihm Hallo zu sagen, aber dann kam ich zu dem Schluss, dass ich unsere Beziehung auf Distanz respektieren musste und nicht beleidigt sein sollte.

»Ich hab dich vermisst, Alfie«, sagte Tasha, während sie mich durchs Haus in die Küche trug. Ich genoss es, dass sie mich an sich drückte; sie war so warm und liebevoll, doch heute war irgendwas anders an ihr. Das war mir gleich aufgefallen. Allerdings war es etwas Gutes, auch wenn ich keine Ahnung hatte, worum es sich genau handelte.

»Hi, Tash. Oh, du hast ja Alfie dabei.« Claire beugte sich vor und küsste Tasha auf die Wangen, bevor sie Dave, der direkt hinter seiner Freundin hereinkam, auf die gleiche Weise begrüßte.

»Okay«, sagte Jonathan, »was wollt ihr trinken?« Tasha setzte mich auf dem Boden ab.

»Für mich bitte ein Bier, Kumpel«, sagte Dave.

»Und du, Tash?«, fragte Jonathan. »Wir haben alle möglichen Weinsorten da.«

Tasha und Dave wechselten einen Blick.

»Na ja … also … momentan trinke ich keinen Alkohol«, begann sie.

»Wieso nicht? Bist du krank?«, erkundigte sich Claire. Sie stand mit dem Rücken zu uns, weil sie gerade irgendwelche edlen Chips in eine Schüssel füllte.

»Nein, überhaupt nicht. Es ist nur, ich bin … na ja … wir … sind schwanger!«, erklärte Tara lachend, und das Glück stand ihr deutlich ins Gesicht geschrieben. Auch Dave strahlte begeistert, während Jonathan zu ihm hinüberging und ihm auf den Rücken klopfte.

»Das sind ja tolle Neuigkeiten, ihr beiden. Herzlichen Glückwunsch.« Er gab Tasha einen Kuss auf die Wange.

Claire erstarrte für einen Moment, und auf ihrer Miene zeichnete sich ein Ausdruck großer Beklommenheit ab, während sie sich an der Arbeitsplatte festhielt. Ich konnte ihre Angst sehen und den Kampf, der sich in ihr abspielte. In Gedanken beschwor ich sie, irgendetwas zu sagen, und zu meiner Erleichterung zwang sie sich jetzt zu einem Lächeln. Als sie sich umdrehte, hatte sie ihre Fassung wiedergewonnen. Meine liebe Claire war wieder da.

»Wie schön, Tash! Und Dave. Das ist wirklich super.« Sie umarmte und küsste ihre Freunde, und ich konnte endlich aufatmen.

Im Laufe des Abends, während die beiden Frauen sich über Babys unterhielten, spürte ich allerdings die Anspannung, die Claire unterschwellig ausstrahlte. Und obwohl sie sich verhielt wie immer und über alle möglichen Themen sprach, drehte sich an diesem Abend alles um Tasha.

»Glaubst du, die Akupunktur hat geholfen?«, wollte Claire wissen.

»Genau weiß ich es natürlich nicht, aber es kann durchaus sein. Und geschadet hat's auf jeden Fall nicht«, sagte Tasha lächelnd. »Ich kann gar nicht fassen, wie sehr ich mich freue. Ich meine, ich weiß, es ist noch früh, aber wow … das ist alles so aufregend.«

»Und dir ist nicht schlecht?«

»Doch, sogar ständig. Keine Ahnung, warum man das *Morgen*übelkeit nennt. Aber abends hab ich immer Hunger, deshalb danke für die Einladung.« Sie lachte erneut, und alles an ihr funkelte vor Freude.

»Na ja, es ist nur was ganz Einfaches. Hätte ich das vorher gewusst, hätte ich mir was Besonderes für den Anlass einfallen lassen«, entschuldigte sich Claire.

»Zum Glück keine Meeresfrüchte oder Leber.« Jonathan grinste.

»Ach, halt die Klappe, du Schwangerschaftsexperte«, entgegnete Claire und gab ihm einen spielerischen Klaps auf den Oberarm.

»Ich hoffe, bei euch zweien ist es auch bald so weit«, sagte Dave, doch Claire antwortete nicht darauf. Stattdessen schien sie sich plötzlich ungewöhnlich stark für ihr Essen zu interessieren.

Mit fortschreitender Uhrzeit fiel mir auf, dass Claire ziemlich viel getrunken hatte – als hätte sie Tashas Anteil am Wein übernommen.

»Ich freue mich so für euch«, sagte sie immer wieder. Ich bemerkte, dass Jonathan die ganze Zeit über schützend den Arm um seine Frau gelegt hatte, während sie am Tisch saßen; das machte er normalerweise nicht. Claire war zwar keine Alkoholikerin, aber wenn sie Stress hatte, trank sie oft viel. Damals, als sie so unglücklich gewesen war, hatte sie das auch getan, und ich wollte nicht, dass sie diese Phase noch einmal durchmachte. Doch Tasha und Dave waren so fröhlich, dass es ihnen gar nicht aufzufallen schien. Sie gingen auch schon kurz nachdem sie den Nachtisch verputzt hatten, weil Tasha so müde war, dass sie kaum noch die Augen aufhalten konnte. Als sie mich zum Abschied küsste, konnte ich nur hoffen, dass dieses Baby in Sachen Katzenallergie nicht nach Dave kam.

Schließlich waren wir drei wieder allein, und Jonathan räumte den Tisch ab, während Claire sich noch ein Glas Wein eingoss. Ich ließ mich auf ihrem Schoß nieder, und sie streichelte mich geistesabwesend.

»Bist du okay?«, fragte Jonathan, und seine Stirn war zerfurcht vor Sorge.

»Ja. Ich meine, das sollte ich eigentlich sein, aber ehrlich gesagt: Ich habe Angst, Jon. Was, wenn es bei uns einfach nicht klappt?«

»Ach Schatz.« Er legte das Geschirrtuch ab, das er in der Hand hielt, und setzte sich neben Claire. »Wie kommst du denn auf einmal auf so was?«

»Na, wenn meine beste Freundin schwanger ist, sollte ich mich doch für sie freuen. Aber stattdessen hab ich pausenlos gedacht: Ich wünschte, ich wäre an ihrer Stelle. Und so will ich nicht reagieren.«

»Aber wir probieren es erst seit ein paar Monaten, Schatz – genauso lange wie sie. Da brauchst du dir doch jetzt noch keine Gedanken zu machen.«

»Tief in mir drinnen ist mir das auch klar, aber du kennst ja meine Vorgeschichte mit meinen Ängsten. Ich weiß gar nicht, ob ich das überhaupt abstellen kann. Ich mache mir einfach die ganze Zeit über Sorgen deswegen. Ich meine, egal, wo ich nachschaue – sämtliche Experten sagen, dass man sein erstes Baby spätestens Anfang dreißig bekommen sollte, und das bin ich schon längst nicht mehr.« Sie sah so unglücklich aus, dass ich ihr am liebsten ihren Kummer genommen hätte.

»Okay. Wie wäre es denn, wenn du dir auch einen Termin bei Tashas Akupunkturspezialisten holst? Das schadet ja nichts und ist völlig natürlich. Und ansonsten machen wir alles, was dir dabei hilft, dich zu entspannen: lange Spaziergänge, Massagen … Du kannst auch aufhören zu arbeiten, wenn du willst.«

»Also, ich glaube, das wäre dann doch etwas übertrieben.« Claire lachte traurig. »Außerdem hasst du es, spazieren zu gehen.«

»Ich meinte ja auch nicht, dass ich unbedingt mitgehen muss. Aber wenn es dich glücklich macht, würde ich es tun. Ich würde alles für dich tun, solange du nicht meine Unterhosen ins Gefrierfach legst.«

»Wieso sollte ich denn so was machen, um Gottes willen?« Mit der Frage sprach Claire genau meine Gedanken aus.

»Tu einfach so, als hätte ich das nicht gesagt. Weißt du was? Wir fahren übers Wochenende weg. Irgendwohin, wo es romantisch ist.« Trotz meiner Schläfrigkeit öffnete ich die Augen. Dieses Angebot schloss mich nicht mit ein, das spürte ich instinktiv. »Claire, ich weiß, du willst ein Baby, aber du darfst dich da nicht so reinsteigern. Vor allem nicht, wenn es noch gar kein Problem gibt.«

»Ich weiß, Jon. Ich kriege mich auch schon wieder ein – es gefällt mir nur nicht, dass ich eifersüchtig auf schwangere Frauen bin.«

»Bald bist du selbst eine schwangere Frau. Da bin ich mir sicher.« Jonathan stand auf, küsste Claire und ergriff ihre Hand. Ich sprang von ihrem Schoß, bevor er sie ins Schlafzimmer führte, und rollte mich in meinem eigenen Bett zusammen. Ich musste nachdenken. Und schlafen.

Kapitel Neun

An diesem Morgen wurde ich schon sehr früh wach, weil Jonathan aufstand. Er musste wegen der Arbeit nach Deutschland fliegen. Ich hatte zwar keine Ahnung, wo das lag, aber aus dem, was ich mitbekommen hatte, schloss ich, dass es sich dabei um ein anderes Land handelte. Deswegen musste Jonathan in ein Flugzeug steigen – eine Art riesigen Vogel, den ich schon hoch oben im Himmel hatte fliegen sehen. Das war eine der Arten, wie Menschen reisten, und Jonathan würde zwei Tage weg sein. Er verreiste oft wegen der Arbeit, und Claire sagte immer, dass ihr das gefiel, weil sie dann nicht seine schmutzigen Socken aufsammeln musste und in Ruhe lesen konnte. Aber ich glaubte, sie meinte damit eigentlich, dass sie ihn wahnsinnig vermisste. Also, ich vermisste ihn auf jeden Fall, schließlich standen mir jetzt zwei Tage Fertigfutter bevor.

Jonathan bemühte sich gar nicht erst, leise zu sein, während er sich fertigmachte. Stattdessen knallte er mit den Türen, fluchte, als er sich den Fuß stieß, und weckte damit nicht nur mich, sondern auch Claire auf.

»Guten Tag«, sagte er auf Deutsch, während Claire laut stöhnte. Ich folgte ihm nach unten und setzte mein charmantestes Gesicht auf, in der Hoffnung, dass ich noch ein letztes gutes Frühstück bekommen würde. Tatsächlich wurde ich mit Thunfisch belohnt. Ich strich um Jonathans Beine, um ihm zu zeigen, dass er mir fehlen würde, und obwohl er die ganze Zeit schimpfte, dass ich damit aufhören solle, weil ich

Haare auf seiner schicken Hose hinterließ, wusste ich genau, dass er es in Wirklichkeit genoss. Während er Kaffee machte und einen Toast aß, ließ ich mir mein Frühstück schmecken, bis er sich schließlich seine Reisetasche schnappte. Als Claire nach unten kam, gab er ihr noch einen schnellen Abschiedskuss, dann war er auch schon verschwunden.

»Er ist echt wie ein Wirbelwind, oder?« Claire schenkte mir ein warmes Lächeln, während sie den Wasserkocher anstellte. Ich miaute zustimmend. Jonathan war ein Energiebündel, und das war einer der Gründe, warum wir ihn liebten, doch wenn er nicht da war, herrschte im Haus eine angenehme Stille. Wir vermissten ihn zwar, aber wir hatten auch gern ein bisschen Ruhe und Frieden – nicht, dass wir Jonathan das jemals sagen würden.

Als Claire sich für die Arbeit fertigmachte, beschloss ich, einen Blick auf meine neuen Nachbarn zu werfen. In den vier Wochen, die sie jetzt hier lebten, hatte ich Schneeflocke und ihre Familie kaum gesehen, und das, obwohl ich ziemlich oft am losen Zaunbrett herumlungerte. Leider ohne Erfolg. Mittlerweile hatte sich meine Neugier ins Unermessliche gesteigert, und auch wenn ich das niemals öffentlich zugeben würde, ging mir Schneeflockes engelsgleiches Gesicht nicht mehr aus dem Kopf. Ich dachte fast ständig an sie und war vollkommen durcheinander. Ich wollte sie unbedingt wiedersehen, doch ich wusste nicht mal, warum oder was ich sagen sollte, wenn wir uns tatsächlich begegneten. Als ich in ihrem Garten ankam, schlich ich mich weiter vor bis zu einer Stelle, von der aus ich ins Haus schauen konnte. Durch die Terrassentüren konnte ich erkennen, dass fast die ganze Familie um den Küchentisch versammelt war. Die Frau hatte irgendeine Art blauer Uniform an und wirkte sehr müde. Der Junge saß über einen Computer gebeugt und trug ebenfalls eine Uniform, aber eine andere als seine Mutter. Schließlich kam das Mädchen in die Küche, ähnlich angezogen wie der Junge, nur mit einem Rock statt der Hose. Ich vermutete, dass diese Sachen für die Schule waren, so wie bei Aleksy, nur für ältere Kinder. Der Mann machte Frühstück, und zu meinem Bedauern ließ Schneeflocke sich nicht blicken.

Trotzdem war ich wie hypnotisiert, während ich die Szene von meinem perfekten Platz unter einem Busch aus beobachtete. Ich fragte mich, ob ich wohl so etwas wie die Katzenversion eines Stalkers war, aber andererseits waren Stalker böse, und ich hatte nur gute Absichten.

Nach einer Weile verabschiedete sich die Frau von allen mit einem Kuss und verließ den Raum. Der Vater verteilte zwei Behälter an die Kinder, und dann sah es so aus, als würde er die beiden nach draußen scheuchen. Leider konnte ich nicht verstehen, was sie sagten, doch plötzlich war die Küche vollkommen leer. Das war meine Chance.

Mag sein, dass dies nicht die vernünftigste Idee meines Lebens war, aber ehe ich mich's versah – und auf jeden Fall, ehe ich darüber nachdenken konnte –, stand ich vor der Hintertür und kroch leise durch die Katzenklappe ins Haus. Als ich in der Küche stand, fragte ich mich, was ich als Nächstes tun sollte, doch dann hörte ich Schritte, die sich in meine Richtung bewegten. Aufgeregt schaute ich mich um. Schließlich entdeckte ich einen offenen Schrank und sprang mit einem Satz hinein. Drinnen befanden sich Berge von Katzenfutter und Beutel und Kisten mit Keksen, die Sorte, die Claire gern kaufte.

»Komm, Schneeflocke«, hörte ich den Mann sagen. »Ich hab dir dein Frühstück hingestellt.« Im nächsten Moment sah ich die Beine des Mannes und hielt den Atem an: Er kam auf den Schrank zu, in dem ich hockte. Hastig versteckte ich mich hinter einer Kiste, und bevor ich wusste, wie mir geschah, machte der Mann die Tür zu.

Ich blinzelte, um meine Augen an die Dunkelheit zu gewöhnen, während ich gleichzeitig gegen die aufkommende Panik ankämpfte. Jetzt saß ich in der Falle. Ich hatte keine Ahnung, was passieren würde, wenn die Familie mich in ihrem Schrank fand, und dieser Gedanke führte dazu, dass mein Herz wild zu klopfen anfing. Fast konnte ich hören, wie es laut gegen meine Brust trommelte, und ich fragte mich, ob der Schrank wohl genauso bebte wie ich. Schließlich hockte ich mich auf den Boden und versuchte, mich zu beruhigen, indem ich langsam ein- und ausatmete und mir positive Gedanken machte.

»Ja, iss dein Frühstück, Flöckchen. Brave Katze«, sagte der Mann, und ich hörte Schneeflocke schnurren, was geradezu wie Musik klang. »Okay, ich mache mich dann mal wieder auf die Jobsuche.« Der Mann verstummte kurz. »Keine Ahnung, ob sich das wirklich lohnt, aber ich gehe trotzdem jetzt nach oben, verschanze mich in meinem Arbeitszimmer und suche nach Jobs, die es nicht gibt. Und ich hoffe, es ist was dabei, das uns den Arsch rettet.« Seine Stimme klang ziemlich traurig, und ich wünschte, ich könnte den Ausdruck auf seinem Gesicht sehen. »Ach, Schneeflocke, wieso habe ich das Gefühl, du bist die Einzige, die nicht mir die Schuld an allem gibt?«

Schneeflocke miaute sanft, um ihm zu sagen, dass sie ihn unterstützte.

»Okay, es ist zwar sehr schön, mich mit dir zu unterhalten, aber das löst leider nicht meine Probleme mit der Familie. Also gehe ich mal besser.« Wenige Sekunden später hörte ich, wie sich seine Schritte entfernten. Erleichtert stieß ich meinen angehaltenen Atem aus und überlegte kurz, ob ich mich bemerkbar machen sollte. Ich war mir sicher, dass Schneeflocke in der Lage war, die Tür zu öffnen, schließlich konnte ich das zu Hause auch, wenn es sein musste. Ich wog die Risiken gegeneinander ab. Auf der einen Seite würde ich mir Schneeflockes Wut zuziehen, wenn ich mich von ihr retten ließ. Andernfalls würde ich im Schrank bleiben müssen und damit riskieren, von den Menschen entdeckt zu werden – und da Schneeflocke gerade erst ihr Futter bekommen hatte, konnte das noch Stunden dauern. Deshalb beschloss ich, mich Schneeflocke anzuvertrauen; auf diese Weise würde ich sie wenigstens sehen. Also miaute ich so laut, wie ich konnte.

»Was zum Teufel …?«, hörte ich sie sagen, bevor das Geräusch ihrer Schritte auf dem Boden vor dem Schrank erklang. Ich miaute erneut. Dann hörte ich, wie sie an der Tür kratzte, und nach einer Weile, die mir wie eine Ewigkeit vorkam, öffnete sich die Tür einen Spaltbreit. Schneeflocke steckte ihre schlanke Pfote hindurch, um die Tür weiter aufzustoßen, und schließlich standen wir uns Auge in Auge gegenüber.

»Danke«, sagte ich leise, und die Erleichterung war größer als meine Angst.

»Du schon wieder!«, fauchte sie. Ihre wunderschönen Augen blitzten vor Ärger.

»Es tut mir leid, Schneeflocke. Ich bin Alfie, falls du das vergessen hast. Ich wollte dich nur richtig in der Nachbarschaft willkommen heißen und … na ja … ich …« Ich hatte das nicht wirklich durchdacht.

»Und da hast du beschlossen, in mein Haus einzubrechen und dich in meine Speisekammer zu schleichen? Du hast sie doch nicht mehr alle.« Sie sah so wütend und gleichzeitig so schön aus, dass mir fast schwindlig wurde. Ich versuchte, all meinen Charme einzusetzen.

»Ich wollte Hallo sagen, weil ich dich seit deinem Einzug

nicht mehr gesehen habe. Ich bin nur ein netter Nachbar und möchte, dass wir Freunde werden.«

»Vielen Dank, ich brauche keine Freunde«, entgegnete sie.

»Jeder braucht Freunde«, gab ich zurück. »Und soweit ich das beurteilen kann, hast du es hier nicht so leicht.«

»Das geht dich nichts an.« Meine Güte, war die frostig!

»Ich will nur helfen. Wieso seid ihr hierhergezogen?«

»Also, irgendwie kann ich mich nicht entscheiden, ob du nur dumm bist oder *sehr* dumm. Ich will nicht mit dir befreundet sein. Ich will dich auch nicht hier in meinem Haus haben. Und irgendwelche Probleme in meiner Familie gehen nur uns was an. Wir brauchen niemanden, der sich da einmischt.« Aggressiv fletschte sie die Zähne.

»Ich will mich überhaupt nicht einmischen. Ich wollte nur meine Hilfe anbieten.«

»Du bist also sehr dumm, verstehe. Und jetzt lass mich in Ruhe, bevor ich richtig sauer werde.« Ihre Augen funkelten angriffslustig, und sie sah aus, als würde sie sich tatsächlich gleich auf mich stürzen. Ich wusste, wann ich mich geschlagen geben musste. Vorläufig.

»Okay, ich gehe, aber eins will ich dir noch sagen: Jeder braucht Freunde, sogar du, und wenn du mich brauchst, weißt du ja, wo du mich findest.«

»Hoffentlich nie wieder in meinem Haus!«, fauchte sie mir hinterher, als ich mich davontrollte.

Ich verließ ihren Garten und machte mich auf die Suche nach Tiger. Katzen, die miauten, kratzten nicht, und Schneeflocke miaute nur, entschied ich. Sie mochte mich zwar noch nicht mit ausgestreckten Pfoten willkommen heißen, aber irgendwann würde sie das tun, da war ich mir sicher. Und ich gehörte nicht zu den Katzen, die einfach so aufgaben.

Plötzlich kam mir eine Idee. Ich würde ihr etwas zum Einzug schenken, so wie ich es damals für Jonathan gemacht hatte. Eine Maus. Nein, einen Vogel. Das war ein viel aufmerksameres Geschenk, weil Vögel schwerer zu jagen waren, und außerdem waren sie hübscher. Als ich Tiger vor ihrem Haus entdeckte, musste ich grinsen. Sie war die bessere Jägerin von uns beiden, deshalb musste sie mir helfen. Und jetzt, da ich einen Plan hatte, war es nur noch eine Frage der Zeit, bis Schneeflocke mich auch mögen würde. Mit diesem wunderbaren Gedanken im Kopf machte ich mich auf den Weg, meinen Plan in die Tat umzusetzen, und ich fühlte mich, als würde ich schweben.

Kapitel Zehn

Etwas später an diesem Tag legte ich mein Geschenk für Schneeflocke vor ihre Katzenklappe. Ich hatte ewig auf sie gewartet, um ihr den Vogel persönlich zu geben, aber da sie sich nicht blicken ließ, blieb mir nichts anderes übrig, als ihn einfach dort abzulegen. Tiger hatte mir dabei geholfen, ihn zu fangen, doch ich hatte ein etwas schlechtes Gewissen, weil ich behauptet hatte, der Vogel sei für einen meiner Menschen. Eigentlich wollte ich ihr die Wahrheit sagen, aber als ich ihr von meinem Erlebnis im Schrank und meiner Unterhaltung mit Schneeflocke erzählt hatte, war sie auf einmal wieder so schroff zu mir geworden – vor allem, nachdem ich erneut erwähnt hatte, wie schön ich die weiße Nachbarskatze fand. Wenn ich es nicht besser wüsste, würde ich sagen, Tiger war eifersüchtig … Aber das wäre ja Quatsch. Ich wollte ihr erzählen, dass Schneeflocke und ihre Familie Hilfe brauchten, doch Tiger hörte mir gar nicht zu. Stattdessen meinte sie, ich solle aufhören, mich überall einzumischen, und mich vielleicht mal auf diejenigen konzentrieren, die mich wirklich gern hatten. Ich verstand gar nicht, wieso sie so feindselig war.

Auf dem Weg nach Hause dachte ich immer noch über die Tatsache nach, dass es mittlerweile zwei weibliche Katzen in meinem Leben gab, die ich offensichtlich verärgert hatte – wobei ich wusste, dass ich Tiger leicht wieder besänftigen konnte.

Das Haus war leer, aber Claire müsste jede Minute von der

Arbeit zurück sein. Ich putzte mich schnell und wartete dann auf sie an der Haustür. Als ich den Schlüssel im Schloss hörte und kurz darauf die Tür aufging, miaute ich. Nach diesem Tag brauchte ich dringend die Gesellschaft von jemandem, der mich mochte.

»Hi, Alfie, na, das kommt aber selten vor, dass du mich an der Tür begrüßt. Machst du dir etwa Sorgen, dass ich Jonathan vermisse?« Sie kraulte mich im Nacken, wie ich es am liebsten hatte, und ich schnurrte genüsslich.

Nachdem Claire geduscht und sich umgezogen hatte, gab sie mir mein Futter und goss sich ein Glas Wein ein. Ich beeilte mich mit dem Essen, und danach saßen wir beide zusammen im Wohnzimmer, sie mit ihrem Buch und ich mit meinen Gedanken an Schneeflocke. Ich war vollkommen von ihr verzaubert. Die Türklingel riss Claire und mich aus unseren Beschäftigungen, und ich rannte nach vorn, um zu sehen, wer es war.

»Polly«, sagte Claire, als sie die Tür öffnete, »komm schnell rein und trink ein Glas Wein mit mir. Noch haben wir Zeit, bevor es losgeht.«

Verblüfft legte ich den Kopf schief. Bevor was losgeht?

»Meinst du, wir können eine Flasche mit reinschmuggeln? Dann ist es vielleicht erträglicher.«

»Pol, nicht mal ein Liter Wodka würde das irgendwie erträglicher machen.« Ich fragte mich wirklich, wovon die beiden sprachen.

»Ich kann's immer noch nicht fassen, dass *ich* dahin muss«, jammerte Polly.

»Wieso musst du überhaupt?«

»Wir haben eine Münze geworfen. Dreimal. Und ich hab verloren«, erklärte sie.

»Na, das ist wenigstens einigermaßen fair. Ich bin davon

überzeugt, Jonathan hat seine Geschäftsreise extra so gelegt, dass er das Treffen der Nachbarschaftswache verpasst.«

Ah, jetzt verstand ich. Heute Abend fand die große Versammlung statt, zu der Heather und Vic aufgerufen hatten, und niemand hatte Lust, dorthin zu gehen. Ich beschloss, Matt einen Besuch abzustatten, sonst würde ich den ganzen Abend allein verbringen, und da ich immer noch ein bisschen angeschlagen war nach diesem furchtbaren Tag, war ich nicht sonderlich erpicht darauf.

»Aber wie ich dich kenne, wirst du ihn sicherlich dafür bluten lassen«, meinte Polly lachend.

»Wenn es so schlimm wird, wie ich befürchte, definitiv.«

»Glaubst du, die neuen Nachbarn kommen überhaupt?«, fragte Polly.

»Keine Ahnung. Aber weißt du, was komisch ist? Ich hab die noch nicht ein einziges Mal gesehen. Ich könnte dir nicht mal sagen, wie sie aussehen. Ich war ein paarmal mit einem Geschenk drüben, um mich vorzustellen, aber es hat nie jemand aufgemacht.« Wie die Katze, so das Herrchen.

»Ich find's ja absolut nicht in Ordnung, wie Vic und Heather sich aufführen, als ob die Neuen irgendwas Schlimmes zu verbergen hätten, aber diese Familie tut sich auch keinen Gefallen damit, dass sie sich so abschottet«, stellte Polly fest.

»Ja, das ist schon seltsam, oder? Andererseits glaube ich, es gibt sicher eine plausible Erklärung dafür«, befand Claire.

»Das hoffe ich für sie, ansonsten organisieren Vic und Heather schneller einen Lynchmob, als wir gucken können.«

Sie lachten beide, und während sie ihren Wein austranken, schlüpfte ich nach draußen. Einen kurzen Moment lang wünschte ich mir, ich könnte mit ihnen gehen – ich war neugierig und wollte wissen, worum es bei dem Treffen genau ging. Aber da Zander ebenfalls dort sein würde, wäre ich sowieso nicht willkommen, und ich hatte auch keine Lust, ihm über den Weg zu laufen.

Wenig später betrat ich das Haus von Polly und Matt und fand ihn im Wohnzimmer, wo er auf dem Sofa saß und sehr zufrieden aussah. Vor ihm auf dem Tisch stand eine offene Bierflasche.

»Ach, Alfie, das ist aber nett, dass du mir bei meinem Männerabend Gesellschaft leistest.« Ich miaute und sprang neben ihn aufs Sofa. »Gott sei Dank muss ich nicht zu diesem bekloppten Treffen. Mach's dir ruhig bequem, es wird sicher Stunden dauern, bis Polly wiederkommt«, verkündete er mit einem breiten Grinsen im Gesicht. Er konnte froh sein, dass Polly ihn nicht sah, dachte ich bei mir. Sie wäre ganz und gar nicht begeistert.

Doch ich erwiderte Matts Grinsen, kuschelte mich an ihn und rollte mich neben ihm zusammen. Als er den Fernseher einschaltete, stieß ich einen wohligen Seufzer aus. Es gab nichts Besseres, als sich nach einem anstrengenden Tag zu entspannen.

»Matt!«, hörte ich irgendwann jemanden rufen. Erschrocken öffnete ich die Augen, genau wie Matt. »Wacht auf, Jungs, ihr habt beide geschnarcht«, sagte Polly.

»Tut mir leid, ich muss wohl eingeschlafen sein«, entgegnete Matt. Ich dagegen starrte Polly finster an. Ich schnarche nicht. Was für ein Gedanke! »Wie spät ist es?«, wollte Matt wissen.

»Nach elf. Ich bin echt sauer auf dich, und auf dich auch, Alfie. Ihr schlaft hier friedlich, während ich die Hölle durchgemacht habe.«

»Dann erzähl mal: Wie war's?« Matt sah so aus, als hätte

er Mühe, sich das Lachen zu verkneifen, auch wenn er immer noch genauso müde wirkte, wie ich mich fühlte.

»Oh Gott, wo soll ich da bloß anfangen? Also, die neuen Nachbarn sind nicht gekommen, und das, obwohl Heather und Vic jeden Tag bei ihnen geklingelt und sogar diverse Flyer in ihren Briefkasten geworfen haben. Anscheinend sind die beiden der Teenietochter über den Weg gelaufen, als die von der Schule kam, und die hat gemeint, es tue ihr leid, aber ihre Eltern hätten wahnsinnig viel zu tun.«

»Aber das akzeptieren die beiden natürlich nicht«, stellte Matt fest.

»Ganz genau. Wir haben versucht, vernünftig mit ihnen zu reden und ihnen klarzumachen, dass ein Monat nicht lang ist, wenn man gerade eingezogen ist, und dass sie der Familie vielleicht noch ein bisschen Zeit geben sollten. Aber die beiden haben natürlich sofort wieder was ganz anderes da reininterpretiert und meinten, daran sehe man doch erst recht, dass die neuen Nachbarn etwas zu verbergen hätten. Und jetzt, nachdem sie stundenlang herumspekuliert haben, glauben sie nicht mehr an ihre Theorie, dass in dem Haus lauter illegal eingewanderte Migranten wohnen, sondern dass es sich um eine Drogenhöhle handelt«, erzählte Polly kopfschüttelnd.

»Und zu diesem Schluss kommen sie, weil …?«

»Nur aufgrund der Tatsache, dass die Leute sich so abschotten. Also ehrlich, Matt, die sind vollkommen durchgeknallt! Ihrer Meinung nach ist es unsere Pflicht – also die aller Anwohner hier in der Straße –, das Haus zu beobachten, vor allem nachts, und Vic und Heather dann Bericht zu erstatten.«

»Das ist doch ein Scherz.«

»Nein. Sie haben sogar vorgeschlagen, einen Schichtplan

zu erstellen, aber wir haben alle gesagt, dass das nicht funktionieren würde. Schließlich haben wir auch noch was anderes zu tun. Gott! Und weißt du, was das Schlimmste ist? Einige Anwohner haben ihnen zugestimmt. Also, entweder sind die genauso bescheuert, oder sie hatten Angst, sich mit den beiden anzulegen. Na ja, wie auch immer: In einem Monat gibt es ein weiteres Treffen mit Anwesenheitspflicht, und da wirst du dann hingehen, mein Lieber – zusammen mit Jonathan.« Nun war Polly diejenige, die breit grinste.

»Kann's kaum erwarten. Drogen? Migranten? Na, das kann noch heiter werden.«

Polly und Matt umarmten sich, und als sie anfingen, sich wie zwei frisch Verliebte zu küssen, war es an der Zeit für mich zu gehen. Die beiden waren doch schon jahrelang zusammen, wieso mussten sie sich dann noch so benehmen? Eigentlich wollte ich sie darauf hinweisen, dass ich jetzt gehen würde, aber die beiden waren so miteinander beschäftigt, dass ich mich leise hinausschlich. Irgendwie hatte ich das Gefühl, sie würden mich nicht vermissen. Als ich bei mir zu Hause ankam und die Treppe hinauflief, fiel mir wieder ein, dass Jonathan nicht da war, und das bedeutete, ich durfte bei Claire im Bett schlafen. Juhu! Begeistert streckte ich meinen Schwanz in die Luft, um diese Tatsache zu feiern. Der Tag war zwar nicht ganz so verlaufen wie geplant, aber er endete wenigstens gut.

Kapitel Elf

»Nur damit ich's richtig verstehe«, sagte Tiger, »ich soll also im Morgengrauen aus dem Haus gehen, um dann mit dir kilometerweit bis zu Aleksys Haus zu laufen?«

»Ja«, bestätigte ich schlicht. Tiger und ich waren wieder Freunde; ihre Schmollphase war nur von kurzer Dauer gewesen.

Seit dem Schrankvorfall vor über einer Woche hatte ich Schneeflocke nicht mehr gesehen, und ich hütete mich, sie in Tigers Gegenwart zu erwähnen. Ich erzählte ihr noch nicht mal von dem Treffen bei den Goodwins, obwohl ich auch noch ein Gespräch darüber zwischen Claire und Jonathan mitangehört hatte. Wobei ich dabei nicht viel mehr erfahren hatte als das, was ich schon durch Polly wusste. Claire hatte nur noch hinzugefügt, dass Vic und Heather verkündet hätten, das Haus der neuen Nachbarn Tag und Nacht mit dem Fernglas zu beobachten, was bedeutete, dass sie höchstwahrscheinlich auch unser Haus im Blick hatten. Sicherheitshalber hatte Jonathan die Rollos vor den Fenstern heruntergezogen.

»Und wieso noch mal?«, hakte Tiger nach.

Ich hatte es ihr zwar schon erklärt, aber einmal reichte ihr nie. Sie musste alles immer mindestens zweimal hören, sonst verstand sie es anscheinend nicht.

Ich hatte einen meiner Pläne weiter ausgearbeitet. Franceska war zum Mittagessen bei Polly gewesen, und meine sonst so starke, ruhige Freundin, die stets der Fels in der Brandung für alle meine Familien war, hatte geweint, während sie von ihrem Termin in Aleksys Schule erzählt hatte, der offensichtlich nichts bewirkt hatte. Die von der Schule hatten ihr erklärt, falls Aleksy tatsächlich von seinen Mitschülern gemobbt wurde, wie es Franceska und der große Tomasz befürchteten, müsse entweder einer der Lehrer einen solchen Vorfall beobachten oder Aleksy müsse selbst davon erzählen, ansonsten könne man nichts dagegen unternehmen. Doch als sie Aleksy direkt gefragt hatten, hatte der nur gesagt, es sei alles in Ordnung. Die von der Schule hatten zwar versprochen, die Situation im Auge zu behalten, aber Franceska war nicht davon überzeugt, dass dies reichen würde. Denn obwohl Aleksy behauptet hatte, es gehe ihm gut, kam er immer wieder übersät mit Kratzern und blauen Flecken nach Hause – ein klarer Beweis dafür, dass ihm jemand wehtat, meinte Franceska.

Meine liebe gute Franceska war so verzweifelt. Und mein bester menschlicher Freund Aleksy hatte sich in den Schlaf geweint, während seine Mutter nicht wusste, was sie tun sollte. Das brach mir das Herz, deshalb hatte ich beschlossen, die Sache selbst in die Pfoten zu nehmen. Ich würde zur Schule gehen, herausfinden, was mit Aleksy los war, und dann das Problem lösen.

»Also, den Weg zu ihrem Haus kenne ich noch von meinem Ausflug mit Polly. Wir müssen so früh los, weil ich nicht weiß, wie lange es zu Pfote bis dahin dauert, schließlich bin ich letztes Mal im Buggy mitgefahren. Und wenn wir dort sind, folgen wir Aleksy bis zu seiner Schule.«

»Okay, und was dann?« Tiger sah mich an, als wäre ich verrückt geworden. Womit sie vielleicht sogar nicht ganz unrecht hätte.

»Na ja, das weiß ich noch nicht.« Ich wusste nur, dass ich zu Aleksy musste, um ihm zu zeigen, dass ich für ihn da war.

Und ich wusste, dass ich etwas gegen seine aggressiven Mitschüler unternehmen musste, falls sie ihn verprügelten. Allerdings hatte ich noch keine Ahnung, wie ich das anstellen sollte. Aber was erwarteten die Leute auch von mir? Ich war schließlich nur ein Kater.

»Also noch mal, damit ich's richtig verstehe: Wir werden mehrere Kilometer weit laufen, haben aber noch keine Ahnung, was wir machen, wenn wir dort angekommen sind? Hm, also, ich glaube, das ist bisher eine deiner genialsten Ideen, Alfie. Vielleicht sogar noch besser als die damals, als du fast von Joe, Claires durchgeknalltem Ex-Freund, umgebracht wurdest.«

Ich warf Tiger einen unfreundlichen Blick zu; Sarkasmus war ein ziemlich unwürdiges Verhalten für eine Katze. »Ja, ich weiß, der Plan ist noch nicht perfekt. Aber ich kann es nicht ertragen, wenn mein Aleksy traurig ist. Ich muss irgendwas tun, Tiger«, sagte ich geknickt.

»Ich weiß, ich weiß.« Sie klang resigniert. »Und nach allem, was du durchgemacht hast, lasse ich dich auf keinen Fall den ganzen Weg allein gehen. Das kann ich nämlich nicht ertragen. Also muss ich dich wohl begleiten. Aber dafür schuldest mir was, und zwar was Großes.«

»Oh, danke, danke, danke. Ich komme morgen früh bei dir vorbei, und ich revanchiere mich dafür. Versprochen.«

Tiger streckte die Vorderbeine und richtete die Schnurrhaare auf, während sie mich eindringlich ansah. »Das hoffe ich, Alfie«, sagte sie. »Das hoffe ich wirklich.«

»Tiger, du bist die beste Katzenfreundin, die es auf der Welt gibt«, befand ich und machte mich dann schnell auf den Weg nach Hause, um mich für die große Reise auszuruhen.

Als ich wach wurde, war es draußen immer noch dunkel, doch die Vögel hatten schon ihren Morgengesang angestimmt. Damit weckten sie mich fast täglich, aber zum ersten Mal war ich ihnen dankbar dafür. Ich streckte mich ausgiebig, tapste dann leise die Treppe hinunter und verließ das Haus durch die Katzenklappe. Als ich bei Tiger ankam und mich vorsichtig in ihre Küche schlich, war sie gerade dabei, ihre Milch zu trinken. Ich hatte auch Hunger, aber ich wusste, dass ich vor meiner Abreise kein Frühstück mehr bekommen würde, deshalb musste ich es aushalten. Hätte ich gestern etwas von meinem Abendessen übrig gelassen, hätte Claire es sowieso weggeworfen. Tigers Menschen machten Schmutz und Unordnung weniger aus.

»Bist du fertig?«, flüsterte ich. Statt einer Antwort leckte sich Tiger über die Schnurrhaare und folgte mir dann nach draußen. Ich war nervös, als wir uns auf den Weg machten, weil ich mich ja sonst nicht so weit von zu Hause entfernte, doch bei meinem Ausflug mit Polly hatte ich gut aufgepasst, und zum Glück hatte die Dunkelheit keinen Einfluss auf meine Orientierung. Als wir an Schneeflockes Haus vorbeikamen, blieben wir kurz stehen, und zu unserer Überraschung sahen wir etwas Weißes durch die Finsternis huschen, das irgendein Tier unter einen Busch jagte.

»Die ist aber früh auf.« Tiger blickte mich erstaunt an. Ich schaute zu Schneeflocke hinüber, die uns direkt auf ihre übliche feindselige Art anstarrte, doch diesmal ging ich nicht zu ihr; ich hatte einen viel größeren Fisch an der Angel. Ach, ich wünschte, es ginge tatsächlich um einen Fisch.

Schneeflocke rührte sich nicht vom Fleck, während wir weitergingen. Na, es schadete auch nicht, wenn sie glaubte, ich hätte das Interesse verloren, dachte ich bei mir. Jonathan sagte immer, Frauen mögen Männer, die es ihnen nicht allzu leicht machen, und bevor er Claire kennengelernt hatte, schien er mit einer Menge Frauen zusammen gewesen zu sein, also hatte er vielleicht recht.

»Was? Du redest nicht mit Prinzessin von Fiesenau?«, fragte Tiger mit leicht ironischem Unterton, während wir auf den Park zusteuerten.

»Tiger, heute geht es um Aleksy, und außerdem bist du bei mir, also lassen wir das Thema Schneeflocke.«

»Meinetwegen.«

Allmählich lichtete sich die Dunkelheit um uns herum, und es wurde wärmer, als die Sonne ihre ersten Strahlen über den Himmel sandte. Ich war zwar immer noch ein bisschen nervös, doch je näher wir Aleksys Wohnung kamen, desto sicherer fühlte ich mich. Auf den Straßen tauchten immer mehr Menschen auf, während die Welt hier draußen zum Leben erwachte. Es war seltsam für mich, um diese Zeit draußen zu sein. Normalerweise würde ich jetzt in meinem warmen Bett liegen und tief und fest schlafen. Stattdessen kämpfte ich mich durch die kalte Dämmerung, und dieses ganz andere Leben, das ich hier sah, machte mir bewusst, wie verwöhnt ich mittlerweile war.

Seit der langen Odyssee, die mich damals in die Edgar Road geführt hatte, hatte ich nicht mehr das Bedürfnis, die Straße jemals wieder zu verlassen. Ich blickte zu Tiger hinüber und war erleichtert, dass sie bei mir war. Dadurch fühlte ich mich sicherer.

»Das hier ist seine Straße«, sagte ich, als wir um eine Ecke bogen. Da die Wohnung sich über dem Restaurant befand, würde sie leicht zu finden sein, und tatsächlich kamen wir schon nach kurzer Strecke dort an. Der Weg hatte zwar lange gedauert, aber wir waren auch nicht besonders schnell gegangen; Tiger rannte ja nicht so gern. Und außerdem hatten wir uns jedes Detail unserer Umgebung gemerkt, damit wir uns keine Sorgen machen mussten, uns auf dem Rückweg zu verlaufen.

»Hier ist es«, verkündete ich, als wir vor dem *Ognisko* standen, das natürlich noch im Dunkeln lag. Während wir uns ein Versteck in der Nähe suchten, bemühte ich mich, meinen knurrenden Magen zu ignorieren und nicht an Franceskas Sardinen zu denken.

»Und was jetzt?«, fragte Tiger.

»Wir warten, bis Aleksy rauskommt, und folgen ihm dann bis zur Schule. Aber es ist ganz wichtig, dass uns niemand sieht.«

»Wieso?«

»Weil es eine Überraschung sein soll.«

»Und was hast du vor, wenn wir an der Schule sind?«

»Weiß ich noch nicht, aber ich hoffe, mir fällt dann spontan was ein.« Um ehrlich zu sein, hatte ich überhaupt keine Ahnung, was mich erwartete, da ich noch nie in einer Schule gewesen war. Ich gebe zu, mein Plan hatte gewisse Schwächen.

»Und ich hoffe für dich, dass du uns nicht wieder in irgendeine gefährliche Situation bringst«, sagte Tiger warnend.

»Das sind doch Kinder, keine Erwachsenen«, stellte ich klar. »Und davon abgesehen gehe ich sowieso allein in die Schule, wenn wir da sind«, ergänzte ich wagemutiger, als ich mich fühlte.

»Ich kann doch mitkommen. Dann suche ich den Schläger und zerkratze ihm das Gesicht«, schlug Tiger vor. Für meinen Geschmack war sie ein bisschen zu angetan von dieser Idee.

»Nein, Tiger, keine Gewalt. Ja, er ist fies, und wenn er meinem Aleksy irgendwas angetan hat, bin ich sehr sauer, das kannst du mir glauben. Aber er oder sie ist trotzdem noch ein Kind.«

»Okay. Wenn du darauf bestehst, schaue ich dir eben nur zu und mische mich nicht ein.« Tiger sträubte das Fell. Sie wirkte fast enttäuscht darüber, dass sie niemandem Schmerzen zufügen durfte.

»Danke«, sagte ich. Dann verfielen wir in Schweigen.

Das Warten schien eine Ewigkeit zu dauern, bis ich endlich den kleinen Tomasz aus der Haustür kommen sah, voller Energie, wie immer. Franceska folgte als Nächste, doch sie wandte sich noch einmal um und sagte etwas in den Flur hinein, aus dem dann Aleksy auftauchte. Er sah traurig aus, und an seinem Gesicht und der Art, wie er sich bewegte, konnte ich seinen Widerwillen erkennen. Während Tomasz lebhaft auf seine Mutter einredete, schlurfte Aleksy weitestgehend stumm hinter den beiden her. Tiger und ich folgten der kleinen Gruppe in einigem Abstand. Es war leicht, nicht entdeckt zu werden – wir brauchten uns nur gelegentlich hinter einen Zaun oder ein Gebüsch zu ducken.

»Oh, schau mal, da ist die Schule«, verkündete Tiger schon bald, und wir hielten an. Versteckt hinter einem parkenden Auto sahen wir zu, wie Franceska und die Jungen die Straße überquerten.

»Ich bin echt froh, dass der Weg nicht so lang war«, entgegnete ich. »Das ist also die Schule.« Es war sehr aufregend zu sehen, wo Aleksy und der kleine Tomasz so viel Zeit verbrachten. Natürlich hatte ich schon Schulen im Vorbeigehen gesehen, aber wie gesagt: Ich war noch nie in einer gewesen.

Überall wimmelte es von Kindern. Nachdem Franceska sich am Tor von ihren Söhnen verabschiedet hatte, betraten die beiden den Schulhof, einen asphaltierten Bereich voller lärmender kleiner Menschen. Tomasz rannte sofort in eine

Richtung davon, während Aleksy in der Nähe des Tors blieb. Franceska drehte sich um, warf Aleksy noch einen letzten besorgten Blick zu und ging dann davon. Das war mein Einsatzzeichen.

»Okay«, sagte ich zu Tiger, während wir über die Straße liefen. »Bleib du beim Tor. Falls irgendwas Schlimmes passiert, miaue ich so laut, wie ich kann.«

»Viel Glück, Alfie!« Tiger schmiegte kurz ihren Kopf an meinen Nacken. Als ich mich durch die Gitterstäbe im Tor zwängte und die Pfoten auf den Spielplatz setzte, spürte ich erneut Anspannung in mir aufkommen. Ich folgte Aleksy, der nun auf ein großes Gebäude zuging. Dann sah ich eine Gruppe von Kindern. Eins von ihnen, ein Junge, winkte Aleksy zu, doch ein anderer hielt ihm den Arm fest. Dieser war etwas größer und breiter als Aleksy.

»Da ist ja die Heulsuse!«, rief er spöttisch. Ich betrachtete die Jungen und Mädchen. Keiner von ihnen schien sich in der Nähe dieses fiesen Kerls wohlzufühlen, doch sie hatten alle Angst, etwas zu sagen, das war deutlich zu sehen.

»Lass mich in Ruhe«, sagte Aleksy, aber ich konnte hören, wie seine Stimme zitterte.

»Und wenn nicht?« Die anderen Kinder beobachteten die zwei mit Schrecken. Keins von ihnen schien zu wissen, was es tun sollte.

»Ich will mich nicht mit dir prügeln«, entgegnete Aleksy. Ich dagegen wollte mich schon mit diesem garstigen Jungen prügeln. Am liebsten würde ich ihm so richtig eins mit meinen Krallen verpassen – aber Gewalt war auch keine Lösung, sagte ich mir.

»Weil du ein Baby bist und dir vor Angst in die Hose machst.« Der Junge tat so, als säße er auf der Toilette, und machte furzende Geräusche mit dem Mund, bevor er ganz dicht an Aleksy herantrat. »Dann nehme ich mir halt dein Essen«, sagte er.

»Nein … das … kriegst du nicht«, stammelte Aleksy. Ich war so stolz auf ihn. Ich konnte sehen, dass er Angst hatte, trotzdem wehrte er sich.

»Und was willst du dagegen tun?«

Ich fragte mich, wo die Erwachsenen waren. Ich entdeckte eine Frau, aber die hielt sich auf der anderen Seite des Spielplatzes auf und hatte gar nicht bemerkt, was hier passierte.

Mir wurde auf einmal bewusst, dass Kinder gar nicht so anders waren als Erwachsene: Es gab nette und gemeine, doch während ich die Szene, die sich da vor meinen Augen abspielte, weiter beobachtete, fiel mir auf, dass dieser Junge einfach nur traurig war und sich stärker gab, als er es in Wirklichkeit war. Da ich Aleksy diese Erkenntnis aber leider nicht mitteilen konnte, beschloss ich, dass es an der Zeit war, einzugreifen.

Ich ging auf meinen Freund zu und miaute laut.

»Alfie«, sagte Aleksy verblüfft und hatte seine Angst von einer Sekunde auf die andere vergessen. »Was machst du denn hier?« Er nahm mich auf den Arm, und ich schnurrte in seine Brust hinein.

»Ist das deine Katze?«, fragte eins der Kinder.

»Ja. Na ja, er lebt in der Straße, wo wir früher gewohnt haben, nicht bei mir zu Hause, aber er ist sehr schlau. Ich glaube, er ist mir bis hierher in die Schule gefolgt.« Aleksy setzte mich wieder auf dem Boden ab, und sofort liefen alle Kinder zu mir, um mich zu streicheln. Ich zeigte mich von meiner besten Seite, schnurrte und genoss die Aufmerksamkeit.

»Das ist doch bloß eine doofe Katze«, sagte der fiese Junge, aber vor dem hatte ich keine Angst. Der war weitaus weniger bedrohlich als viele Erwachsene oder andere Tiere, denen ich bisher begegnet war. Immerhin war ich schon mal von einer Möwe angegriffen worden, und ein brutaler Mann hatte mich fast umgebracht. Dagegen war dieser kleine Kerl hier ein Klacks. Trotzdem war ich machtlos, als er Aleksy überrumpelte und ihm den Rucksack herunterriss. Aleksy rang mit ihm, doch ich konnte nichts tun, als der Rucksack zur Seite schwang und ein kleines Mädchen mitten ins Gesicht traf. Anscheinend war ich auch der Einzige, dem auffiel, dass das Mädchen in Tränen ausbrach und davonlief. Die beiden Jungen kämpften immer noch um den Rucksack. Aleksy gewann schließlich. Hin- und hergerissen blickte ich zu dem weinenden Mädchen hinüber. Ich war doch hier, um Aleksy zu beschützen, aber ich wusste auch, dass ich die Kleine schnell aufheitern könnte, wenn ich zu ihr laufen und mich an sie schmiegen würde.

Doch bevor ich irgendeine Entscheidung treffen konnte, starrte der Schläger Aleksy an, der den Rucksack fest an seine Brust presste, und dann fiel sein Blick auf mich. Er sah aus, als würde er sich gerade irgendetwas überlegen, und trat auf mich zu. Aber ich wich nicht von der Stelle. Stattdessen schaute ich ihn direkt an und fauchte aggressiv. Der Junge wirkte erschrocken und stolperte zurück.

»Siehst du, er mag dich nicht. Er mag nur nette Menschen«, sagte Aleksy und klang jetzt mutiger. Die anderen Kinder lachten.

Der Junge sah zu Aleksy, und seine Augen blitzten böse, während er den Blick wieder auf mich richtete.

»Du dumme Katze!«, zischte er. Wütend ließ ich meinen Schwanz durch die Luft peitschen und stieß erneut ein Fauchen aus. Er wich zurück.

»Ha, ha, Ralph hat Angst vor einer Katze!«, rief Aleksy mit

leuchtenden Augen, und in diesem Moment begriff ich etwas: Ich hatte zwar nicht viel getan, aber durch mein Auftauchen hatte ich Aleksy Selbstvertrauen gegeben – und genau das hatte er gebraucht. Während die anderen Kinder immer noch lachten, ertönte ein Klingeln, und plötzlich setzten sich alle in Bewegung. Ich blieb dicht an Aleksys Seite, da ich noch mehr von dieser Schule sehen wollte. Es war zwar anstrengend hier, aber ich war einfach neugierig.

Ich hatte das Gefühl, in einem Meer aus Beinen gefangen zu sein, das sich ins Gebäude hineinbewegte. Das war gleichzeitig angsteinflößend und aufregend; so viele Kinder, die sich alle laut miteinander unterhielten, während ich weiter bei Aleksy blieb. Irgendwie schaffte ich es, ihm in einen der Räume zu folgen, die sie als »Klasse« bezeichneten, und mich an einer Frau vorbeizuschleichen, die von allen »Miss Walton« genannt wurde.

Ralph war ganz rot im Gesicht und sah definitiv nicht gut gelaunt aus. Als mehrere Kinder sich darum stritten, wer bei Aleksy sitzen durfte, strahlte mein Freund glücklich, während Ralph sich allein auf seinen Platz setzte.

»Okay, dann wollen wir mal schauen, ob alle da sind«, sagte Miss Walton, die mich immer noch nicht entdeckt hatte. Sie sah recht jung aus und lächelte viel. Als sie die Namen aufrief und sich ein Kind nach dem anderen meldete, fing ich an, mich zu entspannen.

»Molly?«, fragte sie. Niemand sagte etwas. »Hat jemand von euch Molly heute schon gesehen?« Miss Walton wirkte besorgt.

»Sie war auf dem Schulhof, Miss«, berichtete eins der Kinder, und ich nahm an, dass sie von dem kleinen Mädchen sprachen, das von Aleksys Rucksack getroffen worden war. Ich fühlte mich furchtbar, weil ich sie völlig vergessen hatte, und ich musste den anderen unbedingt helfen, sie zu finden.

Deshalb stieß ich ein lautes Miauen aus. Die Lehrerin blickte zu uns hinüber und sah, wie ich auf Aleksys Tisch sprang, was alle zum Lachen brachte.

»Ja, hi, wer bist denn du?«, fragte Miss Walton, während sie auf uns zukam.

»Das ist Alfie. Er lebt in der Straße, wo ich zuletzt gewohnt habe, und er ist ein ganz besonderer Kater«, erzählte Aleksy stolz. »Ich glaube, er ist mir heute bis zur Schule gefolgt, er wohnt nämlich weit weg.«

»Na dann, hallo, Alfie«, sagte Miss Watson und streichelte mich. »Ich fürchte nur, du darfst leider nicht in die Schule gehen. Die ist nur für Menschen.« Sie lachte, und ich miaute erneut. Dann sprang ich vom Tisch und jaulte so laut, wie ich konnte, während ich auf die Tür zuging.

»Ach, bitte, kann er nicht hierbleiben?«, bat Aleksy, und alle anderen Kinder unterstützten ihn laut – alle außer Ralph, der nur auf seine Füße starrte.

»Nein, leider nicht … Okay, Kinder, ihr bleibt bitte alle hier, während ich Alfie rausbringe und Molly suche.« Miss Walton öffnete die Tür, und ich schlüpfte hinaus. Während sie mir folgte, begegneten wir einer anderen Frau, mit der Miss Walton kurz sprach. Offensichtlich sagte sie ihr, dass sie gleich zurück sein würde, und bat sie, in die Klasse zu gehen. Dann liefen wir weiter. Ich versuchte, mich daran zu erinnern, wie ich hier hereingekommen war, und erreichte schließlich den Ausgang. Bevor ich wieder nach Hause ging, musste ich Molly finden; immerhin hatte ich gesehen, wie sie davongelaufen war, und eine ungefähre Ahnung, wo sie sein könnte.

»Nicht so schnell, Alfie!«, rief Miss Walton, während sie

mir hinterhereilte. Ich blieb auf dem Schulhof stehen, versuchte, mich zu orientieren, und schnüffelte. Wie ein Superdetektiv folgte ich meiner Spürnase um das Gebäude herum, in die Richtung, in der Molly verschwunden war. Dass Miss Walton in einiger Entfernung hinter mir herlief, nahm ich kaum wahr. Vor einem Schuppen blieb ich stehen. Die Tür stand einen Spaltbreit offen, gerade so weit, dass ein kleines Kind – oder eine Katze – hindurchpasste. Ich spähte hinein, aber drinnen war es dunkel und vollgepackt mit Sachen für draußen – feuchter, matschiger Regenkleidung und Gummistiefeln. Von der Tür aus konnte ich das Mädchen nicht sehen, aber ich spürte, dass es hier war. Hinter mir kam Miss Walton beim Schuppen an, etwas außer Atem. »Molly!«, rief sie. »Molly, bist du hier drinnen?« Doch statt einer Antwort drang nur Stille aus dem Innern. Als ich hochblickte, sah ich die Sorge in Miss Waltons Gesicht, während sie sich mit wachsender Panik umsah. Ich miaute, dann lief ich in den Schuppen und stolperte durch die Finsternis. Ich verfing mich in Regenmänteln und blieb an irgendwelchen Stiefeln hängen, aber ich war fest entschlossen, Molly zu finden.

Sie hatte sich in einer dunklen Ecke versteckt, saß zusammengekauert da und weinte immer noch. Erneut miaute ich laut und rannte hinaus, um die Lehrerin zu holen. Sie lief auf dem Schulhof herum und rief nach Molly, wobei sie immer panischer klang. Als sie mich entdeckte, sah sie mich verblüfft an, doch ich jaulte weiter und strich ihr um die Beine, bevor ich zurück zum Schuppen hastete. Sie wirkte unsicher, während sie mir hineinfolgte, aber ich führte sie zielsicher zu dem vermissten Mädchen.

»Molly, da bist du ja«, sagte Miss Walton freundlich, und in ihrer Stimme schwang große Erleichterung mit, während sie das Mädchen besorgt ansah. Ich mochte die Lehrerin sehr; sie war ein warmherziger Mensch. Mit tränennassen Augen blickte Molly auf, und ich bemerkte, dass ihre Nase blutete. »Ach du je, Molly, was ist denn passiert?«

»Ich hab einen Rucksack ins Gesicht bekommen. Ralph wollte Aleksy verhauen, und dann hat mich der Rucksack getroffen.« Sie brach wieder in Tränen aus.

»Oje. Komm, wir machen dich mal sauber und verarzten dich.« Miss Walton zog Molly hoch, hielt sie an der Hand und ging mit ihr zurück in das große Gebäude. Natürlich folgte ich ihnen, obwohl ich wusste, dass ich das nicht sollte, aber ich musste doch sehen, wie es weiterging.

Miss Walton brachte Molly zu einer anderen netten Frau, die der Kleinen sagte, dass es ihr gleich besser gehen würde, und eilte dann zurück in die Klasse. Erneut gelang es mir, mich hinter ihr in den Raum zu schleichen.

»Ach, Alfie«, sagte sie, als sie mich entdeckte. »Dich hab ich ganz vergessen.«

»Alfie!«, rief Aleksy. »Sie wollten ihn doch nach Hause schicken.«

»Wollte ich auch, aber du hattest recht, Aleksy. Alfie ist ein besonderer Kater. Er hat Molly gefunden, und damit ist er heute der Held der Schule.« Alle Kinder jubelten mir begeistert zu, und ich richtete mich stolz auf. Auch diesmal hatte ich nicht viel getan, aber ich wollte das Lob trotzdem nicht von mir weisen. Stattdessen kostete ich es voll aus, lief zu Aleksys Platz hinüber und sprang auf seinen Tisch. Als sich der Rest der Klasse darum herum versammelte, stellte ich mich auf die Hinterbeine und hob eine Pfote. »Ich habe allerdings auch gehört«, fuhr Miss Walton fort, »dass es einen Streit auf dem Schulhof gab, über den wir noch reden werden, das verspreche ich euch.« Sie blickte zu Ralph hinüber, der daraufhin rot anlief und aussah, als würde er gleich anfangen zu weinen.

»Gib mir fünf«, sagte Aleksy und berührte meine erhobene Pfote mit seiner Hand. Dieses Kunststück übten wir jedes Mal, wenn wir uns sahen. Mittlerweile war ich schon ein alter Kater, was das anging.

»Wow, kann ich das auch mal machen?«, bat ein anderes Kind, und dann durften alle mir fünf geben, was zwar anstrengend war, aber sie hatten so einen Spaß dabei, dass ich ihnen die Bitte nicht abschlagen konnte. Sogar Ralph kam näher, aber er schien sich nicht so richtig durchringen zu können, mitzumachen.

»Aleksy, deine Katze ist echt cool. Kann ich mal zu dir kommen, wenn er da ist?«, fragte eins der Kinder, und weil nun alle anderen auch darum bettelten, Aleksy und mich besuchen zu dürfen, hatte ich das Gefühl, dass meine Aufgabe hier erfüllt war.

»Aber jetzt muss Alfie wirklich gehen«, sagte Miss Watson viel zu bald. »Wie wäre es denn, wenn wir eine Geschichte über ihn und seine Reise hierher schreiben würden? Dann können wir alle ein Bild dazu malen.«

»Jaaa!«, rief die ganze Klasse begeistert im Chor.

»Schön«, befand Miss Watson. »Okay, während ich Alfie – noch mal – nach draußen bringe, könnt ihr euch schon mal Gedanken zu der Geschichte machen.« Mit diesen Worten nahm sie mich auf den Arm und trug mich nach draußen. Erst vor dem Tor setzte sie mich ab. »Tschüss, Alfie, es hat mich gefreut, dich kennenzulernen, aber ich denke, es ist das Beste, wenn du das hier nicht zur Gewohnheit machst«, sagte sie zum Abschied.

»Alles okay?«, fragte Tiger, während sie auf mich zukam.

»Mission erfüllt, würde ich sagen, und es war erstaunlich einfach! Aleksy ist jetzt sehr beliebt, und dieser fiese Junge wird ihm nichts mehr tun.« Nachdem ich gesehen hatte, wie die Kinder sich nun Aleksy gegenüber verhielten, war ich davon überzeugt. Ich wünschte nur, ich hätte noch bleiben und die Geschichte hören können, die sie über mich schreiben würden. Das hätte mir wirklich gut gefallen.

Kapitel Zwölf

»Ja, ja, ich hab doch gesagt, dass ich gehe«, meinte Jonathan unwillig, als ich in die Küche kam. Es war der Tag nach meinem Abenteuer in der Schule, und er war von seiner Geschäftsreise zurück.

»Nimm die Pflanze mit, die ich für sie gekauft habe, bevor sie stirbt«, entgegnete Claire pampig. Sie hatte sie ungefähr eine Woche nach dem Einzug von Schneeflockes Familie ins Haus Nummer 48 gekauft, und nachdem sämtliche ihrer Versuche, sie den Leuten zu übergeben, gescheitert waren, hatte sie die Pflanze selbst gegossen.

Mein Fell sträubte sich. Claire war offensichtlich nicht besonders gut gelaunt.

»Natürlich, mein Liebling. He, was ist los?« Jonathans Stimme klang ganz sanft, deshalb wusste ich, dass er genauso besorgt war wie ich.

»Ach, nichts. Entschuldige, dass ich dich so angepampt habe. Ich finde nur, jemand sollte die armen Nachbarn mal warnen und ihnen sagen, was für ein Terror sich da im Haus gegenüber zusammenbraut. Ich hab heute Vic getroffen, und der hat die Leute so richtig auf dem Kieker.«

»Okay, ich versuch's mal. Drück mir die Daumen.« Jonathan küsste seine Frau. »Alfie, kommst du mit? Du hast die neuen Nachbarn auch noch nicht kennengelernt, oder?«

Wenn er wüsste ... Aber da ich der Versuchung, Schneeflocke zu sehen, nicht widerstehen konnte, ging ich mit.

Ich fragte mich, ob Vic und Heather uns wohl beobachteten, als wir vor der Tür von Nummer 48 standen und Jonathan auf die Klingel drückte. Ich war mir ziemlich sicher, dass sich drüben eine Gardine bewegt hatte. Jonathan war beharrlich, klingelte immer wieder, und nach einer gefühlten Ewigkeit hörten wir schließlich Schritte auf der anderen Seite. Als sich die Tür öffnete – allerdings nur einen winzigen Spaltbreit –, stand der Mann der Familie dahinter.

»Hallo?«, sagte er misstrauisch. Was war nur los mit diesen Leuten?

»Hi, ich bin Jonathan aus dem Haus nebenan. Wir wollten Sie nur hier in der Edgar Road willkommen heißen.«

Der Mann öffnete die Tür noch ein Stückchen weiter.

»Hi, ich bin Tim. Entschuldigen Sie, bitte, dass wir uns noch nicht vorgestellt haben. Wir hatten einfach so wahnsinnig viel zu tun.« Tim hörte sich normal an, nicht so wie neulich, als er mit Schneeflocke gesprochen und seine Stimme so traurig geklungen hatte.

Plötzlich tauchte Schneeflocke neben ihm auf, während die beiden Männer einander die Hände schüttelten.

»Schön, Sie kennenzulernen, Tim. Ach, und das hier ist mein Kater, Alfie.«

»Schneeflocke«, setzte Tim die Begrüßungsrunde fort und deutete auf die Katze. Die beiden Männer lachten verlegen. Schneeflocke dagegen sah mich aus zusammengekniffenen Augen an; sie war definitiv nicht begeistert darüber, mich zu sehen.

»Claire, meine Frau, wollte Ihnen diese Pflanze hier zum Einzug schenken.« Leicht verschämt überreichte Jonathan den Topf; so etwas war schließlich keine besonders männliche Geste. »Sie war ein paarmal hier, aber anscheinend war niemand da.«

»Na ja, um ehrlich zu sein: Wir sind nicht oft zu Hause. Karen, meine Frau, arbeitet im Krankenhaus, und momentan reißt sie eine Schicht nach der anderen ab, die Arme. Und die Kinder sind gerade in eine neue Schule gekommen, von daher … Sie wissen ja, wie das ist.«

»Wir haben keine Kinder. Noch nicht.« Es wunderte mich, dass Jonathan das so freimütig erzählte. Da er allerdings ein wenig peinlich berührt wirkte, nahm ich an, er war über seine Offenheit genauso erstaunt wie ich.

»Dann kann ich Sie gleich vorwarnen: Teenager im Haus zu haben, die gerade in einer neuen Schule anfangen, ist nicht lustig.« Er lachte, doch es schwang ein Hauch von Bitterkeit darin mit.

»Sie haben mein vollstes Mitgefühl, aber … Wir sollten mal was trinken gehen. Oder kommen Sie doch mal mit Ihrer Frau zum Abendessen zu uns rüber.«

»Ach, das würden wir wirklich gerne tun, aber um ehrlich zu sein: Im Moment ist das nicht so einfach. Karen arbeitet viel, und mit den Kindern …«

»Kein Problem, dann machen wir's, wenn Sie mal Zeit haben. Die Einladung steht auf jeden Fall. Übrigens wollte ich Sie noch warnen: Drüben, schräg gegenüber, wohnt ein Ehepaar, Vic und Heather Goodwin. Das sind echte Kontrollfreaks und Sicherheitsfanatiker, mit ziemlich paranoiden Fantasien.« Voller Unbehagen kratzte sich Jonathan am Kopf. Schneeflocke starrte mich immer noch mit ihren wunderschönen, aber eiskalten Augen an. Damit lenkte sie mich so ab, dass ich Mühe hatte, der Unterhaltung zu folgen.

»Ernsthaft?«

»Ja, die sind … Mein Freund Matt nennt sie immer die Stasi-Nachbarn. Sie glauben, dass Sie … also, weil Sie und Ihre Frau sich noch nicht vorgestellt haben und Sie nicht zu dem Nachbarschaftstreffen neulich gekommen sind … dass Sie … Sie wissen schon … irgendwas zu verbergen haben.« Jonathan wurde ein wenig rot, und Schneeflocke starrte mich finster an.

Tim dagegen richtete sich auf. »Was zu verbergen? Weil wir nicht bei einem Treffen waren? Mein Gott, was sind denn das für Leute hier?«

»Oh, nein, nein, nein. Verstehen Sie mich nicht falsch! Das sind nur die beiden, und ich wollte Sie nur warnen, weil … na ja, die zwei sind wahnsinnig neugierig und beobachten Sie von ihrem Haus aus. Mit dem Fernglas.« Jonathan lachte erneut verlegen.

»Meine Güte, das kann ja wohl nicht wahr sein.« Tim blickte zur anderen Straßenseite hinüber. Ich drehte den Kopf und hätte schwören können, dass die Gardinen sich schon wieder bewegten. »Das ist doch völlig verrückt. Hören Sie, wir bleiben einfach nur gern für uns. Also vielen Dank für die Pflanze, aber ich habe jetzt wirklich zu tun.«

»Entschuldigen Sie, ich wollte Sie nicht verärgern, nur kurz Hallo sagen.« Der arme Jonathan sah ganz durcheinander aus.

»Guten Tag, Jonathan.« Bevor der noch irgendetwas erwidern konnte, machte Tim die Tür zu.

»Verdammt, Alfie, ich glaube, ich hab's verbockt.« Jonathan blickte mich verwirrt an. »Claire wird mich umbringen«, murmelte er, während er davonging. Ich blieb noch dort und versuchte herauszufinden, was da eben schiefgelaufen war.

Auf einmal hörte ich laute Stimmen, doch Jonathan war schon außer Hörweite.

»Ich hasse die Schule, ich hasse dieses Haus, und ich hasse diese blöde Gegend. Wieso können wir nicht wieder nach

Hause?«, rief eine weibliche Stimme – die Teenagertochter der Familie, nahm ich an.

»Weil … Du weißt doch genau, was passiert ist, Daisy. Wir haben keine andere Wahl.« Das war Tim, und er hörte sich verzweifelt an.

»Na, das macht's gleich viel besser«, meldete sich eine mürrische Jungenstimme zu Wort.

»Verdammt noch mal, ich kann's doch auch nicht ändern, und jetzt haben wir auch noch die Nachbarn am Hals!«, schrie Tim.

»Könnt ihr euch bitte mal alle wieder beruhigen?«, ertönte eine Stimme, die höchstwahrscheinlich zu Karen gehörte. »Das Ganze ist nicht Dads Schuld, und wenn wir so weitermachen, bricht unsere Familie irgendwann auseinander.« Nun war auch Karens Tonfall voller Verzweiflung. Dann hörte ich lautes Schluchzen, vermutlich wieder von der Tochter. Mittlerweile hatte ich den Kopf so fest an die Tür gepresst, dass ich schon fast durch sie hindurchfiel.

»Alfie!«, drang Schneeflockes Stimme durch das Holz, und ich stellte meine Ohren auf.

»Ja?« Hoffentlich klang das genauso hilfsbereit, wie ich es beabsichtigt hatte.

»Verschwinde hier und lass uns in Ruhe. Wir brauchen dich nicht, und ich schon gar nicht.« Diesmal war ihr Tonfall noch abweisender als sonst.

»Ich wollte nur helfen«, entgegnete ich.

»Du kannst uns helfen, indem du uns in Ruhe lässt. Das gilt auch für alle anderen. Ach, und übrigens, falls *du* mir neulich diesen Vogel hingelegt hast: Die Mühe hättest du dir sparen können.« Ich hörte, wie sie davonstapfte. Auch die anderen Stimmen verstummten. Somit blieb mir nichts anderes übrig, als mich umzudrehen und nach Hause zu laufen.

Was auch immer in dieser Familie vorging, es war nichts Gutes. Auch wenn ich instinktiv wusste, dass sie keine bösen Leute waren und auch nichts Schlimmes zu verbergen hatten, wie die Goodwins meinten. Aber ich spürte auch, dass sie Hilfe brauchten. Wenn sie es einem nur nicht so schwer machen würden!

Als ich bei meinem Haus ankam, stand Jonathan vor der Tür, den Schlüssel noch in der Hand, während er nach wie vor verwirrt vor sich hin starrte. Dann schloss er auf, und ich wollte ihm gerade hinterherrennen, um mit ihm ins Haus zu schlüpfen, als ein Schatten auf mich fiel. Zander …

»Oh Mann, du hast mir gerade noch gefehlt!«, fauchte ich ihn an.

»Du bist echt so was von dumm, Alfie. Die Leute da sind böse, und dieser weiße Teufel ist nicht besser. Das ist eine ganz hinterhältige Katze.«

»Und woher willst du das bitte schön wissen?«

»Meine Besitzer wissen Bescheid, und wenn du dir selbst einen Gefallen tun willst, solltest du dich von diesen Leuten fernhalten. Die werden sowieso nicht mehr lange in der Edgar Road bleiben, dafür wird meine Familie schon sorgen.«

»Was willst du damit sagen?« Plötzlich bekam ich es mit der Angst zu tun.

»Die haben das Haus nur gemietet, und der Vermieter duldet keine illegalen Machenschaften.«

»Was denn für illegale Machenschaften?« Ich riss die Augen auf.

»Das wissen wir noch nicht, aber wir finden es schon noch raus, darauf kannst du Gift nehmen.«

»Dann sind das alles nur eure Vermutungen?« Fast hätte ich laut gelacht.

»Mach dich ruhig lustig, aber denk an meine Worte: Wir

werden dafür sorgen, dass wieder Ordnung in dieser Straße herrscht.«

»Zander, du spinnst doch. Du redest totalen Schwachsinn.« Zander holte zum Schlag mit seiner Tatze aus, aber ich war schneller und duckte mich rechtzeitig. »Ich werde mich nicht mit dir prügeln. Trotzdem glaube ich, du bist auf dem Holzweg.«

»Ach ja? Wir werden schon sehen, wer von uns beiden spinnt. Wart's nur ab.«

Zander warf mir noch einen finsteren Blick zu und ließ seinen Schwanz durch die Luft peitschen. Dann erst trat er beiseite und gab den Weg frei.

Kapitel Dreizehn

Nach dem ganzen Drama des vorangegangenen Tages war ich noch froher als sonst, dass endlich mein Lieblingstag anbrach: Einmal im Monat, an einem Sonntag, kamen alle meine Familien zusammen. Sie brachten Essen mit, und die Kinder spielten miteinander. Für mich war es einfach toll, sie alle unter einem Dach versammelt zu haben – all die Menschen, die ich liebte. Deshalb schob ich meine Gedanken an Schneeflocke und meine Auseinandersetzung mit Zander beiseite und erfreute mich an dem, was mir am wichtigsten war: der Liebe.

Allerdings brachte das meine Gedanken nun doch wieder auf Schneeflocke. Ich fühlte etwas für sie, das vermutlich dem entsprach, was auch meine Menschenmänner und -frauen füreinander empfanden. Zumindest war ich mir ziemlich sicher, dass ich mich in sie verliebt hatte. Das Gefühl, das mich überkam, wenn ich sie sah, war geradezu elektrisch. Es war, als würde Strom durch meine Adern fließen, so stark, dass mein Fell sich fast sträubte. Und wenn ich Schneeflocke nicht sah, musste ich dauernd an sie denken. Mittlerweile hockte ich wohl ein wenig zu häufig vor dem losen Zaunbrett und wartete sehnsüchtig darauf, sie zu sehen – und sei es nur für einen kurzen Moment. Es hatte mich erwischt.

Als es an der Tür läutete, zitterte ich fast vor Aufregung und konnte es kaum erwarten, alle zu begrüßen. Aleksy und der kleine Tomasz kamen als Erste herein und stürzten sich auf mich, dann folgten Franceska und der große Tomasz, beladen mit Taschen, aus denen sie Essen und Wein herausholten, die sie Jonathan und Claire zur Begrüßung überreichten. Ich genoss es, von allen umsorgt zu werden, besonders von Aleksy, der, wie ich dankbar feststellte, wieder so war wie früher: Er strahlte übers ganze Gesicht, und das Funkeln war in seine Augen zurückgekehrt. Ich rollte mich hin und her, schnurrte und schmuste, während ich meine Gäste auf die mir liebste Art willkommen hieß.

Wir kamen gar nicht zum Durchatmen, denn kurz darauf kündigte die Klingel die nächsten Leute an: Polly mit Henry an der Hand und Matt, der Martha auf dem Arm trug. Die Kinder überschlugen sich fast vor lauter Wiedersehensfreude, und erneut wurde ich geknuddelt und geherzt. Als die Aufregung langsam abebbte, gingen alle in die Küche, wo Tomasz und Claire sich ums Essen kümmerten, während die Kinder – abgesehen von Martha – durch die offenen Terrassentüren nach draußen stürmten.

Jonathans Garten war zwar klein, aber es gab ein Stück Rasen, auf dem nun alle dem Fußball hinterherjagten, den Aleksy mitgebracht hatte. Eigentlich wollte ich mitspielen, doch Franceska hob mich hoch.

»Ihr glaubt nicht, was ist passiert«, sagte sie.

»Was denn?«, wollte Jonathan wissen. Er hatte ein breites Grinsen im Gesicht, während er den Jungs beim Spielen zusah.

»Alfie war bei Aleksy in Schule.« Im Raum wurde es mucksmäuschenstill, und alle starrten mich an.

»Wie um alles in der Welt hat er denn das hingekriegt?« Matt kratzte sich am Kopf.

»Das wir wissen auch nicht, aber wir denken, er ist bis zu unsere Wohnung gelaufen und uns dann bis Schule gefolgt.«

»Ach, du liebe Güte. Also manchmal wünschte ich, du könntest sprechen, Alfie. Ich würde echt gern wissen, wie du so was machst«, sagte Claire verblüfft. Ich miaute, woraufhin alle lachten.

»Also«, nahm Tomasz den Faden wieder auf, »unser Aleksy hatte Probleme in der Schule ...«

»Er wurde gemobbt, Tomasz, von diese Junge«, berichtigte ihn Franceska. »Ein gemeiner Kerl.«

»Ja. Na, jedenfalls waren wir bei der Schulleitung, aber sie konnten nicht viel machen, weil sie nicht wussten, was mit Aleksy los war«, fuhr Tomasz fort.

»Aleksy wollte nichts sagen zu uns«, fügte Franceska hinzu.

»Und was hat das mit Alfie zu tun?«, fragte Polly. Wieder miaute ich.

»Na, er ist zu Aleksys Schule gekommen und war bei ihm in Klasse. Alle waren begeistert, und jetzt ist Aleksy beliebt, und sie machen sogar Projekt in Klasse über Alfie – schreiben seine Geschichte und malen Bilder. Der Junge jetzt lässt ihn in Ruhe und will sein Freund sein.«

»Willst du damit sagen, Alfie ist in die Schule gekommen und hat dafür gesorgt, dass Aleksy nicht mehr gemobbt wird?« Jonathan blickte mich ungläubig an.

»Ja, genau. Das er hat gemacht!« Franceska war ganz aufgeregt.

»Und jetzt gibt es ein Projekt über ihn?«, fragte Matt perplex.

»Ja, die Klasse hat zusammen eine Geschichte geschrieben, und jeder – sogar fiese Junge – hat ein Bild von ihn gemalt.«

Ich war gerührt, während ich Franceska zuhörte. Mein Plan hatte tatsächlich funktioniert, und ich musste zugeben, dass ich mich sehr zusammenreißen musste, um nicht vor lauter Stolz zu platzen. Ich genoss das Lob und die Tatsache, dass meine Menschen so verblüfft waren; es machte mir Spaß, sie zu überraschen.

»Wäre es nicht schön, wenn er sich die Bilder anschauen könnte?«, sprach Claire meine Gedanken aus.

»Bringen wir ihn doch hin«, schlug Franceska vor. »Ich könnte mitnehmen ihn. Würde dir gefallen, Alfie?« Ich schnurrte zustimmend.

»Alfie, ich hab dich ja wirklich gern, aber manchmal treibst du mich echt in den Wahnsinn«, sagte Jonathan, aber ich wusste, dass er das als Kompliment meinte. Gut gelaunt sprang ich von Franceskas Arm und lief nach draußen, um Fußball zu spielen – oder vielmehr Pfotenball.

Als Polly, Franceska und Claire nach dem Mittagessen den Tisch abräumten, legten die Männer einen Film für die Kinder ein. Ich tigerte zwischen beiden Räumen hin und her und hatte ein Auge auf alle. Martha lag schlafend auf dem Sofa, während die Jungs – die Erwachsenen eingeschlossen – den Film schauten. Die Türklingel unterbrach unser Treiben, und Jonathan stand widerwillig auf, um zu öffnen. Vor der Tür stand Vic, ausnahmsweise einmal ohne Heather.

»Wir haben Besuch«, sagte Jonathan schroff, bevor Vic auch nur die Chance hatte, irgendetwas zu sagen.

»Ich mach's kurz: Ich muss ein Notfalltreffen anberaumen. Morgen Abend bei uns.«

»Wieso denn das, um Himmels willen?«, fragte Jonathan.

»Wegen eurer Nachbarn. Heather übernimmt gerade die Überwachung.«

Jonathan blickte an Vic vorbei und entdeckte Heather hinter den Gardinen ihres Wohnzimmers, das Fernglas vor dem Gesicht.

»Nicht gerade unauffällig«, meinte Jonathan.

»Tja«, entgegnete Vic, »damit ist es vorbei. Es ist was passiert, und ich kann euch versichern: Die Lage ist ernst.«

»Was?« Jonathan klang entsetzt.

»Die Polizei war da. Es überrascht mich, dass du nichts davon mitbekommen hast. Die sind ewig im Haus geblieben, was ja wohl Beweis genug ist, dass unsere Sorgen berechtigt sind. Ich rufe morgen früh deren Vermieter an. Wir sehen uns morgen Abend, Punkt sieben, damit wir besprechen können, was wir machen.« Bevor Jonathan die Gelegenheit bekam zu antworten, hatte Vic schon auf dem Absatz kehrtgemacht und ließ den perplexen Jonathan stehen, während er davonmarschierte.

Als Jonathan den anderen von dem Besuch erzählte, fragte ich mich, was um alles in der Welt die Polizei in Schneeflockes Haus gemacht hatte. Ich war mir sicher, dass sie und ihre Familie nichts Böses im Schilde führten, doch anscheinend konnte man die Goodwins nicht davon überzeugen.

»Das Ding ist, er war ein bisschen seltsam, als ich bei ihm war«, sagte Jonathan. »Es würde mich zwar wahnsinnig ärgern, wenn Vic recht hätte, aber ich kann's einfach nicht einschätzen.«

»Und wir haben denen eine Pflanze zum Einzug geschenkt, und daraufhin haben die sich noch nicht mal gemeldet«, schaltete Claire sich ein. »Ich meine, wäre es umgekehrt, würde ich wenigstens mal kurz vorbeigehen und mich bedanken.«

»Ja, sie scheinen tatsächlich etwas seltsam zu sein. Die Kinder, also die beiden Teenager, hab ich ja neulich mal gesehen«, meldete sich auch Polly zu Wort, »aber die Eltern … nicht ein einziges Mal.«

»Wobei es schon so klingt, als ob die Goodwins eine Art Hexenjagd veranstalten«, führte der große Tomasz an.

»Du kennst sie doch. Aber wie auch immer: Fest steht, dass die neuen Nachbarn – egal, ob sie Drogenbarone, Gangster oder normale Leute sind – uns das Leben jetzt schon zur Hölle machen, weil wir schon wieder zu einem Treffen müssen. Ich bin fast versucht, sie allein deswegen hier rauszuekeln«, sagte Jonathan.

»Geht doch einfach nicht hin«, schlug Franceska vor. Ich liebte es ja, dass sie immer so pragmatisch war, aber als sie noch hier gewohnt hatte, war sie den Goodwins auch irgendwie entkommen. Deshalb hatte sie keine Ahnung, wie schlimm die waren.

»Nicht hingehen ist leider keine Option«, entgegnete Matt.

»Na, zum Glück seid ihr diesmal dran, Jungs. Also, Jonathan und Matt, ich wünsche euch viel Spaß«, sagte Polly lachend.

»Und du musst keine Rücksicht auf mich nehmen: Du darfst so lange bleiben, wie du willst«, verkündete Claire und zwinkerte Jonathan gut gelaunt zu.

Kapitel Vierzehn

»Ich muss sie warnen«, sagte ich zu Tiger.

»Ach, Alfie, ich wünschte, du würdest deinen echten Freunden mal halb so viel Aufmerksamkeit schenken wie dieser blöden Katze, die nicht *ein* nettes Wort für dich übrig hat.«

»Ich weiß, aber du weißt auch, was passieren kann, wenn jemand unglücklich ist. Schau dir an, wie ich Aleksy geholfen habe. Das Gleiche will ich für Schneeflocke tun, oder es zumindest versuchen. Ich bin mir sicher, dass sie nur so kratzbürstig ist, weil es ihrer Familie nicht gut geht. Also, wenn ich ihrer Familie helfe, helfe ich auch ihr.«

Ich wollte Tiger einen liebevollen Stups mit der Nase versetzen, doch sie wich vor mir zurück. Gerade war sie auch nicht besonders glücklich. Sie wollte, dass wir uns mit den anderen Katzen trafen und spielten, aber das konnte ich nicht. Schließlich hatten meine Nachbarn Ärger mit den Goodwins, und ich wollte Schneeflocke warnen, damit sie etwas dagegen unternehmen konnte.

»Hör mal, Tiger, ich gehe da rüber, versuche, mit ihr zu reden, und danach komme ich zu euch. Es tut mir leid, aber du weißt doch, wie ich bin. Ein Kater muss eben tun, was ein Kater tun muss.« Ich schenkte ihr mein gewinnendstes Lächeln, doch sie stolzierte davon. Da sie sich allerdings noch einmal umdrehte, wusste ich, dass sie mir auch diesmal wieder verzeihen würde. Irgendwann.

Als Tiger verschwunden war, machte ich mich auf den Weg

in Schneeflockes Garten. Ich hatte zwar noch keinen Plan, aber ich hoffte, dass mir schon irgendetwas einfallen würde, sobald ich dort war. Wobei ich natürlich nicht noch mal so dumm sein würde, mich in irgendeinen Schrank einsperren zu lassen.

Draußen war es feucht, und es sah nach Regen aus. Das spürte ich besonders in meinen Hinterbeinen. Es war seltsam, aber das Wetter schien sich tatsächlich auf meine Verletzung auszuwirken. Als ich zum Sprung über den Zaun in Schneeflockes Garten ansetzte, spürte ich einen dumpfen Schmerz in meinem Bein.

Ich ließ meine Gedanken zurück zum heutigen Morgen wandern. Wir waren früh aufgestanden, und als ich nach unten geeilt war, um mein Frühstück einzunehmen, sah ich, dass etwas auf unserer Fußmatte lag. Ich miaute, um Claires Aufmerksamkeit zu erregen. Es war ein weißer Umschlag, auf dem Claires und Jonathans Namen standen. Claire öffnete ihn und zog eine Karte heraus. Später, als Jonathan herunterkam, fertig angezogen für die Arbeit, zeigte sie ihm mein Fundstück.

»Dann haben sie sich also doch noch für die Pflanze bedankt«, sagte Jonathan, nachdem er einen kurzen Blick darauf geworfen hatte.

»Ja, Schatz, aber da steht nur: ›Vielen Dank für die Pflanze, das war sehr nett. Tim, Karen, Daisy und Christopher.‹ Nicht gerade viel Text.«

»Na, wenigstens haben sie Anstand. Ich find's allerdings seltsam, dass sie nicht mal geklingelt haben, um kurz Hallo zu sagen, als sie die Karte eingeworfen haben. Gestern sind wir spät ins Bett gegangen, und du warst heute Morgen schon früh auf, also waren sie entweder zu nachtschlafender Zeit hier oder extrem früh.«

»Echt komisch, oder? Es wurmt mich zwar, dass ich den Goodwins recht geben muss, aber die verhalten sich wirklich seltsam.«

»Mag sein«, entgegnete Jonathan und trank einen Schluck Kaffee, bevor er einen Toast mit Butter bestrich. »Anscheinend sind sie Nachtmenschen. So wie Fledermäuse. Oder Batman.« Er riss die Augen auf.

»Willst du damit sagen, Batman wohnt bei uns nebenan?« Claire hob spöttisch die Augenbrauen.

»Nein, eine ganze Batfamilie. Tagsüber sind sie harmlos, aber sobald die Nacht hereinbricht, verwandeln sie sich in Fledermäuse und vertreiben das Verbrechen aus den düsteren Straßen jenseits der Edgar Road.«

»Du bist echt genauso bekloppt wie die Goodwins.«

»Aber das ist doch eine super Theorie, die ich heute Abend bei der Versammlung anbringen kann. Das wird sie bestimmt irritieren.« Jonathan kicherte.

»Da hätte ich ja fast Lust mitzukommen.« Claire gab ihm einen Kuss auf den Kopf.

»Es würde dich niemand daran hindern, weißt du?«, erwiderte Jonathan.

»Ich sagte ›fast‹.«

Ich schob die Gedanken an diesen Morgen beiseite, machte einen Katzensprung auf den Rasen des Nachbargrundstücks und blieb abrupt stehen: Das Mädchen, das offensichtlich Daisy hieß, stand im Garten, rauchte eine Zigarette und blickte auf ihr Handy. Bewegungslos stand ich da, unsicher, was ich als Nächstes tun sollte, doch in diesem Moment drehte Daisy sich um und stieß einen Schrei aus.

»Gott, hast du mich erschreckt«, sagte sie dann, klang aber nicht verärgert. Sie beugte sich sogar zu mir herunter und blickte auf meine Erkennungsmarke. »Hallo, Alfie, du bist aber ein sehr hübscher Kater.« Ich legte den Kopf zur Seite und blinzelte zur Begrüßung. Mir wäre es zwar lieber gewesen, sie hätte mich als »gut aussehend« bezeichnet, aber ich würde mich auch mit »hübsch« begnügen. Ich schnurrte, während sie die Zigarette ausmachte und mich streichelte. Dann setzte sie sich auf die Treppenstufe vor der Hintertür und blickte nachdenklich vor sich hin. Das war meine Gelegenheit, dachte ich bei mir und strich ihr um die Beine. Sie hatte ihre Schuluniform an, und da es schon Vormittag war, fragte ich mich, wieso sie nicht in der Schule war. Ich warf einen Blick durch die Terrassentüren ins Haus, doch es schien niemand da zu sein.

»Oh Mann«, sagte Daisy jetzt und streichelte mich erneut. »Was soll ich nur tun?« Zärtlich schmiegte ich mich an sie. Ich wusste, sie brauchte jemanden zum Reden, also hörte ich ihr aufmerksam zu. »Ich schwänze die Schule, was ich noch nie gemacht habe. Aber die haben mich auch gezwungen, meine alte Schule zu verlassen, als wir hierhergezogen sind, und das mitten in der Klausurphase! Ich meine, ich weiß, dass wir umziehen *mussten*, aber das macht es auch nicht besser.« Sie stieß einen langen Seufzer aus.

Ich miaute leise, um sie zum Weiterreden aufzufordern, denn aus dem, was sie bisher erzählt hatte, wurde ich noch nicht so recht schlau.

»Ich weiß, ich sollte Dad nicht die Schuld dafür geben, aber Chris ist todunglücklich, und Mum schuftet sich ’nen Wolf … Dafür kann er nichts, aber trotzdem … Alle leiden darunter. Wie kann sich das Leben so schnell so krass ändern? Das werde ich nie verstehen.«

Ich miaute erneut. Das wiederum konnte ich sehr gut nachvollziehen. Schließlich hatte ich das auch schon durchgemacht. Meine missliche Lage hatte mich ebenfalls in die

Edgar Road geführt, und damals hatte ich auch nicht gewollt, dass sich mein Leben so dramatisch ändert.

»Ich wünschte, ich könnte das alles positiver sehen, aber ich bin die ganze Zeit einfach nur wütend. Auf alles und jeden.« Sie zog sanft an meinem Fell, auf eine äußerst angenehme Art. Schneeflocke hat echt Glück, dachte ich. »Und den anderen geht's genauso. Was für ein deprimierendes Haus.«

Sie stand auf.

»Na ja, wie auch immer, Alfie, ich gehe dann mal besser in die Schule, bevor die meine Eltern anrufen und hier noch mehr rumgeschrien wird.« Langsam schlenderte sie davon, drehte sich aber noch mal zu mir um. »Hast du schon meine Schneeflocke kennengelernt?«

Ich miaute, was sie zum Lachen brachte.

»Du würdest ihr sicher gefallen. Ich finde, ihr zwei wärt ein echt süßes Katzenpärchen.« Diesmal klang ihr Lachen traurig, doch in meinem Magen erhob sich ein Flattern. Schön wär's, dachte ich.

Ich starrte auf das leere Haus und überlegte, ob ich hineingehen sollte – schließlich war ich ein neugieriger Kater, und wenn schon mal niemand da war … Doch dann hörte ich ein Fauchen hinter mir. Obwohl es ziemlich aggressiv klang, war es doch wie Musik in meinen Ohren. Ich drehte mich um.

»Hi«, sagte ich.

»Wann kapierst du endlich, dass du uns in Ruhe lassen sollst?«

»Wo warst du denn, als ich mit Daisy gesprochen habe?«

»Du hast mit Daisy gesprochen?« Schneeflocke sah noch wütender aus als je zuvor und fletschte die Zähne.

»Sie hat mir erzählt, dass sie dazu gezwungen wurde, hierherzuziehen.« Ich zeigte Schneeflocke mein schönstes Lächeln und hoffte, sie würde endlich ein bisschen auftauen.

»Ja, wir mussten umziehen, und wegen Karens Arbeit sind wir hier gelandet. Alle müssen ständig aufpassen, und jetzt war auch noch die Polizei hier. Die Kinder mussten ihre gute Schule verlassen, und alle sind unglücklich darüber. Ich eingeschlossen.« Sie sah ganz erschüttert aus.

»Aber wieso schottet ihr euch so ab?«, fragte ich, und meine Augen waren so groß wie Untertassen, weil ich unbedingt mehr wissen wollte.

»Ach du Schande, ich hab schon zu viel erzählt. Vergiss, was ich gesagt habe, und bitte: Du musst uns in Ruhe lassen. Es haben sich schon genug Leute in unser Leben eingemischt und für Ärger gesorgt, da bleiben wir lieber allein. Meine Menschen sind gute Menschen, aber sie haben die Hölle durchgemacht – ohne dass sie etwas dafür konnten.« Schneeflocke hielt kurz inne, sprach dann aber zum Glück weiter. »Tim wurde übel mitgespielt, und die ganze Familie leidet darunter. Wir mussten weg aus unserem alten Zuhause, und wir wollen unsere Ruhe haben.«

»Ich verstehe, wie du dich fühlst, Schneeflocke. Mein Leben war auch nicht nur ein Sahneschlecken, weißt du?«

»Und was hat das mit uns zu tun?«, wandte Schneeflocke ein.

»Damit will ich dir nur sagen, dass es mir schon mal ähnlich ging. Du weißt noch nicht viel über mich, aber bevor ich hierhergekommen bin, ist meine Besitzerin gestorben, und man wollte mich in ein Tierheim stecken. Dann bin ich weggelaufen, war obdachlos und wäre fast gestorben. Schließlich habe ich hier ein neues Zuhause gefunden, aber davor ging es mir echt schlecht. Du siehst also, ich weiß, wie hart das

Leben sein kann.« Ich wollte ihr unbedingt zeigen, dass mir wirklich etwas an ihr lag, auch wenn es nicht ganz so lief wie geplant. »Ich möchte dir ehrlich nur helfen, Schneeflocke, und das kann ich auch. Das weiß ich einfach. Ich kann dafür sorgen, dass es deiner Familie besser geht, wenn ich sie meinen Leuten vorstelle. Du musst mir nur eine Chance geben. Daisy hat doch schon mit mir gesprochen. Meinst du nicht, dann kannst du es auch?«

»Ich … denke nicht«, sagte sie leise.

»Aber irgendwas müssen wir unternehmen. Die Leute reden schon hinter eurem Rücken über euch, und die Goodwins lassen nicht locker. Wenn du mich helfen lassen würdest, dann könnte ich das für euch regeln.«

»Unser Problem kannst weder du noch ich noch sonst irgendjemand regeln.« Sie war ziemlich abrupt wieder zu ihrer feindseligen Art übergegangen, gerade als ich das Gefühl hatte, etwas zu bewirken. Doch anstatt sich mir weiter zu öffnen, ließ sie ihren Schwanz durch die Luft peitschen, machte auf den Pfoten kehrt und drehte mir den Rücken zu.

»Was ist euch denn passiert?«, fragte ich sanft.

»Ich hab schon zu viel erzählt. Bitte geh und halte dich von uns fern. Wir regeln das schon selbst.« Ohne mich noch eines Blickes zu würdigen, sprang sie durch die Katzenklappe und war verschwunden.

Doch obwohl ich immer noch mehr Fragen als Antworten hatte, war ich zumindest etwas weitergekommen. Ich würde genau das machen, was ich Schneeflocke vorgeschlagen hatte: Ich würde unsere Familien – und damit auch uns – zusammenbringen.

Wenig später lag ich rücklings auf einem sonnenbeschienenen Stück Gras in Pollys und Matts Vorgarten, betrachtete den

Himmel und dachte nach. Im Haus schien niemand zu sein, aber das war okay. Ich hätte zwar sehr gern etwas zu essen gehabt, aber mir war es wichtiger, die Ereignisse zu reflektieren und mir zu überlegen, was ich tun könnte.

Als Schneeflockes Gesicht vor meinem geistigen Auge auftauchte, wurde mir warm ums Herz. Ja, sie war wütend gewesen, doch das hatte nichts an ihrer Schönheit geändert. Ich konnte nicht aufhören, an ihre funkelnden Augen und dieses unglaublich weiße Fell zu denken … Solche Gefühle hatte ich noch nie für eine Katze gehabt, und ich wusste gar nicht genau, wie ich meinen Zustand beschreiben sollte, aber eins stand fest: Ich wollte immer in ihrer Nähe sein.

Ein lautes Miau riss mich abrupt aus meinen Gedanken, und ich rollte mich sofort auf alle viere herum. Mein Freund Rocky stand vor mir.

»Wie lange stehst du denn da schon?«, fragte ich, während ich mich streckte. Meine Hinterbeine fühlten sich ganz steif an; offensichtlich hatte ich mich länger gesonnt, als ich gedacht hatte.

»Noch nicht lange. Du hast richtig zufrieden ausgesehen und gegrinst wie eine Honigkuchenkatze.«

»Ich hab an Schneeflocke gedacht«, gab ich zu. »Die weiße Katze, die neben uns eingezogen ist.«

»Ja, ich weiß, wen du meinst. Ich bin ihr neulich abends begegnet, aber sie war ziemlich unfreundlich zu mir. Einen Moment lang dachte ich sogar, sie würde auf mich losgehen, aber sie hat mich nur gewarnt, dass ich ja nicht mit ihr reden soll.«

»Ja, sie kann recht distanziert sein«, entgegnete ich und wusste genau, dass ich gerade versuchte, sie in Schutz zu nehmen.

»Also, das ist nun wirklich die Untertreibung des Jahrhunderts, Alfie. Außerdem hat Tiger uns sowieso gerade alles über sie erzählt.«

»Was hat Tiger erzählt?« Ich verengte die Augen.

»Dass die Neue echt fies ist, aber du trotzdem dauernd um sie herumscharwenzelst. Tiger gefällt das gar nicht, und sie glaubt, dass du in die Neue verknallt bist.«

»Ach, ist das so? Wobei Tiger damit durchaus recht hat: Ich kann nicht aufhören, an dieses flauschige weiße Fell zu denken und an diese Augen …«

»Oje, dich hat's aber voll erwischt, Alfie. Wenn ich dir einen Rat geben darf, so von Kater zu Kater: Sei auf der Hut, Katzen sind kompliziert. Schau dir doch nur mal Tiger an.«

»Tiger? Die ist für mich eher wie ein Katerkumpel.«

»Und genau das ist das Problem, Alfie. Ihr zwei seid gute Freunde, aber sie ist nun mal auch weiblich und … na ja … es ist nicht einfach, mit einer Katze nur befreundet zu sein. Wenn du verstehst, was ich meine.«

»Nee, ehrlich gesagt, verstehe ich kein Wort.« Ich kapierte es nicht. Ich war mit Agnes, der Katze in meinem ersten Zuhause, befreundet gewesen. Ich war mit den weiblichen Menschen in meinem Leben befreundet – wieso also nicht auch mit Tiger?

»Okay, also, für Tiger bist du … eventuell … nicht nur ein Freund. Sie ist … Ach komm, du weißt schon … Sie steht auf dich.«

Das haute mich um. Ich konnte gar nicht glauben, was ich da hörte.

»Also, da musst du was falsch verstanden haben, Rocky. Tiger hat doch keine romantischen Gefühle für mich.«

»Tja, Kumpel, ob du's glaubst oder nicht: Das hat sie. Du merkst es nur nicht. Du hättest sie eben mal hören sollen. Sie ist ziemlich eifersüchtig.«

»Eifersüchtig?« Das war neu für mich.

»Oh Mann, Alfie, du Blindfisch. Du musst echt aufpassen, wenn du Tiger nicht als Freundin verlieren willst.« Rocky setzte sich auf den Boden und sah mich ernst an. »Ihre Gefühle für dich werden eure Freundschaft nicht zerstören, aber du musst darauf Rücksicht nehmen, vor allem, wenn du mehr von Schneeflocke willst.«

»Puh, da hast du mir ganz schön was zum Nachdenken gegeben. Danke, dass du mir das erzählt hast, du bist ein echter Freund. Ich hab Tiger wirklich gern. Sie ist meine beste Freundin, und ich will ihr auf keinen Fall wehtun. Aber ich kann nicht aufhören, an Schneeflocke zu denken.« Rocky und ich tauschten einen bedeutungsvollen Blick.

»Dafür sind Freunde doch da. Aber ich gehe jetzt besser – das Mittagessen ruft.«

Wir verabschiedeten uns, und als er davonging, hatte ich plötzlich das Gefühl, die ganze Welt würde auf meinen Schultern lasten. Jetzt hatte ich noch mehr Probleme zu lösen. Wie viel konnte so ein kleiner Kopf wie meiner überhaupt verarbeiten, ohne zu platzen?

Ich machte mich auf den Weg nach Hause. Mein Katerinstinkt sagte mir, dass es besser war, wenn ich erst mal allen aus dem Weg ging. Im Haus würde um diese Zeit niemand sein, überlegte ich, während ich durch den Garten trottete. So konnte ich mich eine Weile zurückziehen und in Ruhe versuchen, eine Lösung zu finden.

Ich lief durch die Küche ins Wohnzimmer, wo ich es mir in meiner Lieblingsecke auf dem Sofa gemütlich machen wollte. Dort angekommen, ließ mich etwas wie angewurzelt stehen bleiben: Mein Platz war schon besetzt. Claire hatte sich dort zusammengekauert und weinte, während Franceska sie in den Armen hielt und ihr den Rücken streichelte.

Mein Herz zog sich zusammen, als mich die Sorge um ein weiteres Wesen, das ich liebte, überkam. Kaum war ein Problem gelöst, bog schon das nächste um die Ecke. Irgendwie schien das bei den Menschen ständig so zu sein – oder zumindest bei denen in meinem Leben.

Kapitel Fünfzehn

»Wird alles gut, Claire.« Franceska strich ihr über den Kopf, wie sie es immer bei ihren Jungs tat, wenn sie traurig waren. Sobald Franceska gestresst war, kam ihr Akzent wieder stärker zum Vorschein, und die Art, wie sie sprach, erinnerte mich an ihre Anfangszeit hier in der Edgar Road.

Ich war verwirrt und hatte Angst. Als ich an diesem Morgen aufgestanden war, hatte Claire sich nicht anders verhalten als sonst auch. Sie hatte mir mein Futter gegeben, sich für die Arbeit fertiggemacht und das Haus zusammen mit Jonathan verlassen, lächelnd und knutschend. Jetzt allerdings saß sie in den Sachen da, die sie normalerweise nur im Bett trug, und ihr Gesicht war rot und verquollen.

»Tut mir leid, Frankie, aber ich war mir so sicher, und dann das«, sagte sie laut schluchzend.

»Ach, Claire, Süße, du musst bleiben ruhig. Das nicht hilft, und ich weiß, alle sagen das, aber du hast Zeit. Es ist keine Eile.«

»Ich weiß, aber ich kann nicht anders. Ich dachte wirklich, ich wäre schwanger. Meine Periode ist ausgeblieben. Ich hab's sogar richtig gespürt, und dann, heute bei der Arbeit, kriege ich auf einmal diese blöden Regelschmerzen. Tut mir leid, Frankie, ich weiß, ich benehme mich gerade bescheuert, aber ich hab das Gefühl, ich werde wahnsinnig.«

»Wie lange du hast versucht?«

»Über acht Monate.«

»Ist nicht lange. Ich hab gebraucht ein Jahr, um schwanger zu werden mit Aleksy.« Franceska strich ihr immer noch übers Haar, und ich hielt mich im Hintergrund. Ich wollte die beiden nicht stören oder unterbrechen.

»Echt?« Claire blickte sie aus ihren verweinten Augen an. »Es ist wahrscheinlich dumm, aber ich bin doch schon fast vierzig, und ich weiß, das ist noch nicht zu alt, aber ich wünsche mir so sehr eine Familie. Ich find's immer noch unglaublich, dass ich nach meiner Scheidung jemanden wie Jonathan gefunden habe, und unsere Beziehung ist so toll, und wir haben ein wunderschönes Leben zusammen. Aber dann sehe ich deine Jungs und Polly mit ihren Kindern und ... Ich will das auch. Ich wünsche mir das so sehr.«

»Und du wirst haben, aber du musst aufhören mit weinen und dich entspannen. Sicher das sagen alle, aber du genießt Versuch und es passiert.«

»Ich will auch nicht, dass Jonathan mich so sieht. Nicht, dass ich ihm das verheimlichen will, aber er gibt sich so viel Mühe, mich davor zu schützen, dass es mir wieder schlecht geht. Nachdem ich ihm die ganze Geschichte mit meiner Scheidung und meiner katastrophalen Beziehung mit Joe erzählt hab, hat er mich so umsorgt ... Ich will nicht, dass er sich wieder Sorgen um mich macht.«

»Okay, dann werde ich kochen eine Kaffee für dich, und du machst Gesicht sauber, und wenn er kommt von Arbeit, du sagst, dass du dich nicht so gut fühlst, und dann du ruhst dich aus. So er kann sich kümmern um dich, ohne die große Sorge.«

»Ach, Frankie, was würde ich nur ohne dich machen?«

Ich beschloss, dass es an der Zeit war, mich bemerkbar zu machen, deshalb miaute ich.

»Alfie! Ich wusste gar nicht, dass du hier bist.« Claire rieb sich wild über die Augen. Ich sprang ihr auf den Schoß und rieb meine Nase an ihrem Hals, woraufhin sie mich an meiner Lieblingsstelle auf dem Kopf kraulte. Dann tapste ich weiter zu Franceska, um auch sie zu begrüßen.

»Okay, ich mache was zu trinken für uns und gebe Alfie Snack, okay?«

»Super, danke, Frankie.«

Als Franceska in die Küche ging, klebte ich geradezu an ihrem Bein. Ich wollte nämlich kein Risiko eingehen, was mein Essen betraf, deshalb machte ich einen Satz auf die Arbeitsplatte und deutete mit meiner Nase auf den Schrank, in dem der Thunfisch aufbewahrt wurde. Sicherheitshalber stellte ich mich auch noch auf die Hinterbeine und kratzte an der Schranktür, die ich leider nicht selbst öffnen konnte. Doch mein Versuch reichte, um Franceska verständlich zu machen, was ich wollte. Normalerweise war ich nicht so gierig, aber nach diesem emotionalen Tag hatte ich einfach Hunger.

»Ruhig, Alfie. Du bekommst ja was.« Franceska holte eine Dose Thunfisch heraus, öffnete sie und füllte den Inhalt in meinen Napf. Dann goss sie mir noch etwas Milch ein. Zum Dank schnurrte ich, während ich mich über mein Festmahl hermachte.

Bevor Franceska ging, machte sie Claire noch eine Wärmflasche und schickte sie ins Bett. Ich überlegte kurz, mich zu ihr zu gesellen, aber ich musste noch über so vieles nachdenken, dass ich lieber unten blieb, um das zu tun, was ich ursprünglich geplant hatte: den Kopf frei zu kriegen. Nur dass ich jetzt noch mehr hatte, worüber ich nachdenken musste, weil meine Liste immer länger wurde: Tiger, Schneeflocke und deren Familie, und nun auch noch Claire. An diesem Tag war so viel passiert, dass ich Mühe hatte, alles zu verarbeiten, vor allem mit vollem Magen. Und so kam es, dass ich, als ich mich auf dem Sofa zusammenrollte, den Kopf voller Gedanken und beschienen vom Sonnenlicht, das durch die Fenster hereinschien, langsam einschlummerte.

Ich musste mehrere Stunden geschlafen haben, denn als ich aufwachte, hörte ich, wie Jonathan die Haustür aufschloss. Schläfrig streckte ich die Beine und sprang dann vom Sofa, um ihn zu begrüßen.

»Hey, Alfie.« Er warf seine Schlüssel auf den Beistelltisch, beugte sich zu mir herunter und streichelte mich. Ich schnurrte und hob eine Pfote für unser Gib-mir-fünf-Ritual. »Okay, ich geh dann mal besser hoch und schaue nach unserer Patientin«, sagte er, schlüpfte aus seinen Schuhen und eilte die Treppe hinauf. Als ich ihm folgte, musste ich regelrecht rennen, um mit ihm Schritt zu halten. Behutsam öffnete er die Tür zum Schlafzimmer und ging hinein. Claire saß mit einem Buch im Bett und sah wesentlich gefasster aus als vorhin.

»Hey, Liebling, alles gut?«, fragte Jonathan, während er zu ihr hinüberschritt und ihr einen Kuss auf den Kopf gab.

»Hi, ja, mir geht's etwas besser. Ich hab nur immer noch Bauchkrämpfe, es ist mal wieder so weit – wenn du verstehst, was ich meine.« Sie lächelte trotz allem. Für einen kurzen Augenblick sah ich etwas in Jonathans Augen aufflackern, doch er schien sich schnell wieder zu fangen.

»In diesem Fall kann ich doch ins Fitnessstudio gehen, und auf dem Rückweg könnte ich uns was zu essen mitbringen. Worauf hast du Lust?«

»Thailändisch«, entgegnete Claire und grinste. Erleichtert sprang ich neben sie aufs Bett. »Ich hab zwar Schmerzen, aber das ändert leider nichts daran, dass ich einen Bärenhunger hab.«

»Thailändisch also, wird gemacht. Okay, mein Schatz,

dann beeile ich mich mal besser.« Er gab ihr erneut einen Kuss, kraulte mich kurz am Kopf und verließ das Schlafzimmer, um sich seine Sportsachen anzuziehen. Ich war froh, dass es Claire wieder gut ging. Zumindest für den Moment, dachte ich, während ich vom Bett sprang und nach unten lief. Nachdem ich durch die Katzenklappe nach draußen geschlüpft war, folgte ich meiner Nase. Es wurde Zeit, dass ich eine der anderen Frauen in meinem Leben besuchte und mich wieder mit ihr vertrug.

Ich hatte noch nicht viel Zeit gehabt, über das nachzudenken, was Rocky über Tiger gesagt hatte, aber erst einmal wollte ich auch nur sicherstellen, dass unsere Freundschaft nicht in Gefahr war. Wie ich das andere Problem lösen sollte, wusste ich allerdings nicht – ich war noch nie so verliebt gewesen, und bisher hatte auch noch niemand solche Gefühle für mich gehabt, wie sie Tiger laut Rocky hatte. Also musste ich behutsam vorgehen. Und bis ich eine Lösung gefunden hatte, würde ich Tiger zeigen, wie wichtig sie mir war – auf eine rein freundschaftliche Weise natürlich.

Ich fand meine Freundin ziemlich schnell. Zugegebenermaßen war das auch nicht schwer, da sie zu Hause war und sich ihr Abendessen schmecken ließ. Vorsichtig steckte ich den Kopf durch ihre Katzenklappe, um nachzuschauen, ob die Luft rein war, und als ich mich davon überzeugt hatte, fauchte ich leise. Tiger drehte sich um und entdeckte mich. Offensichtlich hatte sie ganz vergessen, dass sie sauer auf mich war, zumindest schien sie sich einen Moment lang über meine Anwesenheit zu freuen – bis es ihr wieder einfiel und ihr Blick sich verfinsterte.

»Kannst du rauskommen?«, fragte ich, da ich nicht riskieren wollte, dass ihre Familie mich entdeckte.

»Wie du siehst, esse ich gerade. Ich komme raus, wenn ich fertig bin«, verkündete Tiger in hochnäsigem Tonfall. Ich sagte nichts darauf. Stattdessen sah ich sie so charmant an, wie ich konnte, und zog den Kopf wieder zurück. Dann setzte ich mich neben den Rosenstrauch und wartete geduldig darauf, dass Tiger nach draußen kam. Tief in mir drinnen wusste ich, sie würde sich Zeit lassen. Und wie sie das tat, Junge, Junge.

»Ich hatte schon fast vergessen, wieso ich eigentlich hergekommen bin«, sagte ich, als sie endlich auftauchte.

»Alfie, die Welt dreht sich nicht nur um dich.«

»Ich weiß, ich weiß.« Schließlich verbrachte ich die meiste Zeit damit, mir Sorgen um andere zu machen, aber das war nicht der richtige Zeitpunkt, um Tiger das klarzumachen – nicht, wenn sie in dieser Stimmung war. Rockys Worte fielen mir wieder ein, und mir wurde bewusst, dass ich nicht genau auf die Zeichen geachtet hatte. Tiger schien wirklich sehr sauer auf mich zu sein.

Ich musste an die Zeit denken, als wir uns kennengelernt hatten. Wir waren richtig enge Freunde geworden und hatten uns immer gut verstanden. Sie war definitiv meine beste Katzenfreundin; für sie würde ich alles tun. Und sie beschützte mich und passte auf mich auf, zum Beispiel, als sie mich zu Aleksys Schule begleitet hatte. Doch etwas war nun anders zwischen uns, und diese leichte Veränderung in unserer Freundschaft war mir ganz offensichtlich nicht aufgefallen. Ich verstand einfach nicht, wieso sie in letzter Zeit so schroff zu mir war.

»Manchmal ist es echt frustrierend mit dir, Alfie«, sagte sie jetzt und klang traurig.

»Du weißt aber doch, dass ich dich nie absichtlich verärgern oder verletzen würde, oder?« Ich sah sie eindringlich an. Sie neigte den Kopf zur Seite.

»Das hoffe ich doch«, entgegnete sie dann betrübt. Ich war zwar immer noch nicht schlauer, wieso sie gerade so bekümmert war, aber es tat mir leid, dass ich anscheinend der Grund dafür war.

»Weiß du was, wir gehen jetzt in den Park und schauen uns an, wie der Mond aufs Wasser scheint«, schlug ich vor, um sie abzulenken.

»Wow, du musst ein echt schlechtes Gewissen haben«, rief sie erstaunt aus. Das stimmte. Tiger liebte es, bei Mondschein zum Teich zu gehen und auf die Wasseroberfläche zu starren. Allerdings beugte sie sich dabei meistens so weit hinunter, und nachdem ich einmal fast ertrunken war, machte mir das Angst. Deshalb hielt ich bei den wenigen Malen, die ich sie überhaupt begleitete, immer reichlich Abstand. Doch jetzt wollte ich ihr zeigen, wie viel mir unsere Freundschaft bedeutete, und dass ich meine Angst überwand und mir den Mond ansah, schien mir als Beweis dafür angemessen zu sein.

Schweigend trotteten wir nebeneinanderher, vorbei an Hecken und Gartentoren, doch wir blieben nicht stehen, um die anderen Häuser zu beobachten. Ich richtete all meine Aufmerksamkeit auf Tiger.

Der Park lag verlassen da, als wir dort ankamen. Ich hörte zwar die Geräusche anderer Tiere, aber die hielten sich gut in der Dunkelheit versteckt. Wir gingen zum Teich hinüber, und während Tiger aufs Ufer zurannte, atmete ich einmal tief durch und näherte mich dann langsam dem Wasser.

»Am liebsten mag ich den runden Mond«, sagte Tiger, während sie die große Kugel betrachtete, die auf der Wasseroberfläche zu flimmern schien.

»Der ist wirklich wunderschön«, pflichtete ich ihr bei und öffnete vorsichtig ein Auge, um den Mond zu sehen. Das andere ließ ich sicherheitshalber geschlossen. Ich stand gefährlich nah am Wasser und spürte, wie meine Beine zitterten, während ich mir sehr viel Mühe gab, tapfer zu sein, allerdings ohne Erfolg.

»Oh, Alfie, du zitterst ja vor Angst! Aber ich finde es sehr lieb, dass du das für mich machst.« Tiger lachte freundschaftlich, und zu meiner Erleichterung entfernten wir uns wieder vom Teich.

»Es tut mir leid, dass wir uns gestritten haben«, sagte ich ehrlich. »Ich hasse es, wenn wir das tun.«

»Ich weiß, und ich hab inzwischen kapiert, dass du besessen bist von dieser dämlichen weißen Katze und ihrer Familie.«

»Ich wollte das nicht«, versuchte ich mich zu verteidigen.

»Das willst du nie. Aber du kannst einfach nicht anders, Alfie. Du brauchst immer irgendwas, das du reparieren kannst, und wenn es nichts gibt, machst du dich geradezu auf die Suche danach.«

»Ja, da ist wohl was Wahres dran.«

»Selbst in den letzten Monaten, als mit deinen Familien eigentlich alles in Ordnung war, hast du dir Sorgen um die Kinder gemacht – und um Polly und natürlich um Claire und Jonathan. So bist du halt.«

»Ich kann tatsächlich nicht anders. Ich hab das Gefühl, dass ich damals, als ich die Edgar Road gefunden habe und das Schicksal mir eine zweite Chance gegeben hat, auch gleichzeitig den Drang entwickelt habe, Menschen zu helfen«, erklärte ich seufzend. Es war anstrengend, sich immer so viele Sorgen zu machen, aber manchmal kam es mir so vor, als hätte ich gar keine andere Wahl. Tiger stieß ebenfalls einen Seufzer aus.

»Genau deshalb hab ich dich ja so gern, aber gleichzeitig regt es mich auch auf. Also los, ich wette, du platzt schon fast, weil du mir erzählen willst, wie es heute Morgen mit Schneeflocke gelaufen ist.« Tiger schien das Thema zwar unangenehm zu sein, doch ich freute mich, dass ich sie auf den neuesten Stand bringen durfte. Auf dem Gebiet fühlte ich mich wenigstens sicherer.

Ich konnte gar nicht glauben, dass ich die morgendlichen Ereignisse vergessen hatte. Das alles kam mir schon so lange her vor, und in der Zwischenzeit war viel passiert. Und so erzählte ich Tiger, während wir eingehüllt in die nächtliche Finsternis den Rückweg antraten, von meiner Begegnung mit Daisy und Schneeflocke, und ich spürte, dass sich etwas in mir veränderte. Tiger und ich mochten in dieser Hinsicht vielleicht nicht vollkommen einer Meinung sein, aber unsere Freundschaft war stärker geworden, da war ich mir sicher.

Als wir am Haus der Goodwins ankamen, konnten wir nicht widerstehen und sprangen auf deren Gartenmauer. Ausnahmsweise einmal hielten sich Heather und Vic nicht am Fenster auf, dafür aber Zander. Angestachelt durch die Tatsache, dass wir längst weg sein würden, falls er herauskommen sollte, fingen wir an, ihn zu ärgern, und grinsten einander an, als er wie ein Hund knurrte, seinen Schwanz durch die Luft peitschen ließ und die Zähne fletschte. Wir amüsierten uns noch ein bisschen, bevor wir schließlich wieder von der Mauer hinuntersprangen und uns auf den Weg nach Hause machten. Schulter an Schulter liefen wir nebeneinanderher, und es schien so, als hätte Tiger mir alles verziehen. Ich beschloss, das, was Rocky über sie gesagt hatte, zu vergessen, denn es gab eine ellenlange – oder eher schwanzlange – Liste von Leuten, die meine Hilfe brauchten. Und ich würde nicht eher ruhen, als bis ich alles getan hatte, was ich tun musste.

Kapitel Sechzehn

Ich hatte Polly schon eher entdeckt als sie mich. Sie war allein auf dem Weg nach Hause, bepackt mit mehreren Einkaufstüten, und summte vor sich hin. Gleichzeitig bemerkte ich, dass die Tür von Schneeflockes Haus einen Spaltbreit geöffnet wurde, und das war meine Chance. Ich rannte nach vorn, und als Polly das Gartentor der neuen Familie erreichte, stellte ich mich vor sie und zwang sie dadurch zum Anhalten, in der Hoffnung, eine Begegnung herbeizuführen. Tatsächlich wurde die Haustür noch weiter aufgerissen, und Karen, die Mutter, erschien genau in dem Moment, als Polly sich hinunterbeugte, um mich zu streicheln. Karen hatte Jeans und ein Shirt an und blickte sich unsicher um, während sie das Haus verließ und auf das Gartentor zuging.

»Oh«, murmelte sie erschrocken, als sie uns bemerkte. Sie hatte dunkle Ringe unter den Augen und sah insgesamt ein wenig unordentlich aus. Auf jeden Fall nicht so gepflegt wie ich. Schließlich ging ich nie aus dem Haus, ohne dass jedes einzelne Haar an seinem Platz saß.

»Hi, ich bin Polly.« Meine Freundin schichtete ihre Tüten so um, dass sie die Hand ausstrecken konnte, und Karen starrte darauf, als hätte sie noch nie zuvor eine Hand gesehen. Zögernd griff sie danach und brach unvermittelt in Tränen aus. Polly und ich waren vollkommen verdattert.

»Ich bin Karen«, schluchzte sie.

»Hey«, sagte Polly in ihrem sanften Tonfall, der mich immer beruhigte, »was ist denn passiert?«

»Ich kann … ich kann nicht reden. Nicht hier«, entgegnete Karen und blickte direkt hinüber auf die andere Straßenseite, zum Haus von Heather und Vic.

Polly nickte verstehend. »Ich wohne nur ein paar Häuser weiter, und mein Mann ist mit den Kindern unterwegs. Es ist also niemand da. Möchten Sie vielleicht auf eine Tasse Tee mitkommen?«

»Ich sollte das eigentlich nicht tun«, sagte Karen protestierend.

»Aber Sie sind ganz durcheinander und sollten sich erst mal wieder beruhigen. Kommen Sie, Karen, eine Tasse Tee wird Ihnen guttun. Schaden wird sie auf jeden Fall nicht.« Polly sah entschlossen aus, wie eine Frau, die kein Nein akzeptierte. Und ich würde das auch nicht tun, denn ich hatte beschlossen, mit den beiden mitzugehen.

Karen war wesentlich kleiner als Polly, wobei das eigentlich den meisten Frauen so ging. Sie hatte ungefähr die gleiche Größe wie Franceska. Ihr graublondes Haar hatte sie zu einem Pferdeschwanz zusammengebunden, und während Polly beim Gehen eine selbstbewusste, graziöse Haltung hatte und die Schultern straffte, lief Karen, als würde sie mit jedem Schritt mehr in sich zusammenschrumpfen. Ich konnte die Schwere, die auf ihr lastete, fast körperlich spüren; es war, als ob sie einen anderen Menschen auf ihrem Rücken trug.

Ich glaube nicht, dass sie mich bemerkte, während ich ein paar Meter hinter ihr und Polly hertigerte, denn diese Gelegenheit wollte ich mir auf keinen Fall entgehen lassen.

Als Polly ihre Haustür öffnete, schlug uns vollkommene Stille entgegen; etwas, das in diesem Haus sehr selten vorkam. Ich musste lachen, denn Polly benahm sich immer wie ein aufgeregtes kleines Kind, wenn niemand da war (abgesehen von mir natürlich): Sobald sie allein war, schlüpfte sie aus ihren Schuhen, holte sich einen Schokoriegel aus ihrem Geheimvorrat, legte sich eine Gesichtsmaske auf und schaute die Fernsehsendungen, die Matt nicht mochte, wie sie mir erzählte. Oder sie las eine der Zeitschriften von ihrem Stapel. Heute nicht, da Karen sie ja in ihre kleine, gemütliche Küche begleitete und am Tisch Platz nahm, während Polly schweigend den Wasserkocher anstellte.

»Es tut mir leid«, fing Karen an, »ich sollte gar nicht hier sein.«

»Aber wieso denn nicht, um Himmels willen?«, fragte Polly. »Bei mir können Sie sich ruhig alles von der Seele reden.«

»Nicht deshalb. Es ist nur ... Wir haben das so abgemacht. Dass wir niemandem was erzählen. Nicht nach allem, was passiert ist.«

»Okay, aber falls Sie doch reden möchten, ich bin eigentlich ganz nett«, erwiderte Polly lächelnd und brühte den Tee auf, bevor sie sich Karen gegenübersetzte.

»Bitte, ich kann Ihnen nicht mehr sagen, aber es hilft auch nicht gerade, dass diese Leute uns für Kriminelle halten.«

»Sie meinen die Goodwins? Ach, über die würde ich mir gar keine Gedanken machen. Das sind einfach nur Wichtigtuer.«

»Aber die kommen dauernd vorbei und klopfen an unsere Tür. Normalerweise bin ich dann bei der Arbeit, aber Tim, meinen Mann, macht das wahnsinnig. Ich hab ihm schon gesagt, dass er vielleicht mal öffnen sollte, um dem Ganzen ein Ende zu machen, aber das will er nicht.«

»Hm, ich denke, die wundern sich darüber, dass Sie noch nie zu einem ihrer Nachbarschaftstreffen gekommen sind«, erklärte Polly. »Das hier ist zwar eine lange Straße, aber die beiden herrschen sozusagen über diesen Teil hier. Leider.« Polly lachte auf, doch es klang nicht begeistert.

»Wir konnten es einfach nicht. Noch nicht. Ich weiß nicht mal, ob wir das je schaffen werden. All diese Fragen ... Tim hat gesehen, dass sie uns beobachtet haben, als die Polizei neulich bei uns war. Wenn wir zu diesen Treffen gehen, würden die alles über uns wissen wollen, und ich kann diese Fragen nicht beantworten.« Karen wirkte leicht hysterisch, und ich glaubte, ich verstand jetzt, warum Schneeflocke immer so feindselig war. Sie hatten offensichtlich eine Menge Probleme.

»Ich weiß, die zwei sind wahnsinnig neugierig und wollen ständig wissen, was los ist. Aber wenn ihr sie ignoriert, stachelt ihr wahrscheinlich nur noch mehr ihre Neugier an«, sagte Polly vorsichtig.

»Wir sind aber keine Verbrecher, Polly.«

»Natürlich nicht, das wollte ich damit auch gar nicht sagen.«

»Wir sind nur eine Familie, die gerade eine harte Zeit durchmacht, und wir wollen einfach in Ruhe gelassen werden.«

»Aber jetzt sitzen Sie doch hier mit mir. Sich von allen abzuschotten, kann ziemlich einsam sein. Ich weiß, wie das ist, ich hab es selbst schon erlebt. Und wir wollen wirklich nur helfen.«

»Ich weiß.« Karen sah so aus, als ob ihr gerade erst wieder einfiel, dass Polly ihr tatsächlich half. Ich saß unter dem Tisch und hörte stumm zu, um keine Aufmerksamkeit zu erregen. »Und es tut mir leid«, fuhr Karen fort. »Ich will nicht unhöflich sein, aber ich ... ich schätze, ich bin einfach noch nicht so weit, mich wieder unter die Leute zu mischen. Ich bin so müde, weil ich rund um die Uhr arbeite, und ich will gar nicht so ungesellig sein, aber wir brauchen noch ein bisschen Zeit für uns.«

»Hey, das ist doch in Ordnung.« Polly bemühte sich, möglichst aufmunternd auszusehen, aber ich konnte ihre Verwirrung dahinter erkennen. Sie wirkte nicht so, als würde sie verstehen, was los war, und mir ging es genauso.

»Ich hatte einen schlimmen Streit mit meinem Sohn, Christopher. Er ist vierzehn und ständig so wütend auf alles und jeden.«

»Pubertärer Teenager?«

»Ja, aber es ist nicht nur das. Meine armen Kinder haben so viel durchgemacht … Es tut mir wirklich leid, dass ich mich so komisch benehme, aber ich …«

»Hey.« Polly winkte ab. »Ist doch kein Problem. Hauptsache, Sie fühlen sich wohl. Und wenn Sie doch mal reden wollen, wissen Sie ja, wo Sie mich finden. Ich will nämlich nicht, dass Sie denken, wir wären alle so wie Heather und Vic.« Polly war ein sehr mitfühlender Mensch; etwas, das alle meine Menschen gemeinsam hatten.

Karen stand auf. »Entschuldigung noch mal, aber ich muss wirklich gehen.« Sie steuerte auf die Haustür zu, verabschiedete sich noch mit einem gedankenverlorenen »Tschüß«, und nachdem sie sich einmal vorsichtig umgeschaut hatte, eilte sie davon.

»Also, für jemanden, der nichts zu verbergen hat, benimmt sie sich ganz schön verdächtig«, sagte Polly, während sie mich auf den Arm nahm und mir übers Fell strich. »Ich meine, ich bin mir sicher, dass die Familie nichts Kriminelles macht, Alfie, aber sie verhalten sich schon ziemlich merkwürdig.« Ich miaute zustimmend. Anscheinend konnte einem niemand aus der Familie eine klare Antwort geben. Sie sprachen alle in Rätseln und achteten stets darauf, sich ja nicht zu verplappern – was auch immer sie für ein Geheimnis hüteten. Von uns konnte sich jedenfalls niemand einen Reim darauf machen.

Der einzige Schluss, zu dem ich kam, war, dass sie, wenn sie auch nichts zu verbergen hatten, sich zumindest selbst vor etwas versteckten. Oder vor jemandem. Oder eigentlich vor allen.

Eine Weile später saßen Polly und ich nebeneinander auf ihrem Sofa, sie blätterte ihre Zeitschriften durch, ich dachte nach, als die Tür aufging und das donnernde Getrappel kleiner Kinderfüße ertönte. Henry kam hereingerannt.

»Mummy! Wir haben ein Kaninchen gesehen und ein paar Kühe. Alfie! Hallo, Alfie.« Ich liebte Henrys Lebendigkeit.

»Wo um Himmels willen warst du denn mit ihnen?«, wollte Polly wissen, als Matt den Raum betrat.

»Im Spielwarenladen«, sagte er lachend. »Die hatten dort einen Bauernhof aufgebaut, und Henry war total begeistert. Er hat ewig damit gespielt. Ich hab ihm versprochen, dass er ein paar Tiere zum Geburtstag bekommt.«

»Und wo ist meine Kleine?«, fragte Polly, während Henry auf sie kletterte und sie so fest knuddelte, dass sie fast erstickte.

»Schläft. Im Buggy. Hi, Alfie.« Matt nahm ebenfalls auf dem Sofa Platz, sodass es eng wurde.

»Wir brauchen ein größeres Sofa«, bemerkte auch Polly.

»Oder dieser Junge hier macht sich einfach nicht so breit«, entgegnete Matt und kitzelte Henry, der sich daraufhin kichernd hin und her wand.

»Nicht, Daddy!«, rief er lachend.

»Übrigens bin ich vorhin der Frau aus Nummer achtundvierzig begegnet, Karen. Sie war so aufgelöst, dass ich sie auf einen Tee eingeladen habe. Aber sie war sogar hier drinnen immer noch total verschlossen und konnte es praktisch kaum abwarten, wieder zu gehen. Ich hab keine Ahnung, was da los ist. Ich glaube zwar nicht, dass diese Familie eine Gefahr für unsere Straße darstellt, wie so manch anderer das denkt, aber ich finde auch, dass sie sich sehr merkwürdig verhalten.«

»Jepp, genau das hat Jonathan auch gesagt. Er meinte, die benehmen sich, als hätten es alle auf sie abgesehen.«

»Weißt du was? Genau den Eindruck hatte ich beim Treffen mit Karen auch.«

»Aber die Goodwins machen es nicht gerade besser«, befand Matt. »Die sind völlig fixiert auf die neuen Nachbarn, geradezu besessen.«

»Hm, vielleicht verhalten die Neuen sich normaler, wenn wir dafür sorgen, dass die Goodwins sie in Ruhe lassen.«

»Und hast du auch irgendwelche Ideen, wie wir Heather und Vic dazu kriegen sollen?«, fragte Matt grinsend.

»Abgesehen von wegsperren nicht, nein.« Polly lachte. »Aber denk doch mal dran, wie deprimiert ich war, als ich hierhergezogen bin. Als Frankie versucht hat, mir zu helfen, habe ich sie auch erst mal zurückgestoßen. Was, wenn es hier das Gleiche ist?«

»Ach, Schatz, du warst damals doch krank. Mag ja sein, dass die Familie auch irgendwelche Probleme hat, aber wenn sie uns nichts erzählen wollen, können wir sie nicht zwingen.«

»Nein, das können wir nicht, aber die Goodwins zu stoppen wäre schon mal ein guter Anfang.« Erneut setzte Polly ihren entschlossenen Gesichtsausdruck auf.

Ich miaute laut. Offensichtlich lag ich unter all meinen Menschen am meisten mit Polly auf einer Wellenlänge, und bei diesem Thema erst recht. Es stimmte: Wenn die Neuen noch nicht dazu bereit waren, mit uns zu reden, mussten wir zunächst einmal die Goodwins dazu bringen, sich zurückzuziehen. Dann würde die Familie sich hoffentlich etwas wohler fühlen in der Nachbarschaft und irgendwann doch etwas offener werden. Genau das mussten wir tun, auch wenn ich nicht den blassesten Schimmer hatte, wie wir das anstellen sollten. Noch etwas, worüber ich mir den Kopf zerbrechen musste, aber vielleicht würde ja eine kleine Kraulmassage von Matt meine Gehirnzellen anregen.

Kapitel Siebzehn

Beim Anblick einer Katzenbox fing ich immer an zu zittern. Normalerweise kündigte die nämlich einen Besuch beim Tierarzt an und der endete nie gut. Mittlerweile waren vier Tage seit der Begegnung mit Karen vergangen, und das Wochenende stand vor der Tür. Claire hatte auch mein Katzenbett neben der Haustür abgestellt, zusammen mit einer Tüte voller Katzenfutter. Entsetzt riss ich die Augen auf. Wollten die mich etwa weggeben? Mir fiel nichts ein, was ich verbrochen haben könnte. Obwohl: Gestern hatte ich durch den Zaun aufs Nachbargrundstück geschaut, in der Hoffnung, Schneeflocke zu sehen, und plötzlich stand ich Auge in Auge einer Maus gegenüber. Das dumme kleine Ding hatte sich so erschreckt, dass es auf mich zugerannt war, direkt in meinen Garten hinein. Ich hatte versucht, das Tier loszuwerden, aber irgendwie – vermutlich aufgrund meiner ungeschickten Jagdmethode, wie Tiger immer sagte – war die Maus am Ende in meinem Haus gelandet. Und als sie davongeflitzt war, hatte ich sie eigentlich verfolgen wollen, aber dann war ich von einem wunderbaren Duft abgelenkt worden und hatte sie völlig vergessen. Stattdessen hatte ich an der frischen Wäsche geschnuppert, die in einem Korb darauf gewartet hatte, in den Schrank gelegt zu werden. Und dann hatte ich mein Lieblingsteil ganz oben entdeckt: Jonathans geliebten Kaschmirpullover. Er hatte so köstlich geduftet und sich so flauschig angefühlt, dass ich einfach nicht hatte widerstehen können und in den Korb gesprungen war. Und ehe ich mich's versah, war ich eingeschlafen.

Ein Aufruhr hatte mich geweckt; im Haus war die Hölle los gewesen. Claire hatte kreischend in der Küche auf einem Stuhl gestanden, während Jonathan mit einem Besen herumgerannt war. Als ich aufgetaucht war, hatten die beiden mir einen anklagenden Blick zugeworfen.

»Hast du die Maus reingelassen?«, hatte Claire gefragt und dabei ziemlich verärgert geklungen. Ich hatte bejahend miaut, als mir die ganze Sache wieder eingefallen war. Aber zu meiner Verteidigung muss ich sagen, dass ich sie daraufhin direkt aufgespürt und in den Garten zurückgejagt hatte. Doch dann hatte Jonathan seinen Pullover aus dem Korb genommen.

»Du hast auf meinem besten Pullover geschlafen!«, hatte er alles andere als begeistert gerufen. »Guck dir das an, da sind überall deine Haare drauf, Alfie. Wie oft muss ich dir noch sagen, dass du meine Kaschmirsachen nicht anrühren sollst?« Er und Claire waren seitdem definitiv nicht gut auf mich zu sprechen, und jetzt wollten sie mich offensichtlich auf die schlimmste Art bestrafen, die ich mir vorstellen konnte – warum sonst sollte die Katzenbox da stehen?

»Na, freust du dich schon auf deinen Urlaub?«, sagte Claire zu mir und hob mich hoch. Ich legte den Kopf schief und sah sie fragend an. »Ich hab dir doch erzählt, dass Jon und ich dieses Wochenende wegfahren, weißt du noch? Deshalb übernachtest du bei Franceska und den Jungs.« Ein unglaubliches Gefühl der Erleichterung erfasste mich, und ich seufzte auf. Klar, natürlich! Das hatte ich ganz vergessen. Jonathan hatte einen Wochenendausflug für die beiden gebucht, zu irgendeinem Ort namens Paris, der sich anscheinend in einem anderen Land befand, und sie würden drei Tage bleiben. Normalerweise wohnte ich bei Polly und Matt, wenn die zwei verreisten, aber Franceska wollte mich nach dem

Wochenende in Aleksys Schule bringen, damit ich mir das Alfie-Projekt anschauen konnte.

Doch obwohl ich bei Leuten übernachten würde, die ich sehr liebte, fragte ich mich auch, wie ich es aushalten sollte, so weit weg von meiner Straße zu sein. Das machte mich nun mal nervös, und unbekannte Orte jagten mir ohnehin Angst ein. Ich hatte die Erfahrung gemacht, dass Abenteuer nicht nur spaßig waren – tatsächlich hatte ich sogar mehr schreckliche als schöne erlebt. Mir lief ein Schauder über den Rücken, und mein Fell sträubte sich, als vor meinem geistigen Auge einige unangenehme Erinnerungen aufblitzten. Während ich mich aus Claires Armen befreite und so viel Distanz wie möglich zwischen mich und die Katzenbox brachte, wurde mir allerdings bewusst, dass ich mich wieder beruhigen musste. Schließlich war ich schon bei Franceska gewesen. Das war etwas anderes, als ins Unbekannte aufzubrechen.

Ich musste mir oft gut zureden. Die Erinnerungen an meine Odyssee in die Edgar Road lösten immer noch Panik in mir aus, und manchmal fiel es mir schwer, mir klarzumachen, dass ich in Sicherheit war und geliebt wurde, auch wenn ich mir das immer wieder sagte.

»Alfie, jetzt sei doch nicht so albern.« Claire kam zu mir herüber und strich mir übers Fell. »Du wirst so viel Spaß haben, und wir hoffentlich auch. Montagabend hole ich dich wieder ab.« Sie küsste mich auf die Nasenspitze und setzte mich dann in die Box. Zwar hasste ich es, in einem Käfig eingesperrt zu sein, aber ich wusste auch, dass mir nichts anderes übrig blieb. Außerdem zauberte mir die Aussicht, ein paar Tage mit Aleksy und den anderen zu verbringen, nun doch ein Lächeln ins Gesicht. Nicht zu vergessen, dass ich von meiner lieben Franceska immer Gourmet-Sardinen bekam. Und als ich mich etwas beruhigte, wurde mir bewusst, dass ich eine wundervolle Zeit haben würde. Ja, ich würde meinen kleinen Urlaub genießen, auch wenn ich es vermissen würde, ab und zu einen Blick auf Schneeflocke zu erhaschen.

Während der Fahrt zu meinem Feriendomizil plapperte Claire angeregt auf mich ein und erzählte mir, wie sehr sie sich auf die Reise mit Jonathan freute. Von all meinen Menschen redete Claire immer noch am meisten mit mir, was ich sehr liebte. Das war wahrscheinlich noch eine Angewohnheit aus der Zeit, als wir nur zu zweit gewesen waren, bevor sie mit Jonathan zusammengezogen war.

Bis zu dem Moment, als sie einen Parkplatz in Franceskas Straße fand, hatte ich erfahren, dass sie darauf hoffte, an diesem Wochenende, das Jonathan und sie in einem Luxushotel verbringen würden, schwanger zu werden. Ich war überglücklich, wenn Claire so gut gelaunt war wie gerade – sie hatte auch ihre dunklen Momente, aber wer hatte die nicht? Allerdings lag bei Claire das Risiko, dass es ihr so richtig schlecht ging, höher als bei den meisten anderen, deshalb hoffte ich inständig, dass sich ihre Wünsche erfüllen würden. Nicht nur, weil es mich freuen würde, wenn unsere Familie sich vergrößerte, sondern auch, weil ich wollte, dass unser Glück andauerte. Ich hatte immer Angst, dass es das nicht tat.

Glück war etwas Wundervolles, aber es war auch furchtbar unbeständig.

HERZLICH WILLKOMMEN ALFIE!, wurde ich begrüßt. Aleksy hatte ein Banner für mich gemalt, in Regenbogenfarben und mit einem Bild von mir. Er wirkte gleichzeitig stolz und auch ein bisschen peinlich berührt, während ihn alle für sein künstlerisches Talent lobten. Ich miaute und sprang dann in seine Arme – das war unser neuester Lieblingstrick. Aleksy glaubte, er hätte mir das beigebracht, aber ich denke, wir wissen alle, wer hier wem was beigebracht hat.

Als Franceska und die Kinder begeistert in die Hände klatschten und übers ganze Gesicht strahlten, hatte ich das Gefühl, nach Hause zu kommen. Ich hatte diese liebe Familie, die mir so viel bedeutete, vermisst, und auch wenn sie damals einen weiteren Weg bis in die Edgar Road zurückgelegt hatten als ich, würde uns diese Erfahrung immer miteinander verbinden. Sie waren Migranten, hatte Tomasz mir ein paarmal erzählt, und das bedeutete, sie waren nicht in diesem Land geboren. Aber sie arbeiteten hart und waren so gute Menschen, dass ich fand, sie gehörten jetzt hierher, zu mir. Oder umgekehrt: Ich gehörte zu ihnen.

Während Claire und Franceska in die Küche gingen, um sich zu unterhalten, nahmen der kleine Tomasz und Aleksy mich mit ins Wohnzimmer, wo sie ganz viele Sachen für mich ausgebreitet hatten. Es war Zeit zum Spielen.

Nachdem ich eine Weile falschen Mäusen und Autos hinterhergejagt und im Kreis herumgerannt war, ließ ich mich schließlich auf den Rücken fallen und von den Jungs mit Streicheleinheiten verwöhnen. Als Claire ins Zimmer kam, um sich von mir zu verabschieden, war ich zwar müde, aber sehr zufrieden. Sie drückte mich fest an sich, küsste mich und ermahnte mich, brav zu sein – als ob ich das je nicht wäre. Dann ging sie.

»Okay, Alfie, ist Zeit für dein Mittagessen?«, fragte Franceska.

»Darf ich ihn füttern?«, bat der kleine Tomasz. Ich folgte ihnen in die Küche, wo Franceska eine Dose Sardinen aus dem Schrank holte und mich damit zu einem sehr glücklichen Kater machte. Ich bemühte mich, geduldig zu warten, während Tomasz seiner Mutter dabei half, die Dose zu öffnen, und unter ständiger Ermahnung, vorsichtig zu sein, die Fische in meine Schüssel gab.

Gierig machte ich mich darüber her, als sie mein Festmahl endlich auf den Boden stellten, und Tomasz sah mir stolz beim Essen zu. Meine Jungs wurden wirklich schnell erwachsen. Als ich Tomasz kennengelernt hatte, war er noch sehr klein gewesen, hatte mittags geschlafen und gerade zu sprechen gelernt. Jetzt waren er und Aleksy schon richtige kleine Personen.

In diesem Moment flog die Eingangstür auf und die dröhnende Stimme vom großen Tomasz scholl zu uns herüber. Bepackt mit Schachteln voller Essen kam er in die Küche, gefolgt von einem begeisterten Aleksy.

»Pappa!«, rief der kleine Tomasz freudig.

»Mittagessen«, verkündete der große Tomasz und stellte die Schachteln auf die Arbeitsplatte. Dann erfüllte fröhliches Gelächter die Küche, als er beide Kinder hochhob und an sich drückte. Tomasz war ein großer, bäriger Mann, der seine Frau deutlich überragte und sich bücken musste, um sie zu küssen. »Ach, und da ist ja unser Gast. Willkommen in unserem bescheidenen Reich, Alfie«, begrüßte er mich, nahm mich ebenfalls auf den Arm und streichelte mich. Wohlig schnurrte ich in seinen wuchtigen Hals hinein.

»Wie lange kannst du bleiben?«, fragte Franceska.

»Wir sind heute Abend ausgebucht, ich muss also in einer Stunde wieder runter.«

»Okay, dann machen wir schnell Essen warm«, sagte Franceska lächelnd.

»Es tut mir leid, *kochanie*. Ich versuche, so früh wie möglich Feierabend zu machen.«

»Ich weiß, dass du versuchst, aber jetzt, wenn so voll wird, was ist gut: Kannst du nicht mehr Leute einstellen?«

»Das versuchen wir schon, aber es ist schwer, gute Leute zu finden. Nächste Woche habe ich wieder ein paar Vorstellungsgespräche, also drück die Daumen.«

»Gut, weil ich liebe, dass du arbeitest so hart für uns, aber wäre schön, dich öfter zu sehen.« Franceska lächelte erneut, aber ich fragte mich, ob sie sich nicht trotzdem einsam fühlte, wenn ihr Mann so viel arbeitete.

Später an diesem Nachmittag stand ich an der Eingangstür und miaute. Ich wollte raus, doch in dieser Wohnung im zweiten Stock gab es keine Katzenklappe. Die Familie hatte zwar ein Katzenklo für mich bereitgestellt, aber darüber hatte ich nur die Nase gerümpft. Im Notfall würde ich es sicher benutzen, doch das musste nicht unbedingt sein. So ein Kater war ich nicht.

Franceska bedeutete mir, ihr zu folgen, und öffnete eine Hintertür, die mir bisher gar nicht aufgefallen war. Gemeinsam stiegen wir eine Treppe hinunter, an deren Ende eine Tür in einen kleinen Hof führte.

»Das hier ist Hinterhof von Restaurant«, erklärte sie mir. »Ich kann Tür für dich lassen auf, aber du musst schnell sein. Ich will keine Mäuse in Wohnung.«

Ich freute mich über diese, wenn auch eingeschränkte, Freiheit und suchte mir ein Fleckchen Unkraut, in das ich mein Geschäft erledigen konnte, bevor ich rasch meine Umgebung auskundschaftete. In dem schmalen Hof, der zu einer Gasse hinausging, standen einige große Tonnen. Meine Nase war erfüllt von den vielen Gerüchen; ich konnte andere Tiere riechen: Mäuse und sogar diese furchtbaren großen Ratten. Doch das war durchaus zu erwarten: Wo es Müll gab, tummelte sich auch das Ungeziefer. Franceska hätte mir gar nicht zu sagen brauchen, dass ich mich beeilen sollte; ich hatte sowieso keine große Lust, mich hier allzu lange aufzuhalten, auch wenn ich keine Tiere sah. Ich wusste, sie lauerten in den Schatten und warteten auf Essensreste, die sie verspeisen konnten.

Kurz darauf sprang ich die Treppe wieder hinauf, und Franceska hastete nach unten, um die Tür zu schließen. Sie sah erleichtert aus, als wir wieder drinnen waren.

»Ich will einfach nicht, dass Mäuse oder Ratten kommen hier«, sagte sie erneut. »Das ist Gefahr, wenn man wohnt über Restaurant.« Mitfühlend legte ich den Kopf schief. Das war wirklich nicht schön. Und ich konnte zwar die eine oder andere Maus verscheuchen, aber Ratten mied ich, wenn es ging; einige von denen waren ja fast so groß wie ich.

Oben im Wohnzimmer saßen Aleksy und der kleine Tomasz im Schlafanzug auf dem Sofa und schauten Fernsehen.

»Und was ist mit Müllschlucker?«, fragte Aleksy.

»Oh ja, der ist sehr gut und fängt sie, aber sie kommen immer wieder.« Ich miaute, weil ich wissen wollte, wer Müllschlucker war. Die drei sahen mich an und lachten.

»Müllschlucker ist Kater, der lebt bei Mülltonnen. Es wundert mich, dass du ihn nicht gesehen hast gerade. Er bekommt Essen von Restaurant und jagt Mäuse und Ratten weg. Er ist groß.«

»Viel größer als du, Alfie, und er kommt nie ins Haus. Echt nie«, erklärte Aleksy.

Das weckte meine Neugier, und ich fragte mich, ob ich diesem Kater wohl während meines Aufenthalts hier begegnen würde.

»Er riecht komisch«, erzählte Tomasz, »und sein Fell ist sehr struppig, nicht so wie deins.« Ich war ein grau getigerter Kater mit einem leicht bläulichen Ton im Fell. Außerdem hatte ich glänzende, gesunde Augen, und mein perfektes rundes Gesicht passte proportional gut zu meinem schlanken Körper.

»Ja, das ist wahr. Er sieht nicht so gut aus wie Alfie«, pflichtete Franceska ihrem Sohn bei. Mein Fell schimmerte gleich noch mehr vor lauter Stolz. »Aber er ist trotzdem guter Kater, und wir sollten nicht reden schlecht über ihn.«

»Nein, Mamma, ich mag ihn doch.« Tomasz kicherte. »Er ist keine Hauskatze wie Alfie, aber er ist auch eine Katze.«

»Natürlich ist er eine Katze, du Doofie. Es gibt verschiedene Arten von Katzen«, sagte Aleksy. Hinter meinen Schnurrhaaren verzog sich mein Mund zu einem Lächeln. Aleksy hatte recht: Es gab verschiedene Arten von Katzen und verschiedene Arten von Menschen. So war das Leben.

Als ich spät in der Nacht aufwachte, wusste ich für einen kurzen Moment nicht, wo ich war. Ich erkannte mein Bett, aber in der Dunkelheit konnte ich noch zwei andere Betten sehen. In dem einen schlief Aleksy, der seine Decke weggestrampelt hatte und ein Bein über die Bettkante hängen ließ; im anderen lag Tomasz, immer noch fest eingehüllt. Franceska hatte erzählt, dass Aleksy wieder gern zur Schule ging und die Zeit, in der er gemobbt wurde, offensichtlich gut verarbeitet hatte. Sie meinte, das sei mein Verdienst, weil ich damals Aleksy gerettet hätte.

Ich lächelte, als mir wieder einfiel, dass ich mich gerade bei einigen meiner Lieblingsmenschen befand und etwas machte, das sie »Urlaub« genannt hatten. Mit diesen Gedanken kuschelte ich mich wieder in mein Bett und schlief wenig später erneut ein. Immerhin hatte Claire gesagt, Urlaub sei dazu da, sich zu entspannen, also würde ich ab jetzt genau das tun.

Kapitel Achtzehn

Ich hatte einen geradezu zwanghaften Drang entwickelt, diesen Kater namens Müllschlucker kennenzulernen, da er offensichtlich im Leben meiner polnischen Familie eine Rolle spielte. Nach dem Frühstück durfte ich hinunter in den Hinterhof, doch mein Artgenosse war nirgendwo zu sehen. Nur ein paar schmutzige Mäuse flitzten herum. Als sie mich entdeckten, erstarrten sie vor Schreck, aber ich hatte kein Interesse an ihnen, schließlich hatte ich ein reichhaltiges Frühstück genossen. Wie ich gestern schon bemerkt hatte, führte ein Teil des Hinterhofs in eine Gasse hinaus, doch in dieses unbekannte Territorium wagte ich mich nicht vor. Stattdessen kehrte ich mit meiner ungestillten Neugier in die Wohnung zurück, wo ich die nächsten Stunden verbrachte. Der große Tomasz hatte an diesem Morgen frei, und so spielten die drei Jungs Videospiele, während Franceska einkaufen ging. Ich startete einen Versuch, mitzuspielen, indem ich einen Vogel, der die ganze Zeit über den Bildschirm flatterte, mit den Pfoten verfolgte, doch ich verlor mein sonst so phänomenales Gleichgewicht und fiel vom Fernsehregal. Die Jungs brachen in schallendes Gelächter aus. Leicht gedemütigt wollte ich anschließend die Steuerungsgeräte ausprobieren, die sie in den Händen hielten, aber sie rissen sie immer weg, sodass ich nicht drankam. Irgendwann gab ich auf und schaute nur noch zu.

»Alfie, heute Nachmittag bringen wir Aleksy zu seinem Fußballspiel«, sagte der große Tomasz, als Franceska wiederkam und alle zum Essen rief. Ich erwartete zwar kein Futter, gesellte mich aber trotzdem dazu, weil ich mich einfach gern dort aufhielt, wo was los war.

»Kann Alfie mitkommen?«, fragte Aleksy begeistert, und ich schnurrte zustimmend, bevor ich mit einem Satz in Tomasz' Arme sprang. Ich hatte zwar keine Ahnung, was genau mich erwartete, aber ich wollte unbedingt dorthin.

Ich miaute laut, damit mich jemand hinausließ, während die Familie zu Mittag aß, und diesmal hatte ich Glück: Als ich aus der Tür trat, entdeckte ich eine Katze, die der Beschreibung nach nur Müllschlucker sein konnte. Er roch tatsächlich ein wenig (und zwar nicht angenehm), und seine Fellhaare standen in alle Richtung ab. Wie Tomasz gesagt hatte, war er wirklich groß, das musste ich zugeben; fast schon so groß wie ein Hund. Während ich stocksteif dastand, unsicher, wie der Kater wohl auf mich reagieren würde, drehte er sich um.

»Na, hallo, wer bist denn du?«, fragte er nicht unfreundlich.

»Ich bin Alfie. Ich wohne ein paar Tage hier oben.«

»Ach, beim großen Tomasz. Ich bin Müllschlucker. Ist allerdings nicht mein richtiger Name. Keine Ahnung, wie der lautet, ehrlich gesagt. Die Familie von oben hat mir diesen Spitznamen gegeben, und … na ja, der ist genauso gut wie jeder andere.« Für einen wild lebenden Kater – und das war er offensichtlich – hatte er gute Manieren.

»Ich hab nicht vor, in dein Territorium einzudringen«, sagte ich trotzdem schnell.

»Hatte ich auch gar nicht angenommen. Außerdem teile ich gern.« Er lächelte mich an, und als ich sah, dass er ziemlich scharfe Zähne hatte, war ich froh, dass er nicht böse auf mich war. Oder vorhatte, mich zu essen.

»Ich wohne da, wo die Familie früher gelebt hat, und meine andere Familie ist gerade verreist. Freut mich, dich kennenzulernen.«

»Freut mich auch, Alfie. Ich nehme an, du bist eher ein wenig verwöhnt?«

»Ja, das stimmt«, gab ich zu. »Ich war allerdings schon mal obdachlos und hab eine Zeitlang als Straßenkater gelebt, und ich muss sagen, ich weiß nicht, wie ihr das aushaltet. Ich liebe es einfach, am warmen Feuer oder auf einem warmen Schoß zu liegen und mein Essen in einem Napf serviert zu bekommen«, erklärte ich grinsend, und Müllschlucker lachte.

»Tja, jeder Jeck ist anders. Ich meine, dein Leben klingt auch gut, aber es wäre nichts für mich. Ich liebe meine Freiheit, und hier hab ich quasi ein ständiges Büfett. Und solange ich dafür sorge, dass die Mäuse- und Rattenpopulation niedrig bleibt, füttern die vom Restaurant mich auch gut durch.«

»Und die Kälte?«

»Daran gewöhnt man sich. Hier gibt's genügend Unterschlüpfe, und ich mache gern mein eigenes Ding.«

»Ist dir das denn nie zu einsam?«, fragte ich.

»Ich hab doch Freunde. Na ja, so was in der Art. Ich bin nicht der Einzige hier, wir sind 'ne ganze Gruppe, alles Straßenkatzen. So schlimm ist es also nicht.« Er lachte leise. Ich konnte mir zwar überhaupt nicht vorstellen, so ein Leben zu führen, dennoch kam ich mir ein bisschen vor wie ein Luxuskätzchen.

»Alfie!«, rief Franceska von oben, bevor ich die Unterhaltung fortsetzen konnte.

»Ich geh dann mal besser, aber ich komme nachher noch mal raus. Würde mich freuen, dich wiederzusehen.«

»Ja, ich mich auch. Bis dann.«

Während ich die Treppe hochlief, dachte ich darüber nach,

wie nett Müllschlucker war. Ein bisschen wild, klar, aber sehr freundlich. Wie er gesagt hatte: Jedem das Seine. Wir lebten eben unterschiedliche Leben. Es wäre auch langweilig, wenn wir alle gleich wären. Das galt für Katzen genauso wie für Menschen.

Der große Tomasz trug mich zum Fußball. Er meinte, sie hätten Angst, mich zu verlieren, deshalb hielt er mich sanft in den Armen, während die Familie an der Schule vorbeiging und auf eine große Rasenfläche zusteuerte. Aleksy trug eine weite kurze Hose und ein T-Shirt mit einer Nummer auf dem Rücken, und er hüpfte vor Aufregung hin und her.

»Verbrauche doch nicht all deine Energie schon, bevor du auf den Platz gehst«, sagte sein Dad. Franceska, die den kleinen Tomasz an der Hand hatte, lachte. Ich war fast genauso aufgeregt wie Aleksy, auch wenn ich keine Ahnung hatte, was mich erwartete.

Als wir an der Rasenfläche ankamen, waren dort schon eine Menge Kinder und Erwachsene versammelt. Dann blies ein Mann in eine Pfeife, und die Kinder rannten sofort aufs Spielfeld.

»Viel Glück, Aleksy!«, rief meine Familie. Er drehte sich noch einmal um, lächelte uns zu und winkte.

Tomasz hielt mich die ganze Zeit fest, wofür ich ihm sehr dankbar war, weil überall so viele Leute herumstanden, und außerdem war es ziemlich kalt. Deshalb kuschelte ich mich enger an Tomasz' Jacke, als das Spiel begann. Ich wusste zwar schon einiges über Fußball, nachdem ich diverse Spiele zusammen mit Jonathan und Matt im Fernsehen geschaut hatte, aber ich war noch nie live dabei gewesen. Außerdem hatte ich auch noch nie Kinder dabei beobachtet. Was sich schon bald als gut herausstellte.

Als sie nämlich anfingen, ging es erst einmal chaotisch zu. Keiner schien zu wissen, wohin er rennen sollte, und obwohl die Erwachsenen sie laut anfeuerten, konnte ich keine klare Strategie in dem Spiel erkennen. Der Ball flog an mir vorbei, als eins der Kinder dagegentrat und dabei hinfiel. Franceska und Tomasz lachten, und der kleine Tomasz klatschte in die Hände. Andere Leute riefen irgendwas, und mir fiel auf, dass manche der Zuschauer sich gar nicht amüsierten. Doch auch wenn keins der Kinder wirklich gut spielte, hatten sie zumindest viel Spaß und Energie. Schließlich ertönte wieder ein Pfiff, und Aleksy kam zu uns herübergerannt, begleitet von fast allen seiner Mannschaftskollegen.

»Aleksy«, sagte der große Tomasz tadelnd, »du solltest zu deinem Trainer gehen und nicht zu uns kommen.«

»Aber, Pappa, ich will meiner Mannschaft doch Alfie zeigen.« Die anderen Kinder, die das gleiche T-Shirt anhatten wie Aleksy, drängten sich um mich, und manche streichelten mich sogar. Es waren sowohl Jungen als auch Mädchen im Team, und einige von ihnen erkannte ich von meinem Besuch in der Schule wieder. Sie begrüßten mich mit der gleichen Begeisterung, mit der sie eben noch Fußball gespielt hatten. Doch während sie mich verhätschelten, kam ein rundlicher Mann auf uns zu.

»Hallo, Mr Armstrong«, sagte Franceska.

»Hi.« Er wirkte ein wenig verlegen, als er sich in das Getümmel hineindrängte, und ich nahm an, dass er der Trainer war. »So, ihr Rasselbande, die zweite Halbzeit fängt gleich an.« Mit ernster Miene nickte er Tomasz und Franceska zu. »Was macht ihr überhaupt hier?«, wandte er sich wieder an die Kinder.

»Das ist Alfie, unser Kater«, erklärte Aleksy. »Er ist extra vorbeigekommen, um das Spiel zu sehen, und er ist unser

Glücksbringer.« Aleksy streckte voller Stolz die Brust raus, und ich tat es ihm gleich. Wobei ich nicht das Gefühl hatte, der Mannschaft bisher viel Glück gebracht zu haben – bisher hatte jedenfalls noch niemand ein Tor geschossen.

»Na dann, Alfie, sorg doch mal dafür, dass wir in der zweiten Halbzeit ein paar Tore schießen«, scherzte Mr Armstrong, und ich antwortete ihm mit einem Miauen. Wie sollte ich das denn hinbekommen? Dafür müssten sie mich schon mitspielen lassen, und danach sah es nun wirklich nicht aus.

Trotzdem wurde ich für Aleksy und seine Freunde erneut zum Helden. Der fiese Junge, der auch mitspielte, wie ich jetzt erst bemerkte, hielt sich zwar immer noch von mir fern, aber er schien zumindest nett zu Aleksy zu sein, während die beiden auf dem Fußballplatz nebeneinanderstanden. Und als Aleksy kurz darauf ein Tor schoss, jubelte auch er, gemeinsam mit den Zuschauern. Der große Tomasz sprang auf und ab, wobei ich fast aus seinen Armen flog; Franceska kreischte begeistert; der kleine Tomasz klatschte und schrie; und ich grinste so breit, wie ich konnte. Als ein kleines Mädchen aus Aleksys Mannschaft das zweite Tor schoss, wenige Sekunden vor dem Schlusspfiff, rannten alle zu mir und meinten, sie hätten nur meinetwegen gewonnen.

Manchmal war es echt toll, ein Kater zu sein: Ich musste nichts tun und bekam trotzdem ganz viel Lob.

Am Sonntag war das Restaurant geschlossen, und Tomasz nahm uns alle mit hinunter.

»Alfie hat es noch gar nicht gesehen, und ich weiß, Tiere dürfen eigentlich nicht hinein, aber es merkt ja keiner.« Er zwinkerte Franceska zu.

»Er kann doch im Hof bleiben und mit Müllschlucker

spielen«, schlug sie vor. Als die beiden anfingen, im Restaurant herumzuwerkeln, gingen die Jungs mit mir nach draußen und begrüßten dort Müllschlucker wie einen alten Freund. Ich auch. Solange die Jungs bei uns waren, konnte ich mich natürlich nicht richtig mit ihm unterhalten, aber irgendwann rief Franceska sie zum Hausaufgabenmachen hinein, und so hatten wir doch noch Zeit zum Plaudern.

»Und? Hattest du ein schönes Wochenende hier?«, erkundigte sich Müllschlucker.

»Ja, sehr schön sogar. Gestern habe ich Aleksy beim Fußballspielen zugeschaut, und morgen, bevor ich wieder nach Hause gebracht werde, nimmt er mich mit in die Schule.«

»Du hast ein sehr interessantes Leben«, befand Müllschlucker.

»Na ja, manches ist tatsächlich aufregend, aber als ich obdachlos war, ging es mir wirklich schlecht, und ich hatte richtig Angst um mein Leben. Manchmal frage ich mich immer noch, wie ich es geschafft habe, das zu überleben. Ich schätze, ich hab echt Glück, dass ich so liebevolle Menschen gefunden habe.«

»Das hast du, aber ich hab auch schon immer auf der Straße gelebt. Ich glaube, als Hauskater käme ich gar nicht klar. Franceska hat schon Tomasz vorgeschlagen, mich bei ihnen aufzunehmen, aber das wäre nichts für mich gewesen. Vor allem nicht, weil sie mich dann wahrscheinlich gebadet und zum Tierarzt gebracht hätten.«

»Das ist auch kein Spaß, glaub mir. Ich hab beides schon hinter mir«, antwortete ich schaudernd.

»Für so ein häusliches Leben bin ich einfach nicht geschaffen. Ich meine, ich hab die Kinder gern, aber ich hätte keine Lust, ständig mit ihnen zu spielen.« Er lachte. »Mir gefällt es, so frei zu sein wie jetzt.«

»Dann hast du dich bewusst für dieses Leben entschieden?«, fragte ich.

»Ich weiß nicht, ob ich das als bewusste Entscheidung bezeichnen würde.« Nachdenklich blickte er in die Ferne. »Ich wurde in dieses Leben hineingeboren und hab mich daran gewöhnt. Tomasz sorgt dafür, dass ich immer genug zu essen habe, und dafür vertreibe ich das Ungeziefer aus dem Hof. Eigentlich ist das fast wie ein Job.«

»Als ich obdachlos war, habe ich auch einige Menschen gesehen, die auf der Straße lebten. Aber die waren betrunken und ziemlich fies zu mir. Straßenkatzen sind mir auch begegnet, und manche von denen haben mir Angst gemacht, aber eine war wirklich nett.«

»Und genauso trinken auch nicht alle Menschen, die auf der Straße leben. Vergiss nicht, die Welt ist alles andere als perfekt. Dein Leben mag ideal sein, aber andere haben nicht so viel Glück. Ich kenne viele Leute, die nur auf der Straße leben, weil ihnen nichts anderes übrig bleibt, nicht, weil sie das besonders toll finden. Und das ist sehr traurig.«

»Es gibt wohl noch vieles, das ich nicht über diese Welt weiß«, gab ich zu.

»Wir wissen doch alle nicht viel über diese Welt, Alfie, aber hey, sei einfach dankbar für das, was du hast, und pass auf die Menschen auf, die dich lieben.«

»Das werde ich, Müllschlucker. Und ich wünschte, ich hätte noch mehr Zeit, mich mit dir zu unterhalten. Aber ich hoffe, wir sehen uns, wenn ich das nächste Mal hier bin.«

»Das würde mich auch freuen, Alfie. Vielleicht bringe ich dir dann bei, wie man erfolgreich jagt«, sagte Müllschlucker lachend.

»Meine Freundin Tiger würde dir jetzt sagen, dass ich der schlechteste Jäger bin, den sie je gesehen hat.« Trotzdem versuchte ich mein Glück, während ich Müllschlucker durch den Hof folgte. Leider wurde ich meinem Ruf dabei allerdings gerecht. Ich schlug nach einer Maus, die rasch außer Reichweite huschte. Auf der Jagd nach ihr fuhr ich herum, stolperte dabei über meinen eigenen Schwanz und landete auf dem Hintern. Ich ließ mich davon jedoch nicht abschrecken und schlich mich an die nächste Maus heran, startete meinen Angriff aber ein wenig zu schnell, sodass die Maus aus meinen losen Lippen sprang und mich in die Nase biss.

»Au!«, jaulte ich und ließ sie fallen, sodass sie auf dem Kopf landete. Müllschlucker kamen fast die Tränen vor Lachen, und ich beschloss, aufzugeben, solange mir nur die Nase wehtat und mein Stolz etwas angekratzt war.

Zum Abschied winkten Müllschlucker und ich einander freundschaftlich mit den Schwänzen zu, und während ich ins Haus zurücklief, dachte ich, was für ein interessanter Kater er doch war.

Kapitel Neunzehn

Heute war der Tag, an dem ich Aleksy in die Schule begleiten würde. Wir freuten uns alle sehr, bis auf den kleinen Tomasz, der sich darüber ärgerte, dass ich nicht in seine Klasse kommen würde.

»Das ist ungerecht«, jammerte er.

»Jetzt sei nicht wie Baby, Tomasz«, ermahnte ihn Franceska. »Deine Klasse hat kein Alfie-Projekt gemacht. Vielleicht ein andermal.« Der kleine Tomasz verschränkte die Arme vor der Brust und schob seine Unterlippe vor. Ich lief zu ihm hinüber und kitzelte ihn mit meinem Schwanz, weil ich wusste, dass ihn das aufmuntern würde. Tatsächlich fing er an zu lachen, hob mich hoch und drückte mich an sich. Tomasz war zwar erst fünf, aber schon ziemlich kräftig für sein Alter. Jonathan nannte ihn immer den »Kraftprotz«, was ihm ganz gut zu gefallen schien.

»Wenn Alfie nicht mit in meine Klasse kommen darf, kann ich ihn dann wenigstens zur Schule tragen?«, fragte er.

»Okay, aber ich nehme Tragekorb mit, falls du nicht mehr kannst«, entgegnete Franceska. Na toll, ich würde also wieder eingesperrt werden. Auf den Teil des Tages freute ich mich definitiv nicht.

Trotzdem konnte mir auch das nicht die gute Laune verderben. Ich konnte es kaum abwarten, Tiger von meinem Wochenende zu erzählen.

Plötzlich verspürte ich einen schmerzhaften Stich. Ich hatte während meines Urlaubs fast gar nicht an sie gedacht.

An Schneeflocke dafür umso mehr; ihr galt mein letzter Gedanke vor dem Einschlafen und der erste nach dem Aufwachen. Ich hatte ein schlechtes Gewissen gegenüber Tiger, aber andererseits: Was sollte ich machen? Ich vermisste alle meine Lieben aus der Edgar Road, doch Schneeflocke nun mal am meisten – eine Katze, die ich gerade mal etwas länger als zwei Monate kannte. Was sagte das über mich aus?

Nachdem die Jungs sich ihre Schuluniformen angezogen hatten, setzte Aleksy mich in die Katzenbox. Er war völlig aus dem Häuschen vor lauter Aufregung: Seine Augen glänzten, und er hüpfte von einem Fuß auf den anderen.

»Ich wünschte, du würdest dich immer so freuen auf Schule, Aleksy«, zog Franceska ihn auf.

»Würde ich vielleicht, wenn Alfie jeden Tag mitkommen würde«, entgegnete er und grinste frech. Ich stieß ein lautes Miauen aus. Auf keinen Fall konnte ich jeden Tag in die Schule gehen, dafür war ich viel zu beschäftigt.

Zu meiner Begeisterung stellte ich fest, dass sich meine sowieso schon große Beliebtheit in der Schule durch mein Heldendasein während des Fußballspiels noch gesteigert hatte. Zum Glück war ich kein eingebildeter Kater: Ich wusste, dass Kinder uns Katzen gern hatten, deshalb bemühte ich mich, es mir nicht zu Kopf steigen zu lassen. Trotzdem war es ein sehr angenehmes Gefühl.

Franceska brachte Tomasz, der mich inzwischen wieder trug, zu seinem Klassenraum, und ich musste mich regelrecht aus seinem Griff winden, bevor wir zu Aleksys Klasse gingen, wo schon alle auf uns warteten. Franceska hielt mich auf dem Arm, während sich die Kinder um mich herum versammelten. Die hübsche Lehrerin, Miss Walton, die mich beim letzten Mal so freundlich der Klasse verwiesen hatte, begrüßte mich herzlich. Sie setzte mich auf ihrem Tisch ab, und die Kinder durften eins nach dem anderen zu mir kommen. Alle gingen sehr behutsam mit mir um, sogar der fiese Junge, der sein Verhalten anscheinend geändert hatte.

Schließlich wurden die Kinder aufgefordert, sich hinzusetzen, und Franceska verließ den Klassenraum. Das gab mir die Gelegenheit, mich einmal gründlich umzusehen. Bei meinem ersten Besuch war ich so auf Aleksy und die vermisste Molly konzentriert gewesen, dass ich mir gar nicht richtig die Umgebung angeschaut hatte. An der vorderen Wand des Raums hing eine große weiße Tafel, und davor standen mehrere Tischreihen mit leuchtend bunten Plastikstühlen. Die anderen Wände waren über und über mit Bildern behangen, und es gab eine Leseecke mit mehr Büchern, als ich je zuvor auf einem Fleck gesehen hatte. Am hinteren Ende des Zimmers hockte ein Hamster in seinem Käfig und beäugte mich misstrauisch. Es war ein heller, bunter Raum, und ich freute mich wie ein Schneekönig, dass ich wieder hier sein durfte.

Als Nächstes las jedes der Kinder Teile der Geschichte vor, die sie alle zusammen geschrieben hatten. Es ging um einen Kater namens Alfie (natürlich), der über magische Fähigkeiten verfügte. Er konnte dafür sorgen, dass die Leute nicht mehr traurig waren und auch nicht mehr verletzt wurden: Im Wesentlichen hatte er das Talent, sämtliche Probleme in der Schule oder zu Hause zu lösen. In dem Stück, das Aleksy vorlas, hieß es, der Zauberkater würde Kindern beibringen, gut zu anderen zu sein. Die Geschichte war ziemlich emotional, und obwohl nicht alles Sinn ergab – Katzen können nicht fliegen, und wir tragen auch keine Umhänge –, musste ich am Ende doch schlucken vor lauter Rührung.

Zum Zeichen meiner Begeisterung miaute ich laut, und alle lachten. Dann nahm die Lehrerin mich auf den Arm, damit ich mir die Bilder an den Wänden anschauen konnte, die die Kinder von mir gemalt hatten. Ich musste zugeben, dass ich nun doch ein wenig stolz war. Ich fühlte mich wie jemand Besonderes, der sehr viel Glück im Leben hatte, und in diesem Augenblick wurde mir bewusst, wie weit ich es vom obdachlosen, einsamen und ungeliebten Kater bis hierher gebracht hatte.

Nachdem sich alle Kinder widerwillig von mir verabschiedet hatten, trug Miss Walton mich nach draußen zu Franceska. Ehrlich gesagt war ich schon ein bisschen beleidigt, dass ich wieder einmal in die Katzenbox eingesperrt wurde.

Erst in der Wohnung durfte ich mein Gefängnis wieder verlassen, und dann waren Franceska und ich zum ersten Mal seit Jahren miteinander allein. Zwischen uns bestand eine besondere Verbindung, und so war ich sehr glücklich über diesen seltenen Moment der Zweisamkeit. Sie zog ihre Jacke aus, und ich folgte ihr in die Küche, wo sie den Wasserkocher anstellte und etwas Milch in meinen Napf goss.

»Puh! Alfie, das war aufregender Morgen, und ich bin sehr froh, dass Aleksy geht jetzt wieder gern zu Schule. Dank dir.« Sie machte sich einen Tee und setzte sich damit an die Küchentheke. Ich sprang auf einen der Barhocker, um neben ihr zu sitzen. »Und es war schön, dich zu haben hier. Ich vermisse dich.« Sie kraulte mich an der Stelle im Nacken, wo ich es besonders gern hatte. Deshalb schnurrte ich melodiös. »Aber du kannst kommen immer hier. Ich weiß, wir sind Konkurrenz von Claire und Polly, aber du hast immer auch Zuhause bei uns.« Lächelnd trank sie einen Schluck aus ihrer Tasse und hatte dabei einen ganz verträumten Blick. Ich legte den Kopf schief und sah sie fragend an. Ihr Lächeln wurde noch breiter, und sie wirkte, als sei sie mit den Gedanken ganz weit weg. »Damals, als wir uns kennengelernt haben, da waren wir gerade aus Polen gezogen, und ich habe gehabt sehr viel Angst.«

Ich miaute, um ihr zu verstehen zu geben, dass es mir genauso gegangen war.

»Ich weiß noch, ich habe gesehen dich, und du warst so süße Katze. Wir haben dich sofort geliebt. Und jetzt, wir hatten alle gute und schlechte Zeiten – und fast du wärst gestorben –, aber das Leben ist wieder schön. Ich habe ein schönes Zuhause, mein Mann ist erfolgreich, und meinen Jungen es geht gut. Als wir haben gelebt in Polen, war es sehr schwer für uns, Arbeit zu finden. Ich dachte nie, dass es uns wird gehen so gut. Und du warst immer Teil davon, für uns.« Erneut ließ ich ein Miauen hören. Ich empfand es ebenso.

»Okay. Also, ich muss machen sauber mein schönes Zuhause. Kommst du mit?« Sie rutschte von ihrem Hocker, und ich sprang auf den Boden. Natürlich wollte ich mitkommen und ihr Gesellschaft leisten, und obwohl sie in dieser Zeit kaum etwas sagte, bis sie schließlich die Kinder von der Schule abholen musste, fühlte ich immer noch diese enge Verbindung zu ihr. Diese wundervolle und starke Frau war meine Freundin, und ich freute mich, dass das Leben es endlich gut mit ihr meinte. Und mit mir auch.

Kapitel Zwanzig

Bis ich wieder bei Claire war, von ihr und Jonathan überschwänglich begrüßt wurde und mein Futter hatte, war es ziemlich spät geworden. Claire hatte mich erst am Abend abgeholt, und ich hatte mich sehr gefreut, sie zu sehen, aber ich war auch ein bisschen traurig, dass ich mich von Franceska und ihrer Familie trennen musste – besonders von Aleksy. Ich wünschte, sie würden wieder in die Edgar Road ziehen.

Andererseits wollte ich auch unbedingt zurück zu Tiger. Ich war zwar nur ein paar Tage weggewesen, aber mittlerweile fehlte sie mir, und außerdem wollte ich natürlich den neuesten Klatsch und Tratsch aus der Straße hören.

Jonathan und Claire hatten offensichtlich einen schönen Urlaub gehabt. Sie strahlten beide und wirkten sehr entspannt, deshalb beschloss ich, aus dem Haus zu schlüpfen, nachdem wir alle gegessen hatten und sich die beiden ins Wohnzimmer zurückzogen, um »runterzukommen«, wie sie es nannten.

Tiger war in ihrem Garten und starrte den Mond an, der gerade am dunkler werdenden Himmel aufgetaucht war. Sie sah aus wie ein Gemälde, wie sie so hoheitsvoll dasaß, den Hals gestreckt und den Schwanz in einem eleganten Bogen um sich herumdrapiert. Mein Herz zog sich voller Zärtlichkeit zusammen, als ich sie so betrachtete; ich hatte meine Freundin wirklich vermisst.

»Tiger«, sagte ich leise, während ich auf sie zuging.

»Hey, Alfie, da bist du ja wieder.« Lächelnd sah sie mich an und zwinkerte zur Begrüßung.

»Ich hab das Gefühl, als wäre ich ewig weggewesen«, stellte ich fest.

»Ja, es war auch komisch, dich nicht zu sehen. Aber komm, lass uns einen Streifzug machen, und ich erzähle dir, was hier so los war, während du weg warst.«

»Okay, du bestimmst, wo es langgeht.« Wir setzten uns in Bewegung und spazierten schweigend nebeneinanderher. Ich wollte sie nicht drängen, schließlich war mir mittlerweile bewusst, wie sehr es sie verletzen könnte, wenn ich Schneeflocke erwähnte.

»Es gab ein kleines Drama hier«, erzählte Tiger endlich, während wir die Straße hinunterschlenderten. Ich muss zugeben, dass mich die vertraute Umgebung ziemlich beruhigte. Ja, ich hatte einen schönen Urlaub gehabt, aber es war trotzdem gut, wieder zu Hause zu sein.

»Echt? Was war denn?«, wollte ich wissen.

»Na ja, ich hab Schneeflocke gesehen, und als sie mich entdeckt hat, ist sie sofort abgehauen und nach Hause zurückgelaufen. Also, entweder ist sie sehr nervös, scheu oder unhöflich. Oder alles drei.«

»Ich denke, sie versteckt sich vor irgendwas«, überlegte ich.

»Was du denkst, wissen wir alle, Alfie.« Tiger stieß einen Seufzer aus. Ich musste wohl noch behutsamer vorgehen.

»Tut mir leid. Erzähl weiter.«

»Also, ich hab mich mit Rocky darüber unterhalten, und der meinte, er hat gesehen, wie sie sich mit Bandit gezankt hat. Rocky war sich nicht sicher, von wem das Ganze ausgegangen ist, aber irgendwas ist wohl passiert, zumindest hat Rocky Blutflecken auf ihrem Fell gesehen. Aber als er dann zu ihr hingelaufen ist, um nachzusehen, wie schwer sie verletzt ist, ist sie einfach davongerannt, und er hat sie nicht mehr gefunden.«

»Oh, ich bringe Bandit um. Wir sollten uns mit Schneeflocke anfreunden, nicht auf sie losgehen. Sie braucht Freunde wie uns«, regte ich mich auf und vergaß völlig, dass ich eben noch beschlossen hatte, dieses Thema zu umgehen.

»Du kannst niemanden dazu zwingen, sich mit dir anzufreunden, Alfie. Und ich weiß zwar nicht, was sie für ein Problem hat, aber wenn sie sich freiwillig mit Bandit anlegt, muss sie schon sehr heftig drauf sein.« Wir blieben stehen. Vor uns malten der Mond und das Licht der Straßenlaterne Muster auf den Gehweg, und wir machten uns einen Spaß daraus, zwischen den Strahlen hin und her zu springen und zuzusehen, wie die Lichtkegel größer und kleiner wurden.

»Ich werde trotzdem zu Bandit gehen und ihm sagen, dass er sie in Ruhe lassen soll«, beschloss ich schließlich. Ich würde nicht zulassen, dass irgendjemand – egal, ob Katze oder Mensch – von einem anderen drangsaliert wurde, und da ich während der ersten Zeit hier in der Edgar Road selbst Probleme mit Bandit gehabt hatte, wusste ich, wie angriffslustig er sein konnte.

»Dann komme ich mit. Wobei wir fairerweise auch berücksichtigen sollten, dass er vielleicht nur nett zu ihr sein wollte. Ach, und es gibt noch 'ne Neuigkeit: Zander hat sich mal wieder wichtiggemacht.«

»Oh nein, was hat er getan?«

»Na ja, er meinte, seine Familie stünde kurz davor, herauszufinden, was die Neuen zu verbergen hätten, und dann würden sie dafür sorgen, dass die verschwinden.«

»Das können sie nicht machen!«

»Ach, das glaubt doch sowieso keiner. Bei der ganzen Familie kommt doch nur heiße Luft raus. Besonders bei Zander. Im wahrsten Sinne des Wortes.« Wir kicherten beide.

»Aber was machen wir denn jetzt?«, fragte ich.

»Wir?« Tiger starrte mich mit einem undefinierbaren Blick an. Ich war mir nicht sicher, ob sie sauer war oder nicht.

»Ach komm, du bist doch meine liebste Komplizin. Ohne dich hätte ich nie zu Aleksys Schule gehen können.«

»Ja, ja, Alfie, schleim dich ruhig ein. Aber egal: Woran hast du denn gedacht?«

»Ich bin noch unschlüssig. Aber zuerst habe ich mit Bandit ein Hühnchen zu rupfen. Und dann könnten wir vielleicht mit Zander reden.«

»Okay, also dabei kann ich dich nicht allein lassen – die fressen dich sonst bei lebendigem Leibe auf. Da komme ich besser mit.« Tiger sah zwar nicht besonders begeistert aus, aber zumindest stand sie mir zur Seite. Wir würden uns also gemeinsam um Bandit und Zander kümmern.

Nachdem ich mich mit Tiger für den nächsten Tag verabredet hatte, lief ich nach Hause, wo ich Claire und Jonathan aneinandergekuschelt auf dem Sofa vorfand. Sie schauten einen Film im Fernsehen. Einen Moment lang blieb ich in der Tür stehen und betrachtete sie. Die beiden passten tatsächlich gut zusammen, und in diesem Augenblick wurde mir bewusst, dass sich alles, was ich durchgemacht hatte, allein dafür gelohnt hatte. Ja, das hatte es sich wirklich. Mit dieser Erkenntnis schlenderte ich langsam in den Raum hinein und machte einen Katzensprung aufs Sofa, wo ich auf Claires Schoß landete.

»Hey, Alfie!«, rief Claire lachend. »Hast du uns vermisst?«

Ich miaute bejahend und legte Jonathan eine Pfote auf die Brust, damit er sich nicht ausgeschlossen fühlte.

»Schön zu wissen«, befand Jonathan, »und ich würde sagen, wir haben dich auch vermisst, aber dafür waren wir viel zu beschäftigt.« Er zwinkerte Claire zu, die ihm daraufhin einen Klaps auf den Arm gab.

»Jonathan. Erzähl doch so was nicht!« Claire wurde ganz rot und kicherte verlegen.

»Also, ich glaube nicht, dass es Alfie was ausmachen würde, selbst wenn er das verstanden hätte.« Ich blickte ihn an und versuchte, ihm begreiflich zu machen, dass ich ihn sehr wohl verstanden hatte, auch wenn ich eigentlich gar nicht genau wusste, worum es ging.

»Ich weiß, aber ich hoffe … Na ja, du weißt schon. Es war so ein tolles Wochenende, ich hab echt jede Minute genossen. Du bist der perfekte Mann für mich, Jon, und ich will nur deshalb unbedingt ein Kind mit dir, weil ich glaube, wir wären eine perfekte Familie.«

»Ich weiß ja nicht, ob es so was wie eine perfekte Familie gibt, mein Schatz«, warf Jonathan ein.

»Vielleicht nicht, aber für mich wäre sie perfekt.« Claire kuschelte sich noch enger an ihren Mann, und während sie ihren Film zu Ende schauten, machte ich es mir auf beiden bequem, döste und genoss die Wärme, die von ihnen ausging.

Ich war wieder zu Hause. Wobei: Irgendwie schien ich in letzter Zeit überall zu Hause zu sein, egal wo ich war.

Kapitel Einundzwanzig

Als ich aufwachte, fühlte ich mich wie ein neuer Kater, bis mir wieder einfiel, dass wir uns heute Bandit und Zander vornehmen wollten.

Claire summte, während sie Fertigfutter in meinen Napf gab und Kaffee und Toast für Jonathan machte. Sie summte auch, als sie nach oben ging, um zu duschen, und als sie wieder nach unten kam, in den Sachen, die sie immer zur Arbeit trug, summte sie immer noch.

Ich sah zu, wie die beiden sich zum Gehen bereit machten. Wie üblich konnte Jonathan seinen Hausschlüssel nicht finden – der in der Schale neben der Eingangstür lag, wo er immer aufbewahrt wurde –, und Claire trieb ihn zur Eile an, weiterhin fröhlich vor sich hin summend.

Einen Moment lang sog ich die Stille ein, die im Haus herrschte, nachdem sie gegangen waren. Ich war schon länger nicht mehr allein gewesen, und obwohl ich gern Menschen und Artgenossen um mich herum hatte, war es auch schön, endlich einmal ein bisschen Zeit für mich zu haben. Ich dachte über das nach, was vor mir lag, und beschloss, später nach Schneeflocke zu suchen. Ich musste sie einfach sehen, nur einen Blick auf dieses wunderschöne weiße Fell erhaschen und mit ihr sprechen, selbst wenn sie mich mies behandeln würde. Ich hatte solche Sehnsucht nach ihr, und bei der Vorstellung, sie wiederzusehen, begann mein Herz schneller zu klopfen.

Ich hörte das Klappern der Katzenklappe – sozusagen

mein persönliches Äquivalent zur Türklingel –, und als ich in die Küche lief, stellte ich fest, dass Tiger draußen saß.

»Du hättest auch reinkommen können«, merkte ich an, während ich durch die Klappe zu ihr in den Garten stieg.

»Ich wusste nicht, ob deine Menschen schon weg sind.«

»Ich glaube, es würde ihnen gar nichts ausmachen, wenn du reinkämst. Schließlich war ich auch nicht eingeladen, als ich das erste Mal in dieses Haus hier kam.«

»Nein, aber dein Jonathan kann recht mürrisch sein, deshalb wollte ich es lieber nicht riskieren.«

»Stimmt auch wieder.« Ich rollte mich einen Moment lang auf den Rücken und betrachtete den blauen Himmel. Die Sonne war schon fast ganz aufgegangen, und es versprach ein warmer Tag zu werden. Hoffentlich würde es auch ein guter Tag werden. Nachdem wir uns eine Weile im angenehmen Sonnenschein geaalt hatten, machten wir uns auf den Weg.

»Weißt du überhaupt, wo wir Bandit finden können?«, fragte ich Tiger in dem erfolglosen Versuch, mir Mut zu machen, während wir auf dem Weg waren, ihm zu sagen, dass er Schneeflocke in Ruhe lassen solle.

»Keine Sorge, Alfie. Ich passe auf dich auf«, entgegnete Tiger, als könnte sie meine Gedanken lesen.

Bandit wohnte in einem Haus am Ende der Straße, war jedoch nicht oft da. Es war ein kleines Haus, und er lebte dort bei einem Mann, der zwar nicht ganz so alt war wie meine Margaret damals, aber auch nicht so weit davon entfernt.

Wir beschlossen, es zuerst bei ihm zu Hause zu probieren, und mit Tiger an meiner Seite fühlte ich mich tatsächlich mutiger. Während meiner Anfangszeit in der Edgar Road war ich diverse Male mit Bandit aneinandergeraten. Er war eher ein Einzelgänger und schien niemanden so richtig zu mögen – was er offensichtlich mit seinem Besitzer gemeinsam hatte.

Es ist witzig, dass die Leute oft sagen, Katzen seien wie ihre Besitzer, oder ihre Menschen, wie ich sie lieber nenne, schließlich wissen wir doch alle, wer hier wen besitzt. Zander zum Beispiel ist ein Wichtigtuer, genau wie seine Menschen. Bandit ist ein Einzelgänger, wie sein Mensch. Auch Tiger ist ein bisschen wie das Paar, bei dem sie wohnt: Die beiden sind Stubenhocker, und bevor Tiger und ich Freunde wurden, hat sie sich, wie gesagt, nur selten aus dem Haus bewegt. Und ich? Hm, ich habe so viele verschiedene Menschen, dass ich wahrscheinlich eine Kombination aus allen bin – oder vielleicht sind sie auch eher eine Kombination aus mir.

Wir trafen Bandit in seinem Vorgarten an, wo er sich gerade die Pfoten sauberleckte. Die kleine Rasenfläche sah immer etwas verwildert und überwuchert aus. Sein Mensch hatte Glück, dass er weit genug von den Goodwins entfernt wohnte, ansonsten wären sie schon bei ihm gewesen und hätten ihm Dutzende von Beschwerdebriefen hinterlassen. Oder vielleicht hatten sie das auch schon längst getan, und er ignorierte sie.

»Hi, Bandit. Wie geht's?«, fragte ich in meinem freundlichsten Tonfall. Er hielt mitten in der Bewegung inne und blickte uns an.

»Ich bekomme nicht oft Besuch, also was verschafft mir dieses Vergnügen?« Beim Wort »Vergnügen« leckte er sich genüsslich über die Lippen, als wollte er uns direkt verspeisen, doch dann wirkte er plötzlich freundlicher.

»Wir wollen keinen Ärger mit dir, Bandit, aber jemand hat uns erzählt, dass du eine Auseinandersetzung mit Schneeflocke aus Haus Nummer achtundvierzig hattest, und wir haben uns nur gefragt, was genau denn das Problem war.«

»Ah, dann hat Rocky also geplaudert. Der muss sich auch immer in alles einmischen.«

»Na ja, also, eigentlich hat er sich nur Sorgen gemacht. So wie wir«, entgegnete ich. Bandit stand nun auf allen vieren vor uns, doch seine Haltung war nicht aggressiv. Ich entspannte mich und gab ihm damit zu verstehen, dass wir wirklich keinen Streit suchten.

»Okay, wenn ihr es denn unbedingt wissen wollt: Ich hab sie nur gefragt, wieso sie so unverschämt ist, und als sie dann noch unverschämter wurde, ist die Sache ein wenig aus dem Ruder gelaufen.«

»Was hast du denn gemacht?«, fragte Tiger.

»Moment, also sie hat angefangen, ja? Okay, vielleicht hätte ich sie gar nicht erst ansprechen sollen, aber da ich mittlerweile mit den meisten Katzen hier in der Straße klarkomme, wollte ich einfach nur wissen, warum sie mich nicht mal grüßt.«

»Okay, erzähl weiter«, drängte ich ihn.

»Na ja, sie hat mich angefaucht, mir gesagt, ich soll mich verziehen, und als ich über sie gelacht habe, hat sie mir eins mit der Pfote verpasst. Hier, schaut euch das an: Sie hat mich richtig gekratzt.« Bandit beugte den Kopf nach unten, und wir konnten einen kleinen Kratzer sehen.

»Aber was hast du dann gemacht?«, fragte Tiger erneut.

»Ich wollte ihr nicht wehtun, aber ich hab die Nerven verloren und ihr eine gelangt. Dabei hab ich sie ein bisschen mit meinen Krallen erwischt, und sie hat geblutet. Als ich das gemerkt habe, habe ich sofort aufgehört, aber bevor ich mich entschuldigen konnte, ist sie weggerannt.«

Ich war zwar sauer auf Bandit, aber auch überrascht, dass er tatsächlich zerknirscht wirkte.

»Du solltest nicht immer so aggressiv sein«, sagte Tiger zu Bandit, der daraufhin noch reuevoller aussah.

»Ich weiß, Tiger, und ich hab es ja auch sofort bereut,

gleich in dem Moment, als sie weggelaufen ist. Danach hab ich versucht, sie zu finden, um mich bei ihr zu entschuldigen, aber ich schätze, sie will nicht mehr aus dem Haus kommen.«

»Lass sie ab jetzt in Ruhe, klar?«, warnte ich ihn, und Bandit nickte. Ich konnte sehen, dass es ihm leidtat, doch das änderte leider nichts an der Tatsache, dass Schneeflocke von nun an noch mehr zur Einzelgängerin werden würde.

»Okay, einer abgehakt, bleibt noch einer übrig«, stellte ich fest, während wir uns von Bandit entfernten. »Was hältst du denn von dem, was Bandit gesagt hat?«

»Ich glaube nicht, dass er ihr absichtlich wehgetan hat«, entgegnete Tiger vorsichtig. »Ich denke eher, es fällt ihm manchmal schwer, seine aggressiven Verhaltensmuster abzulegen.«

»Dann schauen mir mal, was Zander dazu zu sagen hat.«

»Oh ja, und gegen den wirkt Bandit auch wie ein … Schmusekätzchen.« Sie lachte über ihren eigenen Witz. Langsam spazierten wir durch die Straße und hielten Ausschau nach Zander. Auf dem Weg begegneten wir einigen unserer Katzenfreunde, fragten sie jedoch nicht, ob sie uns begleiten wollten. Tiger meinte, es wäre eher hinderlich, wenn wir zu so vielen bei Zander aufkreuzen würden, schließlich wollten wir nur ein paar Infos von ihm und ihn nicht gleich verärgern oder abschrecken, und da musste ich ihr recht geben.

Als wir uns im Gehen unsere Strategie überlegten, kam mir eine Idee. Ich konnte zwar die meisten Menschen – und sogar gar nicht so wenige Artgenossen – mit meinem Charme verzaubern, aber Zander benahm sich eher wie ein feindseliger Hund, der sich standhaft weigerte, zu irgendeinem von uns freundlich zu sein. Er war nicht nur ein Wichtigtuer, sondern hielt sich auch für menschlich und damit uns Katzen überlegen. Das machte den Umgang mit ihm so schwierig.

»Vielleicht sollten wir es einfach mal mit Nettigkeit versuchen«, überlegte ich.

»Nettigkeit? Bei Zander? Vielleicht hätten wir lieber doch die anderen mitnehmen sollen, dann hätten wir ihn schon zum Reden gebracht.«

»Also, Tiger, manchmal bin ich echt überrascht, wie aggressiv du sein kannst. Du klingst schon wie Bandit.«

Grinsend sah sie mich an. Ab und an fuhr sie wirklich ihre Krallen aus.

Als wir Zanders Haus erreichten, entdeckten wir ihn hinterm Wohnzimmerfenster, wo er vor der Netzgardine saß und nach draußen starrte.

»Und was jetzt?«, fragte Tiger. Statt einer Antwort sprang ich einfach instinktiv vor Zander auf die Fensterbank, sodass uns nur noch die Glasscheibe voneinander trennte. Er wirkte ein wenig perplex, als ich ihn charmant anlächelte. Dann hob ich meine Pfote und bedeutete ihm, zu uns nach draußen zu kommen. Stirnrunzelnd blickte er mich an. Ich konnte deutlich sehen, dass seine Schnurrhaare sich kringelten, während er über seinen nächsten Schritt nachdachte. Nach einer Weile verließ er schließlich seinen Fensterplatz und verschwand.

»Lass uns nach hinten gehen«, sagte ich zu Tiger, als ich ebenfalls wieder hinuntersprang.

Gemeinsam rannten wir ums Haus herum und warteten vor der Hintertür.

»Der kommt nicht«, merkte Tiger an, nachdem wir eine gefühlte Ewigkeit auf der schmalen, aber perfekt gepflegten Rasenfläche der Goodwins gelegen und gewartet hatten. Der Garten war tatsächlich sehr hübsch. Es gab eine Menge Blumen und schöne Büsche – der perfekte Ort zum Spielen und

Schmetterlingejagen. Wirklich schade, dass Zander uns niemals erlauben würde, uns hier zu amüsieren.

Tiger rollte sich auf der Wiese hin und her, und ich spielte mit einigen saftig grünen Blättern, die im Wind schaukelten, als wir plötzlich die Katzenklappe scheppern hörten und Zander doch noch auftauchte.

»Hi«, begrüßte ich ihn fröhlich. »Wie geht's?«

Er kniff die Augen zusammen, ließ seinen Schwanz durch die Luft peitschen und fletschte die Zähne. »Was zum Teufel wollt ihr zwei hier?«, fragte er schroff, und bevor ich noch etwas sagen konnte, fuhr er schon fort: »Und glaubt nicht, dass ich es toll finde, wenn man mich so anspringt.«

»Entschuldige, wir wollten nur deine Aufmerksamkeit erregen. Es geht nämlich darum: Meine Besitzer haben sich über das Treffen unterhalten, dass sie neulich hier hatten ... Du weißt schon, wegen der schlimmen Nachbarn«, entgegnete ich. Tiger wollte protestieren, doch ich warf ihr einen Blick zu und sie schwieg.

»Schlimme Nachbarn?« Erneut sah Zander mich misstrauisch an. »Das letzte Mal ward ihr doch noch alle so begeistert von denen – oder zumindest von dem weißen Staubflusen.«

»Nein, stimmt ja gar nicht ... Wobei: Wenn ich ehrlich bin, war ich das schon. Aber dann habe ich gehört, wie meine Besitzer meinten, dass die Familie definitiv nicht gut ist für die Edgar Road.«

Mein Plan, mich bei Zander einzuschmeicheln, um Informationen aus ihm herauszulocken, trat in Aktion. Aus mir wäre ein großartiger Spion geworden, dachte ich im Stillen.

»Tatsächlich? Na, wurde aber auch Zeit, dass die anderen Anwohner das endlich einsehen. Vic und Heather waren sehr betrübt darüber, dass sich gewisse Leute unseren Argumenten verschlossen haben.«

»Oh, ich denke, ab sofort werden sie auf eurer Seite stehen«, behauptete ich und hoffte, ich klang nicht so verlogen, wie ich mir vorkam. Tiger hatte uns den Rücken zugedreht – wahrscheinlich musste sie sich das Lachen verkneifen.

»Dann ist's ja gut.« Zander klang immer noch nicht überzeugt.

»Wo wir gerade beim Thema sind«, fügte ich hinzu, »wir haben gehört, der ›weiße Staubflusen‹ war fies zu dir, deshalb wollten wir mal vorbeikommen und sehen, ob wir irgendwas für dich tun können.«

»Ach ja?«

»Klar«, bekräftigte ich.

»Sie hat mich angefaucht.«

»Die faucht jeden an.« Dieser Teil entsprach zumindest der Wahrheit.

»Ach, eigentlich kann ich es euch auch erzählen. Den anderen hab ich es auch schon gesagt: Wir stehen kurz davor, denen auf die Schliche zu kommen. Die Polizei war noch mal da. Die haben zwar keinen verhaftet, aber es steht wohl außer Frage, dass die eine Bande von Kriminellen sind, die sich als normale Familie tarnen.«

»Was?« Ich konnte es nicht fassen. »Das ist echt das Lächerlichste, was ich je …« Zum Glück fiel mir auf, dass Zanders Augen sich schon wieder misstrauisch verengten, und ich verbesserte mich schnell. »Ich meine: Echt? Das wäre unglaublich, aber es würde tatsächlich ins Bild passen«, führte ich meinen Plan fort.

»Vic und Heather haben mal einen Film gesehen, in dem es so ähnlich war. Die Gauner haben auch unter lauter Mittelschichtfamilien gewohnt und so getan, als wären sie ganz normal, und in Wahrheit waren sie führende Köpfe einer Verbrecherbande.«

»Welche Art von Verbrechen vermutet man denn bei unseren Nachbarn?« Ich war überzeugt, dass das alles nur Hirngespinste waren, trotzdem war ich irgendwie neugierig.

»Das wissen wir nicht, aber die Polizei ist ihnen offensichtlich auf der Spur. Wobei Vic meint, dass die Polizei sich teilweise ziemlich blöd anstellt, also sollte man sich nicht auf die verlassen.«

»Und was habt ihr jetzt vor?«, wollte ich wissen. Das war doch alles vollkommen lächerlich. Keiner aus der Familie – weder die wunderschöne, abweisende Katze noch der Vater, der immer so besorgt aussah, die Mutter, die kurz vor einem Nervenzusammenbruch stand, die Teenagertochter, die mir erzählt hatte, wie einsam sie sich fühlte, noch der mies gelaunte Junge – wirkte wie ein Mitglied irgendeiner kriminellen Vereinigung.

»Tja, meine Leute haben verschiedene Theorien, was die Machenschaften angeht: Es könnte sich um etwas handeln, das sich Wirtschaftskriminalität nennt, um Geldwäsche oder um Fälschungen. Sie könnten auch Juwelendiebe sein«, ergänzte Zander aufgeregt und hatte seine Feindseligkeit offenbar ganz vergessen. Seine Augen funkelten vor Begeisterung. Als Informationszentrale der Straße konnte er einer ordentlichen Runde Klatsch und Tratsch natürlich nicht widerstehen.

»Wow«, kommentierte ich. »Das ist ja … interessant. Und was wollen die beiden dagegen unternehmen?«

»Oh, keine Sorge, Alfie, wir haben die Sache im Griff und kümmern uns um alles. Die vertreiben wir schon von hier. Sie haben das Haus nicht gekauft, sondern wohnen nur zur Miete, da ist das alles nur eine Frage der Zeit. Und genau das habe ich auch zu Schneeflocke gesagt: Sie soll sich schon mal daran gewöhnen, auf der Straße zu leben.«

»Ach, echt?«, sagte ich so ruhig wie möglich, doch in meinem Innern brodelte es. »Okay … dann … Du weißt ja, wo du uns findest, falls du unsere Hilfe brauchst. Stimmt's, Tiger?«

»Hm?« Tiger hatte sich erst auf Zanders Rasen gesonnt, und als ich sie ansprach, jagte sie gerade einem Schmetterling hinterher.

»Ich habe Zander gesagt, dass er sich melden soll, falls wir ihm irgendwie helfen können.«

»Ach so. Okay.« Tiger hatte offensichtlich gar nicht zugehört. Einen schönen Bodyguard hatte ich mir da geangelt.

Nach unserem Gespräch mit Zander gingen wir zum Spielen in den Park. Ich wollte raus aus der Straße, um besser nachdenken zu können. Auf dem Weg fasste ich mein Gespräch mit Zander zusammen, um Tiger auf dem letzten Stand zu halten.

»Ich fasse es echt nicht, dass du nicht zugehört hast«, murrte ich.

»Ich war abgelenkt von den Schatten, die die Sonne auf den Rasen geworfen hat. Es hat so viel Spaß gemacht, sie zu verfolgen.« Na, wenigstens hatte sie den Anstand, reumütig zu klingen.

»Was willst du denn eigentlich machen, wenn Zander dich tatsächlich um Hilfe bittet?«, fragte Tiger, nachdem ich meinen Bericht beendet hatte.

»So weit wird es gar nicht erst kommen, schließlich wissen wir nun, womit wir es zu tun haben und was die Goodwins planen. Jetzt muss ich nur noch rausfinden, was genau mit Schneeflockes Familie los ist – das ist mein nächster Schritt.«

»Na super, Alfie.« Tiger schüttelte den Kopf. »Ich hab zwar immer noch keine Ahnung, wieso dir das so wichtig ist, aber gut.« Wir hatten es uns in einem warmen Blumenbeet gemütlich gemacht, wo wir ab und zu träge nach den Fliegen schlugen, die an uns vorbeikamen.

»Du kennst mich doch. Ich will, dass alle um mich herum glücklich sind, egal, ob Katzen oder Menschen. Das ist mir einfach sehr wichtig.«

»Bist du in sie verliebt?«, fragte Tiger mich plötzlich ernst.

»Ich weiß es nicht«, antwortete ich aufrichtig.

»Was für Gefühle hast du denn, wenn du sie siehst?«, wollte Tiger wissen, sprang abrupt auf alle viere und sah mir direkt in die Augen. Ich wusste, das war ein sensibles Thema, doch ich wollte ehrlich sein.

»Sie ist zwar immer gemein zu mir, aber ich hab trotzdem ständig das Bedürfnis, sie zu sehen. Ich denke abends vor dem Einschlafen an sie und morgens, wenn ich aufwache. Mein Bauch hüpft jedes Mal so komisch, wenn ich sie sehe, und ich will bei ihr sein, auch wenn sie nicht bei mir sein will. Das fasst es so ziemlich zusammen.«

»Tja, ich würde sagen: Du bist definitiv verliebt in sie«, entgegnete Tiger.

»Wie kannst du dir da so sicher sein?«, fragte ich.

»Also, wenn du das nicht weißt, Alfie, bist du echt blöder, als ich dachte.«

»Hä?«

»Ich bin mir so sicher, Alfie, weil ich genau das Gleiche für dich empfinde.«

Wie gelähmt hockte ich da, als Tiger mir einen letzten Blick zuwarf. Dann rannte sie davon und ließ mich allein im Blumenbeet zurück – nur in Gesellschaft einer Fliege, die mir laut summend um die Ohren sauste.

Kapitel Zweiundzwanzig

Hm, also mit diesem Geständnis war die Katze gewissermaßen aus dem Sack. Und falls ich gedacht hatte, ich könnte mich nach der Hiobsbotschaft noch auf die Suche nach Schneeflocke machen, hatte ich mich leider getäuscht. Ich wusste ja, dass Tiger sich in letzter Zeit mir gegenüber etwas anders als sonst verhalten hatte – zumindest seit Schneeflocke bei uns in der Straße aufgetaucht war. Und Rocky hatte mich auch schon darauf hingewiesen, dass Tiger Gefühle für mich hatte. Aber ich glaube, ich hatte mich nicht damit auseinandersetzen wollen, weil ich Tiger und ihre Freundschaft so sehr schätzte. Jetzt, da ich dazu gezwungen war, hatte ich keine Ahnung, was ich tun sollte.

Mir schwirrte der Kopf, und ich war mir durchaus der Tatsache bewusst, dass mein Verstand nicht für diese Aufgabe geschaffen war. Ich brauchte dringend Zeit zum Nachdenken – und Letzteres funktionierte erfahrungsgemäß mit leerem Magen nicht gut. Es war zwar noch keine Essenszeit, aber wenn ich Polly zu Hause antraf, würde ich vielleicht einen kleinen Snack bekommen, der mir definitiv dabei helfen würde, mich besser zu konzentrieren.

Als ich durch meine Katzenklappe sprang, entdeckte ich Polly zu meiner Freude in der Küche. Sie kochte gerade etwas, und auch die beiden Kinder waren da – Henry hockte auf seiner Sitzerhöhung am Tisch und malte, während Martha in ihrem Hochstuhl saß und Karotten knabberte. Ich stieß ein lautes Miauen aus.

»Alfie!«, rief Henry und strahlte übers ganze Gesicht. Ich grinste zurück und zwinkerte ihm zu. Polly kam ebenfalls zu mir und streichelte mich, bevor sie, ohne dass ich irgendetwas sagen musste, zum Kühlschrank hinüberging und Milch herausnahm. Sie gab ein bisschen was davon in einen Napf, holte anschließend meine speziellen Katzenkekse aus dem Schrank und legte einige davon in einen anderen Napf. Diese Kekse mochte ich sehr gern: Sie schmeckten besser, als sie aussahen, und passten gut zur Milch. Nachdem ich meine Zwischenmahlzeit beendet und mich samt meiner Schnurrhaare geputzt hatte, kehrten meine Gedanken zurück zu Tigers problematischem Geständnis.

Ich lief ins Wohnzimmer, wo Polly gerade eine DVD für Henry anstellte, und rollte mich auf dem Sofa zusammen. Schon kurze Zeit später war der Kleine vollkommen in den Film vertieft, während sich Martha auf der anderen Seite des Raums ganz auf ihre Stehversuche konzentrierte. So langsam schien sie den Dreh rauszuhaben. Als Polly sich neben mir aufs Sofa sinken ließ, kletterte ich auf ihren Schoß und rollte mich dort wieder zusammen. Es war so tröstlich, hier zu sein, während mir alle möglichen seltsamen und verwirrenden Gedanken rund um Tiger durch den Kopf rasten.

Ja, man hatte mich wegen ihrer romantischen Gefühle gewarnt, aber das hatte ich verdrängt – und ehrlich gesagt auch nicht ernst genommen. Außerdem hatte ich mir, wie gesagt, auch keine Gedanken darüber machen wollen: Tiger und ich waren Kumpel, und ich wollte nicht, dass sich daran etwas änderte. Je länger ich darüber nachdachte, desto mehr wurde mir klar, dass ich nicht wusste, wie ich diese Sache lösen sollte. Irgendwie kam es mir so vor, als würde sich jedes Mal, wenn ich eine Situation geregelt hatte, wieder ein neues Problem auftun.

Ich wünschte, ich könnte mich mit Jonathan unterhalten:

Wie gesagt, bevor er Claire kennengelernt hatte, war er mit vielen Frauen zusammen gewesen. Wobei: Wenn ich so darüber nachdachte, war er sie in der Regel immer schnell wieder losgeworden, und besagte Frauen schienen darüber nicht besonders glücklich gewesen zu sein.

Ich wollte Tiger auch gar nicht loswerden. Sie war eine tolle Freundin, aber ich wollte keine romantische Beziehung mit ihr. Das musste ich ihr ehrlich sagen, doch gleichzeitig wollte ich auf keinen Fall ihre Gefühle verletzen. Oje, was für eine verzwickte Situation! Das Einzige, was jetzt noch half, war, darüber zu schlafen. Ich spürte, wie Polly mich sanft streichelte, und hörte, wie sie hin und wieder etwas zu den Kindern sagte, wie Henry über seinen Film lachte und Martha weinte, wenn sie hingefallen war. Mit diesen Geräuschen im Hintergrund döste ich langsam ein.

Ich wurde wach, als Polly mich vorsichtig bewegte. Gähnend streckte ich mich und verabschiedete mich dann mit einem lauten Miauen, bevor ich mich auf den Weg zu Claire und Jonathan machte. Da niemand zu Hause war, lief ich schnurstracks zu meinem Lieblingsplatz im Wohnzimmer, wo die Sonne durchs Fenster hereinschien. Dort ließ ich mich auf einem besonders breiten Quadrat aus Licht nieder, rollte mich herum und genoss die Wärme und das Gefühl des weichen Teppichs an meinem Fell. Das war genauso schön wie Sonnenbaden, und es hatte den Vorteil, dass ich es bequem in meinem eigenen Zuhause tun konnte.

Eine Weile später hörte ich, wie der Schlüssel in der Haustür umgedreht wurde, und gleich darauf kam Claire hereingeeilt, gut gelaunt und mit einem Strahlen im Gesicht. Ich erwiderte ihr Lächeln und schnurrte, während wir uns gegenseitig begrüßten.

»Hey, Alfie, Jonathan hat noch einen geschäftlichen Termin, deshalb ist heute Mädelsabend«, verkündete sie, und ich fragte mich, ob unsere gemeinsame Freundin Tasha vorbeikommen würde.

»Ja, Alfie, Tash kommt«, sagte Claire, als könnte sie meine Gedanken lesen, »und Polly und Franceska auch.« Ich schnurrte begeistert: alle meine Lieblingsfrauen in einem Raum – das würde ein toller Abend werden, auch wenn ich der einzige männliche Anwesende sein würde.

Ich bereitete mich schon mal darauf vor, indem ich einen Snack aß und dann eine besonders gründliche Katzenwäsche machte, um gut auszusehen. Dafür setzte ich mich vor den großen Spiegel im Eingangsbereich und leckte mir übers Fell, um zu verhindern, dass irgendwelche Haare hochstanden. Hin und wieder drehte ich den Kopf und betrachtete mich aus allen Winkeln, bis ich schließlich mit meinem Werk zufrieden war. Als Claire an mir vorbeikam, lachte sie.

»Oh Mann, Alfie, du bist echt ein eitler kleiner Kater«, sagte sie. Mir sträubte sich das Fell. Also, ich war ganz bestimmt nicht eitel. Ich sorgte nur gern dafür, jederzeit gut auszusehen – wie jede Katze, die etwas auf sich hielt. Immer noch schockiert über diese Anschuldigung folgte ich Claire in die Küche, wo sie Weingläser aus dem Schrank holte und ein paar Knabbereien auf Teller legte. Sie hatte immer noch diese funkelnde Aura, die sie seit ihrer Rückkehr aus Paris umgab, und während sie alles für ihre Gäste bereitstellte, sang sie wieder vor sich hin.

Franceska war die Erste. Sie trug eine Flasche bei sich, die sie sich unter den Arm klemmte, während sie mich ausgiebig streichelte. Kurz darauf folgte Tasha mit einem so riesigen Blumenstrauß, dass ich sie dahinter kaum sehen konnte. Als Claire sie begrüßte und dann in die Küche zu Franceska führte, konnte ich sehen, dass sich schon ein kleiner Babybauch unter ihrem Shirt zeigte. Ich erinnerte mich noch gut daran, wie Polly ausgesehen hatte, als sie mit Martha schwanger gewesen war. Ehrlich gesagt fand ich ja, dass sie ein bisschen Ähnlichkeit mit einem Ei gehabt hatte, aber mittlerweile wusste ich, dass Frauen einfach dicker wurden, wenn Babys in ihnen wuchsen. Das war bei Katzen und Menschen gleich, und ich war froh, dass es nur die weiblichen Artgenossinnen betraf.

Als die drei sich um den Küchentisch versammelten, sprang ich auf Tashas Schoß und rollte mich dort zusammen. Claire würde zwar nicht begeistert sein – sie mochte es nicht, wenn ich mich in der Nähe ihres Essens aufhielt –, aber ich versuchte es und hatte Glück: Sie sagte nichts. Stattdessen trank sie einen Schluck von ihrem Wein, genau wie Franceska, während Tasha an einem Softdrink nippte. Alle wunderten sich darüber, dass Polly noch nicht da war, weil Zuspätkommen sonst gar nicht ihre Art war.

»Ich schreibe ihr. Vielleicht kann sie Kinder nicht beruhigen heute Abend?«, mutmaßte Franceska. Während sie auf ihrem Handy herumtippte, wandte Claire sich an Tasha.

»Läuft es jetzt besser bei dir auf der Arbeit?«, wollte sie wissen. Damals, als ich in der Edgar Road angekommen war, hatten Claire und Tasha noch zusammengearbeitet, doch das taten sie mittlerweile nicht mehr, und ich wusste, dass Claire ihre Freundin im Büro vermisste.

»Ja, aber ich wünschte, ich wäre wieder bei euch in der Firma. Die verlangen echt ein Wahnsinnspensum, egal, ob ich ein Baby bekomme oder nicht. Ehrlich gesagt glaube ich ja, dass die leicht angepisst sind, weil ich schwanger bin. Immerhin bin ich gerade mal seit einem Jahr da, und dann wurde ich auch noch befördert«, antwortete Tasha.

»So schlimm sind die?«, klinkte sich Franceska wieder in die Unterhaltung ein.

»Ach, wahrscheinlich bin ich auch nur etwas übersensibel. Es ist so viel zu tun, und ich hätte gern etwas mehr Mitleid«, entgegnete Tasha mit einem schiefen Grinsen und sorgte damit für allgemeines Gelächter.

»Du meinst, sie tragen dich nicht den ganzen Tag auf Händen?«, zog Claire sie auf.

»Genau.«

In diesem Moment läutete es an der Tür, und Claire sprang auf. Ich blieb auf Tashas Schoß liegen – es war einfach zu gemütlich –, doch ich war genauso überrascht wie alle anderen, als Claire nicht nur in Begleitung von Polly zurückkam, sondern auch noch Karen hinter den beiden auftauchte.

»Ihr Lieben, das hier ist Karen Snell«, stellte Polly die neue Nachbarin vor. »Karen, das hier sind Claire, Franceska und Tasha.«

»Hallo.« Tasha beäugte sie mit der gleichen Neugier wie ich.

»Hi.« Karen wirkte etwas unbehaglich, als würde sie sich am liebsten wieder umdrehen und davonrennen.

»Karen, setz dich doch. Karen ist vor Kurzem im Haus nebenan eingezogen«, informierte Claire die anderen, während die Nachbarin zögernd Platz nahm. Ich hatte noch nie jemanden gesehen, der so unglücklich in der Gesellschaft anderer aussah, und anscheinend wusste auch keine der Frauen, was sie sagen sollte. Claire stellte zwei Gläser Wein vor Karen und Polly ab.

»Wunderbar, danke«, sagte Polly.

»Und? Wie gefällt es dir in der Edgar Road?«, fragte Tasha Karen ahnungslos. Karen starrte sie daraufhin an, als käme sie von einem anderen Stern.

»Karen hat ein bisschen Ärger mit einigen Nachbarn«, ergriff Polly das Wort, doch als Karen das hörte, brach sie plötzlich in Tränen aus.

»Oje, nicht weinen!«, rief Claire. Franceska rutschte mit ihrem Stuhl neben Karen und legte den Arm um sie.

»Die Goodwins haben Karen eben regelrecht bedrängt. Auf offener Straße! Gut, dass ich vorbeikam. Irgendjemand musste sie vor diesen widerlichen Personen retten«, berichtete Polly. Die Stimmung im Raum hatte sich vollkommen verändert, und auf einmal fühlte sich die Atmosphäre beklemmend an.

»Das sind die Blockwarte hier in der Straße«, sagte Claire zu Tasha.

»Na, jedenfalls«, fuhr Polly fort, »haben die beiden gedroht, den Vermieter zu informieren, wenn Karen ihnen nicht sagt, wieso die Polizei neulich bei ihr war. Das war alles so lächerlich, aber gleichzeitig auch ziemlich angsteinflößend, wie ihr euch sicher vorstellen könnt.«

»Die Polizei?«, fragte Franceska, und ihre Augen weiteten sich.

»Ach, vergiss das doch jetzt.« Polly warf ihr einen mahnenden Blick zu. »Auf jeden Fall befürchte ich, ich hab es mir gerade mit den Goodwins verscherzt.«

»Wir brauchen trotzdem Hilfe«, murmelte Karen mit tränenerstickter Stimme. Sie wedelte mit einem Stapel Zetteln in der Hand herum, aber ich konnte nicht sehen, was darauf war.

»Wofür? Was ist denn los?«, fragte Claire mitfühlend, und ich spitzte die Ohren.

»Unsere Katze, Schneeflocke … Sie ist verschwunden.« Karen hielt ein Plakat hoch, und plötzlich fand ich mich Auge in Auge mit der Liebe meines Lebens wieder. Na ja, zumindest mit ihrem Foto.

Kapitel Dreiundzwanzig

Während die Frauen sich zusammenschlossen, um Karen bei der Suche nach Schneeflocke zu helfen, die seit dem Streit mit Bandit und Zander verschwunden war, wollte ich unbedingt zu Tiger, doch irgendwie hatte ich Angst vor der Begegnung. Ich wusste, wir würden noch dieses gewisse Gespräch führen müssen – von Katze zu Katze –, aber da Schneeflocke womöglich gerade in Gefahr schwebte, hatten sich meine Prioritäten verschoben. Mir machten viele Dinge Angst, doch der Gedanke, Tiger oder Schneeflocke zu verlieren, versetzte mich regelrecht in Panik.

Ich weiß, männliche Wesen sind eher nicht dafür bekannt, dass sie besonders gern heikle Gespräche führen, aber ich hatte mir etwas geschworen. Etwas, das alle männlichen – und auch weiblichen – Wesen tun sollten, wenn es um so sensible Angelegenheiten ging: Anstatt herumzulügen oder irgendwelche nichtssagenden Binsenweisheiten zum Besten zu geben, würde ich Tiger ehrlich sagen, was mir auf der Seele lag. Denn gerade brauchte ich sie mehr als je zuvor.

Ich riskierte zwar, ihrer Familie zu begegnen, trotzdem sprang ich einfach durch die Katzenklappe, und Tiger kam fast sofort in die Küche gerannt. Da aus einem anderen Zimmer Stimmen zu uns herüberdrangen, ging ich mal davon aus, dass die Luft rein war. Fürs Erste zumindest.

»Hey, was machst du denn hier?«, fragte Tiger.

»Du, entschuldige, ich weiß, wir müssen reden, aber Karen Snell war eben bei uns und hat geweint, weil Schneeflocke verschwunden ist. Sie war seit ihrem Streit mit Bandit und Zander nicht mehr zu Hause.« Ich wusste, ich klang hysterisch, aber ich fühlte mich auch so. Ich hatte wahnsinnige Angst um Schneeflocke, und ich konnte gut verstehen, wieso Karen sich gar nicht wieder beruhigen ließ.

»Glaubst du, sie war vielleicht doch schwerer verletzt, als Bandit und Zander uns weismachen wollten?«

»Rocky hat auch gesehen, dass sie weggerannt ist. Wenn sie noch laufen konnte, kann sie doch nicht so schwer verletzt sein, oder?«

»Okay, komm, wir trommeln die anderen zusammen und machen uns gemeinsam auf die Suche. Keine Sorge, Alfie, wir finden sie.« Tiger warf mir einen aufmunternden Blick zu, und in diesem Moment wusste ich, dass ich niemals eine bessere Freundin haben würde als sie.

»Wegen vorhin«, sagte ich, während wir als Erstes auf Nellies Haus zusteuerten. Tiger hatte zwar sehr verständnisvoll auf Schneeflockes Verschwinden reagiert, aber was, wenn sie trotzdem nicht mehr mit mir befreundet sein wollte? Ich ermahnte mich ja innerlich, nicht so dramatisch zu sein, doch ich konnte nun mal nicht aus meinem Fell.

»Schon okay, Alfie. Ich weiß, dass du nicht die gleichen Gefühle für mich hast«, sagte Tiger.

»Ja?«, fragte ich ehrlich verblüfft.

»Ich bin doch nicht blöd. Wir kennen uns jetzt seit drei Jahren, und bei Miss Staubwedel hast du gerade mal eine Sekunde gebraucht, um dich in sie zu verlieben. Also keine Sorge, ich weiß, dass wir nur Freunde sind, und ich weiß auch, tief in dir drinnen respektierst du meine Gefühle – du bist halt nur manchmal etwas unsensibel, wie alle männlichen Wesen.«

»Wow«, war das Einzige, was mir einfiel. Jetzt wusste

ich auch, wieso meine Menschenmänner immer sagten, dass Frauen viel besser in diesen Dingen sind. Es kam mir vor, als könnte Tiger meine Gedanken lesen. »Ich möchte dir ehrlich sagen, was ich fühle«, brachte ich schließlich heraus. »Ich hab dich sehr lieb, Tiger, aber als gute Freundin. Da kann auch niemand deinen Platz einnehmen, weil ich keinen meiner Freunde so lieb habe wie dich. Aber du hast recht: Meine Gefühle für Schneeflocke sind irgendwie anders. Ich weiß nicht, warum, aber es ist so.«

»Ich weiß. Wenn du das Gleiche für mich empfinden würdest wie ich für dich, wäre alles so einfach, aber das tust du nun mal nicht, deshalb sollten wir das Thema abhaken.«

»Und ich dachte, dieses Gespräch würde schwierig werden«, sagte ich und war wieder mal leicht verwirrt, aber auf eine andere Art, auf eine gute Art.

»Ich will dich nicht verlieren, Alfie, also muss ich akzeptieren, dass wir nur Freunde sind, und aufhören, so eifersüchtig auf Miss Staubwedel zu sein.« Als sie mich ansah, lächelte sie.

Ich stieß ein Schnurren aus und rieb zärtlich meinen Kopf an ihrem Hals.

»Du bist echt toll. Die beste Katzenfreundin, die sich ein Kater nur wünschen kann.«

»Das sagst du immer.«

»Weil es stimmt. Und du bist sicher, dass du damit klarkommst?« Ich machte mir immer noch Sorgen.

»Irgendwann schon. Ich will, dass es zwischen uns wieder so wird wie früher, und wenn ich mir dafür ständig Geschichten über Fusselfell und ihre verrückte Familie anhören muss, dann ist das eben so.« Tiger lächelte mich an, um mir zu zeigen, dass ihre Spitznamen nicht böse gemeint waren.

»Vielen Dank, Tiger. Du bedeutest mir wirklich sehr viel.« Und das meinte ich auch so.

»Okay, dann lass uns mal weiter nach Schneeflocke suchen und sicherstellen, dass es ihr gut geht.«

Am Ende der Straße trafen wir auf Nellie, die verträumt den Mond betrachtete. Während sie sich auf die Suche nach Rocky und Elvis machte, setzten wir unsere Mission fort und begegneten dabei Bandit.

»Hey, Bandit, kann es sein, dass du Schneeflocke doch stärker verletzt hast, als du uns erzählt hast?«, fragte ich ärgerlich. Mittlerweile machte ich mir große Sorgen und war ganz aufgewühlt, weil mir die Vorstellung zusetzte, dass Schneeflocke irgendwo da draußen lag, verletzt und verängstigt, auch wenn Tiger ihr Bestes gab, mich zu beruhigen.

»Das war nur ein Kratzer. Ehrlich. Sie konnte ja immer noch laufen. Wieso hackst du überhaupt schon wieder auf dem Thema rum? Ich hab doch gesagt, es tut mir leid.« Er wirkte sogar ein wenig kleinlaut. Tiger machte einen Schritt auf ihn zu.

»Sie ist verschwunden«, erklärte sie. »Ihre Besitzerin hat Alfies Familie gebeten, nach ihr zu suchen. Sie war nämlich nicht mehr zu Hause seit dem Vorfall mit dir und einem Streit mit Zander.«

»Ich wollte nicht, dass ihr irgendwas passiert.« Bandit sah tatsächlich schuldbewusst aus, das musste ich zugeben. »Sagt mir, wie ich euch helfen kann, sie zu finden. Ich tue alles, was ihr wollt.«

»Du bist sicher der Letzte, den sie jetzt sehen will«, merkte ich an. »Also such bitte nicht nach ihr. Sonst läuft sie vielleicht wieder vor dir davon.«

»Okay, aber ich möchte wirklich helfen.«

»Du könntest mal bei den anderen Katzen im Umkreis rumfragen, vielleicht hat ja irgendjemand was gesehen. Sobald du was Neues erfährst, komm zu uns und gib uns Bescheid«, wies Tiger ihn an, und wir machten uns schleunigst wieder auf den Weg.

Unsere Suche dauerte bis spät in die Nacht. Wir durchkämmten gründlich jede Ecke einschließlich des Parks am Ende der Straße, während unsere Freunde sich das andere Ende vornahmen.

»Dass keiner sie gesehen hat, könnte auch bedeuten, dass sie kaum verletzt wurde und fit genug ist, sich gut versteckt zu halten«, meinte Tiger.

»Aber sie hat wahrscheinlich Hunger und Angst. Glaubst du, was Zander zu ihr gesagt hat – dass man sie und ihre Familie aus der Straße jagen würde –, hat sie davongetrieben?«

»Gut möglich. Ihr ist es ohnehin sehr schwergefallen, sich hier einzuleben. Vielleicht ist sie in ihr altes Zuhause geflüchtet«, überlegte Tiger.

»Ich fürchte, wir sollten jetzt auch besser nach Hause gehen und ein bisschen schlafen. Wir können ja nicht ewig hier draußen bleiben.« Ich war müde, mir war kalt, und ich verlor langsam die Hoffnung. Ich musste neue Kräfte sammeln und dann überlegt an die Sache herangehen. Mir fehlte einfach eine Strategie, und bisher gab es nicht mal irgendeine Spur, der wir hätten folgen können. Ich konnte auch nicht mehr klar denken. An jeder Straßenlaterne, an der wir vorbeikamen, hingen mittlerweile Fotos von Schneeflocke; ihr wunderschönes Gesicht war überall. Noch nie hatte ich mir so viele Sorgen um jemanden gemacht, doch fürs Erste gab ich die Suche auf und lief heim. Dort legte ich mich in mein Bett und rollte mich zusammen – auch wenn ich wahrscheinlich erst wieder ruhig schlafen konnte, wenn ich sie gefunden hatte.

Kapitel Vierundzwanzig

Wenig überraschend schlief ich nicht sehr tief. Als ich nach unten kam, saßen Claire und Jonathan bereits beim Frühstück.

»Polly hat geschrieben, dass sie bei den Snells war. Leider gibt es immer noch keine Spur.«

»Gott, ich weiß noch, was ich mir für Sorgen gemacht hab, als Alfie damals verschwunden war. Und dann war er auch noch verletzt und musste in die Tierklinik.« Ich hasste dieses Wort, und mir lief ein Schauder über den Rücken, während ich mich bemerkbar machte.

»Ah, da bist du ja. Ich frage mich, ob du wohl Schneeflocke gesehen hast.« Jonathan stand auf, um mein Futter zu holen, und ich miaute, um ihm zu verstehen zu geben, dass ich sie leider auch nicht gesehen hatte.

»Die Snells drucken noch mehr Suchanzeigen aus. Polly meinte, sie geht nachher mit den Kindern raus und hängt die Zettel in einem größeren Umkreis auf. Ich kann mir blöderweise nicht freinehmen, aber ich hab angeboten, dass wir nach Feierabend bei der Suche helfen.«

»Gut, mein Schatz, dann versuche ich, nicht so spät zu kommen.«

Nachdem ich gefrühstückt hatte, putzte ich mich und machte mich dann auf den Weg nach draußen, wo ich Polly und Karen von Weitem sah. Am liebsten wäre ich in Tränen ausgebrochen, als erneut Schneeflockes wunderschönes Gesicht auf mich herablächelte und ich mich fragte, ob ich sie wohl je wiedersehen würde. Man hörte öfter davon, dass Katzen verschwanden, und viele von ihnen tauchten nie wieder auf. Es konnten so viele furchtbare Dinge passieren, und leider kam das häufiger vor, als man dachte. Ich hatte das Gefühl, als würde jemand mein Herz in zwei Teile zerreißen. Und anscheinend ging es Karen genauso, denn sie weinte, während Polly den Arm um sie legte und die Kinder hilflos zuschauten.

»Es tut mir leid«, schluchzte Karen, »aber sie ist wie ein Familienmitglied. Daisy liebt sie über alles, und wir hatten sie schon, als sie noch ein kleines Kätzchen war. Wir haben schon so viel verloren – ich kann den Gedanken nicht ertragen, dass wir sie auch noch …«

»Ach, Liebes, mach dir keine Sorgen, wir finden sie. Matt, Claire, Jonathan und ich machen uns heute nach Feierabend auch noch mal auf die Suche. Wir haben überall im Umkreis eure Zettel aufgehängt. Ich bin sicher, sie ist schon bald wieder bei euch.« Hoffentlich war Polly innerlich überzeugter, als sie sich anhörte, dachte ich bei mir.

Ich verließ die Gruppe, während Tim hinzukam, und zum ersten Mal sah ich, wie er und Karen Zärtlichkeiten miteinander austauschten. Sie umarmten sich fest, und als Tim vorschlug, in der Gegend herumzufahren, um Schneeflocke zu suchen, sagte Karen, dass sie mitkommen wolle.

Wo konnte Schneeflocke denn nur sein? Während ich weiter durch die Straße lief, sah ich Tiger, die in irgendeine Art von Unterhaltung mit Zander verwickelt war. Sofort beschleunigte ich meine Schritte. Vielleicht wusste er was Neues.

»Hi, Tiger«, begrüßte ich meine Freundin.

»Ach, da ist ja dein Komplize«, sagte Zander ziemlich unfreundlich. »Ich hab gerade von deinem Täuschungsmanöver erfahren, Alfie.«

»Was?«, fragte ich ehrlich verständnislos.

»Sorry, Alfie, aber ich dachte, ich sage ihm besser, dass wir gestern nur so getan haben, als ob wir auf seiner Seite wären, weil wir einfach alles tun wollten, um Schneeflocke zu finden.«

»Oh, das hatte ich ganz vergessen.«

»Tja, ist ja auch egal. Mit der Katze hat es sich eh erledigt.«

»Was soll das heißen?«, fauchte ich ihn wütend an.

»Na, das ist doch wohl offensichtlich: Sie wurde von den Kriminellen entführt, mit denen die Snells ihre schmutzigen Geschäfte machen. Wahrscheinlich haben die es sich irgendwie mit denen verscherzt, sie ausgetrickst oder so was, und deshalb haben die sich die Katze geschnappt.«

»Also, so einen Blödsinn habe ich echt noch nie gehört«, sagte Tiger.

»Wir werden sehen«, entgegnete Zander, bevor er sich umdrehte und davonstolzierte.

»Ignorier ihn. Ihr ist sicher nichts passiert«, versuchte Tiger mich aufzumuntern. Ich lächelte ihr dankbar zu, doch mittlerweile verlor sogar ich die Hoffnung, weil bis jetzt niemand Schneeflocke gesehen hatte. Wir hatten sie an sämtlichen Orten gesucht, die uns eingefallen waren, und so langsam gingen uns die Ideen aus.

An diesem Abend spürte ich zum ersten Mal seit langer Zeit wieder, wie viel Liebe in der Edgar-Road-Gemeinschaft herrschte, als Polly, Matt, Claire, Jonathan und die ganze Familie Snell sich gemeinsam auf die Suche nach Schneeflocke machten. Mit Tränen in den Augen sah ich ihnen dabei zu, wie sie durch die Straße liefen. Ich hatte sie ohnehin zusammenbringen wollen, allerdings nicht auf Kosten von Schneeflocke. Ich ignorierte die Zettel an den Straßenlaternen, so gut es ging, und bemühte mich stattdessen, mit noch mehr Entschlossenheit nach ihr zu suchen, doch es fiel mir wirklich schwer, positiv zu bleiben.

»Ich weiß nicht mehr, wo wir noch nachschauen sollen«, sagte Tim verzweifelt, als sie sich alle wieder vor unserem Haus einfanden. Meine Familien tauschten einen beunruhigten Blick.

»Aber, Dad, wir können doch nicht einfach aufgeben.« Daisy liefen die Tränen über die Wangen.

Ihr Vater legte einen Arm um sie. »Wir werden niemals aufgeben, Prinzessin«, versprach er und drückte sie an sich.

»Hey, ich weiß, was wir machen!«, rief Matt, der versuchte, möglichst optimistisch zu klingen. »Wie wäre es, wenn wir noch mal losziehen, uns aber diesmal aufteilen. Ich weiß, wir haben schon überall nachgesehen, aber vielleicht hat sie sich ja nur verlaufen und findet nicht mehr zurück. Tim und Christopher, ihr geht mit mir und Jonathan Richtung Osten, und ihr Frauen nehmt euch den westlichen Teil vor. Und nachher kommt ihr alle zu uns und ich gebe unserer Babysitterin Bescheid, dass sie schon mal was Heißes zum Trinken für uns vorbereitet.«

Alle waren einverstanden, doch irgendwie hatte ich das Gefühl, sie machten nur mit, weil sie nicht wussten, was sie sonst tun sollten. Aber ein Gutes hatte die ganze Aktion wenigstens, dachte ich betrübt. So sahen die Snells zumindest, wie herzlich die Nachbarn in der Edgar Road waren – abgesehen von den Goodwins natürlich.

»Und was nun?«, fragte mich Tiger. Die anderen Katzen waren noch auf der Suche, aber genau wie die Menschen wussten wir langsam nicht mehr, wo wir noch nachschauen sollten. Ein Gefühl der Mutlosigkeit machte sich in mir breit, doch dann fiel mir wieder ein, wer ich war, und ich fand zu meiner alten Form zurück.

»Weißt du noch, als ich Urlaub bei Franceska gemacht hab?«, sagte ich zu Tiger, und sie nickte. »Da hab ich einen Straßenkater kennengelernt, Müllschlucker – der arbeitet sozusagen im Hinterhof von Tomasz' Restaurant, hält ihn von Ungeziefer frei und so.«

»Cooler Job«, sagte Tiger, »aber was hat das mit Schneeflocke zu tun?«

»Er kennt sich mit dem Leben auf der Straße aus. Ich weiß, er wohnt nicht gerade in der Nähe, aber vielleicht kann er uns helfen, Schneeflocke zu finden.« Irgendwie hatte ich so ein Gefühl, dass er erfolgreicher bei der Suche sein würde als wir.

»Aber es wird doch schon dunkel, und es ist ziemlich weit bis dahin. Bist du dir sicher, dass du das machen willst?«, fragte Tiger, und sie hatte recht: Ich musste mich dafür aus meiner Komfortzone herausbegeben, und diese Vorstellung löste nicht gerade Begeisterung bei mir aus.

»Ich muss Schneeflocke finden, und eine andere Idee hab ich nicht«, erklärte ich trotzdem.

»Du scheinst sie sehr zu lieben«, murmelte Tiger und klang dabei ein wenig traurig.

»Für dich würde ich das Gleiche tun«, entgegnete ich und meinte das absolut ehrlich. Ich liebte sie zwar auf eine andere Weise, aber ich würde auch in ihrem Fall nichts unversucht lassen, um sie zu finden.

»Das weiß ich. Also los, reden wir mit diesem Müllschlucker.«

Wir liefen so zügig, wie wir konnten. Diesmal saß uns die Zeit viel mehr im Nacken als bei unserem letzten Besuch, aber dafür fühlten wir uns wesentlich sicherer. Wir kannten den Weg und wussten, dass wir leicht wieder zurückfinden würden. Das einzige Schwierige war, dass ich noch keine Ahnung hatte, wie wir in den Hinterhof kommen sollten, schließlich war ich bisher nur über die Wohnung dorthin gelangt. Aber wir entdeckten eine schmale Gasse, und nach einigen Umwegen erreichten wir schließlich unser Ziel.

»Müllschlucker!«, rief ich. Unterhalb eines Müllcontainers tauchte ein Kopf auf. Offensichtlich genoss er gerade sein Abendessen.

»Alfie? Bist du das?« Müllschlucker kroch unter dem Container hervor.

»Ja. Hi. Und das hier ist meine Freundin Tiger. Müllschlucker, wir brauchen dringend deine Hilfe.« Mir fiel auf, dass Tiger ein wenig ängstlich dreinblickte, während ich meinen neuen Freund ins Bild setzte. Sie war zwar eine mutige Katze, aber sie hatte auch noch nie so ein raues Leben geführt wie Müllschlucker. Oder ich.

Meine Idee erwies sich schon bald als richtig: Müllschlucker trommelte eine relativ große Gruppe wild lebender Katzen zusammen, die zwar ziemlich schmutzig und angsteinflößend aussahen, aber unglaublich lieb und hilfsbereit waren. Ich beschrieb ihnen Schneeflocke – wir Katzen brauchten für so was keine Fotos –, und es gelang mir sogar, ihnen zu erklären, wie sie roch, wobei Tiger meinte, ich hätte es ein wenig übertrieben, als ich von Gartenrosen, frischen Tautropfen auf Gras und lauen Sommerbrisen anfing. Wenn man verliebt war, konnte man eben nicht anders, verteidigte ich mich, während die anderen Katzen mich auslachten. Tiger gab daraufhin eine etwas pragmatischere Beschreibung von Schneeflocke ab und vergaß auch nicht zu erwähnen, dass diese wahrscheinlich nicht gerade begeistert und dementsprechend auch nicht sonderlich freundlich sein würde, wenn irgendjemand sie fand. Damit lag sie sicherlich richtig.

Müllschlucker wies uns an, im Hinterhof zu warten, wovor es Tiger sichtlich graute. Als die anderen verschwunden waren, konnte ich deutlich sehen, dass sie nervöser war als ich.

»Was war das?«, fragte sie und zuckte erschrocken zusammen.

»Dein Schatten.« Ich verdrehte die Augen und bewegte meinen Schwanz hin und her. Schließlich hatte ich schon auf der Straße gelebt, auch wenn ich nicht gern an diese Zeit erinnert wurde. Aber ich kannte diesen Hinterhof, und er jagte mir keine Angst ein. Nichtsdestotrotz war ich froh, dass die Mäuse und Ratten uns in Ruhe ließen, während wir uns auf den Boden hockten und warteten.

Ich musste schwer dagegen ankämpfen, einzuschlafen, doch Tigers Ängste hielten mich wach. Normalerweise war sie so viel härter im Nehmen als ich, aber offensichtlich hatte ich ihre Achillespfote gefunden. Es dämmerte schon, als Müllschlucker zurückkam, begleitet von einem Freund und … Schneeflocke. Wie durch ein Wunder hatten die beiden sie gefunden. Zuerst fragte ich mich, ob ich so müde war, dass ich mir schon Dinge einbildete, doch als sie näher kamen, konnte ich sie deutlich erkennen. Fast hätte ich einen Freudensprung gemacht.

»Gut, dass du zu mir gekommen bist«, sagte Müllschlucker, während ich Schneeflocke genauer betrachtete. Sie sah nicht gut aus. Dünn war sie geworden, als hätte sie seit ihrem Verschwinden vor vier Tagen nichts mehr gegessen. Auch ihr Fell war nicht mehr besonders weiß. Dennoch ließ ihr Anblick mein Herz schneller schlagen, und das, obwohl ich mir gleichzeitig große Sorgen wegen ihres Zustands machte. War sie okay?

»Müllschlucker, wie …?« Mir fielen nicht die richtigen Worte ein.

»Es hat sich schnell herumgesprochen, und einer meiner Kumpel hat sie etwa drei Kilometer nördlich der Edgar Road gefunden. Sie hatte sich verlaufen und in einem Park versteckt, allerdings in der Nähe eines großen Anwesens, wo es von Gefahren nur so wimmelte. Zum Glück hat sich mein Kumpel daran erinnert, dass er sie dort gesehen hat, und mich gerufen, sobald er sie gefunden hatte. So konnten wir sie heil zu dir zurückbringen.« Stolz sah Müllschlucker mich an. Ich ging zu ihm hinüber und rieb zum Dank meinen Kopf an seinem Hals, obwohl er so schmutzig war.

»Ich weiß gar nicht, wie ich dir je dafür danken soll, Müllschlucker«, sagte ich.

»Ach, nicht der Rede wert. Ich bin froh, dass ich helfen konnte. Allerdings sieht sie nicht sonderlich gut aus. Wie willst du sie in dem Zustand in die Edgar Road zurückbringen?«

»Hm, ich weiß auch nicht.« Ich konnte es immer noch kaum fassen, dass die beiden sie so schnell gefunden hatten. Wie sollte ich mir da Gedanken darüber machen, wie wir sie nach Hause bekommen würden? Sie sah tatsächlich nicht so aus, als wäre sie in der Lage, noch so weit zu laufen. Plötzlich fiel mir etwas ein.

»Franceska und Tomasz?«, schlug ich vor. Es war schon fast Morgen, trotzdem würde ich warten müssen, bis sie aufstanden. »Aber wie soll ich die beiden auf uns aufmerksam machen?«

»Oh, da könntest du Glück haben. Franceska kommt jeden Morgen hier runter, um das Restaurant zu putzen. Das macht sie immer, bevor die Jungs aufstehen.«

»Gott sei Dank.« Erleichterung durchströmte mich, und auch Tiger sah so aus, als könnte sie sich endlich entspannen.

»Und bis dahin kuscheln wir uns alle aneinander, um uns warm zu halten.«

In Tigers Gesicht spiegelte sich erneut Entsetzen wider, doch sie drängte sich schließlich an mich. Schneeflocke hatte noch kein Wort gesprochen. Sie wirkte, als stünde sie unter Schock, während sie sich neben Müllschlucker legte. Ich kuschelte mich an ihre andere Seite, sodass wir sie beide wärmten – und natürlich weil ich ihr nahe sein wollte. Ich war so froh, dass wir sie gefunden hatten, und ich hoffte, sie war nicht krank. Sicher sein konnte ich mir da allerdings nicht. Mit diesem Gedanken fiel ich in einen unruhigen Schlaf.

»Himmel!«, hörte ich Franceska rufen, und wir alle schreckten hoch. Meine Freundin rannte wieder nach oben und kehrte in Begleitung vom großen Tomasz zurück, der noch seinen Schlafanzug anhatte.

»Alfie?«, fragte er erstaunt.

»Ja, ist Alfie, aber mit die Katze, die ist verschwunden. Und da ist auch andere Katze aus seiner Straße.« Offensichtlich hatte Franceska Tiger erkannt. »Und Müllschlucker. Was ist los hier?« Wir miauten alle im Chor, mit Ausnahme von Schneeflocke, die immer noch stumm war.

»Diese Katze sieht krank aus«, meinte Tomasz mit Blick auf Schneeflocke, und als er sie hochnahm, hob sie den Kopf und sah ihn an, was uns alle wieder hoffen ließ.

»Was machen sie hier?«, wunderte sich Franceska.

»Keine Ahnung, aber wir müssen sie nach Hause bringen. Du bleibst hier bei den Jungs. Ich ziehe mich an und fahre sie zurück.«

»Aber haben nicht Katzenkorb.«

»*Kochanie*, darüber können wir uns jetzt keine Gedanken machen.«

Tomasz setzte uns auf die Rückbank seines Autos. Schneeflocke hatte es noch irgendwie geschafft, sich bei Müllschlucker zu bedanken, bevor wir losfuhren, und dann sagte sie auch noch danke zu Tiger und mir. Das klang in meinen Ohren wie die schönste Musik, die ich je gehört hatte, wie das Flattern zarter Schmetterlingsflügel. Ich versuchte, die Fahrt zu genießen, doch dafür war ich viel zu aufgewühlt. Wir hatten es geschafft – oder besser: Müllschlucker hatte es geschafft, aber mein Plan hatte funktioniert. Das war unglaublich, und ich konnte es gar nicht abwarten, endlich nach Hause zu kommen, damit Schneeflocke sich erholen konnte. Allerdings hatte ich das schreckliche Gefühl, dass man ihr einen Besuch beim Tierarzt nicht ersparen würde.

Tomasz parkte den Wagen vor Jonathans und Claires Haus und klingelte. Schneeflocke hatte er auf den Arm genommen, und ich stand neben ihm. Tiger verabschiedete sich von uns und lief nach Hause, um etwas zu essen, sich zu säubern und dann zu schlafen, was ich auch dringend tun musste. Nach einer halben Ewigkeit tauchte endlich Jonathan in der Tür auf, mit griesgrämigem Gesicht und noch im Bademantel.

»Tomasz? Was machst *du* denn hier?«, fragte er, bevor er Schneeflocke auf dessen Arm entdeckte. »Du hast Schneeflocke gefunden? Aber wie …?« Sein Blick fiel auf mich.

»Ich habe keine Ahnung, Jonathan. Ich habe Alfie gefunden, mit der vermissten Katze, im Hinterhof vom Restaurant. Zusammen mit dem Kater vom Restaurant.«

»Das kapiere ich nicht«, sagte Jonathan.

»Ich auch nicht«, versicherte Tomasz ihm. »Sieht so aus, als ob Alfie wieder mal Erfolg hatte.«

Claire erschien in der Tür und beäugte uns verwirrt. »Was ist denn los?«

»Er hat Schneeflocke gefunden. Anscheinend hat Alfie mal

wieder was damit zu tun, und wir werden nie erfahren, was passiert ist.« Jonathan trat zur Seite, um Tomasz ins Haus zu lassen.«

Doch der blieb auf der Türschwelle stehen. »Ihr geht's nicht gut. Ich glaube, sie muss nach Hause.«

»Oh, ich komme mit«, bot Jonathan sich an.

Die Snells weinten vor Freude, als sie Schneeflocke sahen, doch der Jubel währte nur kurz, als ihnen auffiel, wie schlecht es ihr ging.

»Soll ich Sie zum Tierarzt fahren?« fragte Tomasz, nachdem er sich vorgestellt hatte.

»Nein, nein, danke. Wir sind Ihnen so dankbar, dass Sie sie hergebracht haben, aber jetzt können wir uns um sie kümmern.« Jonathan und Tomasz tauschten einen Blick, als die Snells die Tür schlossen; es schien, als könnten sie es gar nicht erwarten, uns drei loszuwerden.

»Diese Leute sind wirklich komisch«, befand Tomasz. »Sie haben nicht mal gefragt, wo ich die Katze gefunden habe oder so.«

»Ich weiß, und eigentlich dachte ich, wir hätten uns gestern angefreundet, als wir alle zusammen nach ihr gesucht haben. Ich meine, sie haben uns nicht ihre Lebensgeschichte erzählt oder so was, aber sie sind mit zum Tee gekommen. Da waren sie zwar natürlich sehr niedergeschlagen, aber trotzdem nett und offen.«

Die beiden Männer zuckten die Achseln, während ich mich fragte, was das alles bedeuten sollte. Würden die Snells jetzt wieder zu ihrem alten Verhalten zurückkehren oder sich stärker mit den anderen anfreunden? Ich hoffte inständig auf Letzteres, doch ich fürchtete, es würde eher auf Ersteres hinauslaufen.

Kapitel Fünfundzwanzig

Ich war entschlossener denn je, mir eine Strategie zu überlegen, wie ich Schneeflocke und ihrer Familie helfen könnte. Wie ich schon befürchtet hatte, waren die Snells seit Schneeflockes Rückkehr vor fast zwei Wochen zu ihrem alten Verhalten zurückgekehrt. Einmal waren sie bei Jonathan vorbeigekommen und hatten ihm gesagt, dass es Schneeflocke gut ging; sie war lediglich ein wenig dehydriert gewesen. Der Tierarzt hatte ihr irgendeine Medizin gegeben und sie gleich wieder nach Hause geschickt. Die Snells hatten sich bei uns bedankt und sich sogar endlich erkundigt, wo wir Schneeflocke denn gefunden hätten. Danach hatten wir sie allerdings nicht mehr gesehen.

Ich hatte solche Sehnsucht nach Schneeflocke gehabt, dass ich ständig um das lose Brett im Zaun herumgeschlichen war, und drei Tage nach ihrer Rettung war sie endlich zu mir gekommen.

»Geht es dir gut?«, hatte ich sie gefragt.

»Jetzt ja, danke. Und vielen Dank für deine Bemühungen, mich zu finden.« Für jemanden, dem ich praktisch das Leben gerettet hatte, klang sie ziemlich förmlich.

»Wir haben uns alle angestrengt: Die Katzen aus der Edgar Road und mein Freund Müllschlucker haben sich alle zusammengetan. Sogar Bandit, dem es übrigens leidtut, dass er dir wehgetan hat. Aber wieso bist du denn überhaupt weggelaufen?«, wollte ich wissen.

»Ich habe es einfach satt. Meine Familie hat immer mehr

gestritten, Bandit und Zander waren gemein zu mir, und ich dachte, wenn ich sowieso demnächst obdachlos bin, kann ich auch direkt damit anfangen. Und als ich mich wieder beruhigt hatte und nach Hause zurückwollte, wusste ich nicht mehr, wo ich war. Und dann hat dieser Kater mich gefunden.«

»Ich weiß noch gut, wie schrecklich es da draußen auf der Straße sein kann«, bestätigte ich.

»Noch mal vielen Dank, Alfie. Und vielleicht freut es dich, dass es in meiner Familie wieder besser läuft. Während ich weg war, haben sie gemerkt, wie sehr sie sich lieben, und jetzt sind sie wieder viel enger zusammengewachsen. So hat das Ganze wenigstens ein Gutes gehabt.«

»Das freut mich wirklich sehr. Aber es wäre noch schöner, wenn wir alle Freunde sein könnten …«

»Oh, da wollen wir mal lieber nichts überstürzen. Meine Leute haben immer noch viel zu verarbeiten, und wir brauchen unsere Privatsphäre. Apropos: Ich fürchte, Tim wird heute noch den Zaun reparieren. Als er das lose Brett entdeckt hat – das ich ihm vielleicht rein zufällig gezeigt haben könnte –, hat er beschlossen, sich ein wenig hier draußen zu betätigen. Danke, dass du mich gesucht hast, aber jetzt kannst du uns wieder in Ruhe lassen.«

Diese Begegnung lag mittlerweile über eine Woche zurück, und seitdem hatte ich nicht mal einen kurzen Blick auf Schneeflocke erhascht. Das lose Zaunbrett war tatsächlich wieder fest, und damit waren die schönen Tage, an denen ich von meinem Grundstück aus in den Garten der Snells hatte sehen können, vorbei. Nach allem, was ich für Schneeflocke getan hatte, verletzte mich das. Doch dann wurde mir klar, dass ich noch nicht einfach aufgeben durfte.

Es war an der Zeit, zu ihr rüberzugehen und der Sache ein

für alle Mal auf den Grund zu gehen. Ich wollte herausfinden, was mit ihrer Familie los war. Wenigstens versuchen musste ich es noch einmal. Ich war sogar bereit, all meinen Mut zusammenzunehmen und erneut ins Haus zu gehen, wenn es sein musste. Schließlich kannte ich mich jetzt ein wenig dort aus und würde diesmal darauf achten, mich nicht wieder in irgendwelchen Schränken einsperren zu lassen.

Ich war sehr zufrieden mit mir, als ich mich auf den Weg nach nebenan machte. Statt vorn herumzugehen, machte ich einen Satz auf den Zaun, um von dort oben die Lage zu peilen. Leider sah ich nicht besonders viel, deshalb sprang ich hinunter in den Garten und schnüffelte. Die Luft war rein. Trotzdem war ich auf der Hut, als ich vorsichtig auf die Terrassentür zuschlich, um einen Blick durch die Scheibe zu werfen. Während die Snells auf der Vorderseite des Hauses meistens alle Fenster verdunkelt hatten, konnte man hinten gut hindurchsehen. Ich versuchte, mich nicht zu sehr von meinem Spiegelbild ablenken zu lassen, und lugte durch die Scheibe. Die Küche schien leer. Das war meine Chance, und so verschaffte ich mir vorsichtig Einlass durch die Katzenklappe. Ja, in der Küche war definitiv niemand, allerdings war es hier auch nicht besonders sauber und ordentlich: Auf der Arbeitsfläche standen schmutzige Teller, und überhaupt musste hier noch eine ganze Menge weggeräumt werden. Reinlich, wie ich war, sträubte sich mir bei diesem Anblick das Fell, aber ich bemühte mich, nicht zu kritisch zu sein. Schneeflockes Fressnapf auf dem Boden war halb voll mit Essen, und in der Schüssel daneben stand noch etwas Wasser. Doch so groß der Reiz, mich daran zu bedienen, auch sein mochte: Ich rührte ihr Futter nicht an. Schließlich wollte ich mir nicht ihren Zorn zuziehen. Außerdem war ich froh, dass es ihr besser ging und sie wieder essen konnte.

Leise tapste ich durch den Flur ins Wohnzimmer, das dem bei uns zu Hause ziemlich ähnlich war, abgesehen davon, dass es auch hier nicht sonderlich aufgeräumt war. Man konnte deutlich sehen, dass in diesem Raum jemand lebte: Die Kissen waren geknickt oder eingedellt, und auf dem Sofa entdeckte ich einige weiße Haarbüschel. Diesmal konnte ich nicht widerstehen und schnüffelte daran. Irgendwie hatte ich dadurch das Gefühl, dem Objekt meiner Begierde näher zu sein. Wie immer waren vorn die Vorhänge zugezogen. Zögernd huschte ich zurück in den Flur und blieb unschlüssig am Fuß der Treppe stehen. Es reizte mich wahnsinnig, hochzulaufen und das obere Stockwerk auszukundschaften, aber plötzlich hörte ich Geräusche aus der Küche. Ich erstarrte. Würde mich gleich jemand entdecken? Fieberhaft schaute ich mich um, auf der Suche nach einem Versteck, doch ich fand nichts, also blieb ich weiter wie versteinert an meinem Platz, bis eine Gestalt vor mir auftauchte: Christopher, der Sohn der Familie. Als er mich sah, zuckte er erschrocken zusammen, dann lächelte er.

»Da wird Schneeflocke aber gar nicht begeistert sein, wenn sie eine andere Katze hier im Haus sieht«, sagte er. »Oder seid ihr zwei befreundet? Haben Katzen überhaupt so was wie Freunde?« Er beugte sich zu mir hinunter, um mich zu streicheln, und fand mein Namensschildchen. »Oh, du bist die Katze, die bei der Suche nach ihr geholfen hat. Cool gemacht.«

Ich miaute zur Antwort, doch er schien mich gar nicht mehr zu hören. Stattdessen knallte er seinen Rucksack auf den Boden und ging ins Wohnzimmer hinüber, wo er sich aufs Sofa fallen ließ. Ich fragte mich, was ich jetzt tun sollte. Auf der einen Seite war das eine Gelegenheit, ein bisschen mehr über die Familie zu erfahren, gleichzeitig wusste ich nicht, was Schneeflocke dazu sagen würde, wenn sie nach Hause kam und sah, dass ich mich mit einem ihrer Menschen unterhielt. Doch die Versuchung war zu groß. Während ich erneut die Gedanken an mögliche Konsequenzen zu verdrängen versuchte, sprang ich aufs Sofa und setzte mich neben Christopher.

»Eigentlich müsste ich jetzt in der Schule sein«, erzählte er mir, und in seinen Augen lagen düstere Schatten, als er mich ansah. »Wenn Mum und Dad rauskriegen, dass ich schwänze, gibt's 'nen Riesenanschiss, und gerade jetzt, wo es zwischen uns allen wieder besser läuft ... da will ich nicht, dass sie sich schon wieder Sorgen machen.« Er klang traurig, und auch ein wenig wütend. »Aber zum Glück sind sie ja nicht da. Mum ist auf der Arbeit, wie immer, und Dad hat irgendein Bewerbungsgespräch. Er versucht, einen neuen Job zu kriegen, aber das läuft nicht besonders. Hier ist echt alles so scheiße – kein Wunder, dass Schneeflocke abgehauen ist.«

Ich schnurrte zustimmend, obwohl ich gar nicht richtig verstand, worum es ging.

»Ich hab überhaupt keinen, mit dem ich reden kann«, fuhr Christopher fort. »Meine alten Freunde haben mich anscheinend sofort vergessen, als wir umgezogen sind, und in meiner neuen Schule sind alle so zum Kotzen. Daisy ist so mit sich selbst beschäftigt, die checkt gar nicht, dass ich hier bin, und bei meinen Eltern ist es genauso ... Nicht mal die Katze hat Bock, mir zuzuhören. Schneeflocke gehört Daisy, deshalb guckt sie mich kaum von der Seite an.«

Ich ließ ein erneutes Miauen hören, um ihm zu sagen, dass ich ihm sehr gern zuhörte.

»Mittlerweile verstehe ich echt, wieso meine Eltern so verdammt paranoid sind. Nach allem, was passiert ist ... Menschen sind einfach scheiße. Meine Kumpel ignorieren mich auf Facebook, oder sie posten, dass mein Dad kriminell ist, was überhaupt nicht stimmt. Und dann posten sie noch Fotos von Partys, zu denen sie mich nicht eingeladen haben, oder aus dem Urlaub, was wir uns gerade nicht leisten können, und dann, wenn ich ihnen was schreibe, antworten sie nicht mal.«

Ich hatte zwar keine Ahnung, was Facebook war, aber ich verstand, was er sagen wollte. Er hatte seine Freunde verloren, nachdem er umgezogen war, genau wie ich. Tröstend stupste ich ihn mit der Nase an. Das Leben konnte echt hart sein, wenn man sich allein fühlte, das wusste ich nur zu gut.

»Die Einzigen, die ganz nett zu sein scheinen, sind die Nachbarn, die uns bei der Suche nach Schneeflocke geholfen haben. Aber jetzt wollen Mum und Dad wieder mit niemandem was zu tun haben.« Er seufzte. Schnurrend versuchte ich, ihm zu verstehen zu geben, dass ich mir auch wünschte, seine Eltern würden sich mit meinen Familien anfreunden.

»Wieso musste dieser Scheißkerl Dad das antun? Jetzt haben wir dauernd die Polizei hier, und ich weiß ja, die wollen uns nur helfen, aber es bringt echt nichts, wenn die Nachbarn dann über uns quatschen. Dabei können wir doch überhaupt nichts dafür. Und Dad auch nicht, wobei ich ihm das vielleicht mal öfter sagen sollte.«

Ich hielt den Atem an: Wen meinte er mit »Scheißkerl«, und was hatte derjenige getan? Würde ich endlich herausfinden, was mit den Snells los war? Ein lautes, wenig erfreut klingendes Geräusch setzte unserem Gespräch ein Ende. Abrupt drehte ich mich um und erstarrte: Schneeflocke saß vor dem Sofa und sah nicht gerade begeistert aus. Ich hatte sie gar nicht kommen gehört, insofern hatte ich keine Ahnung, wie viel sie von unserer Unterhaltung mitgekriegt hatte. Böse fauchte sie mich an, was Christopher zum Lachen brachte, und ich war so glücklich darüber, sie zu sehen, dass mir ihre feindselige Begrüßung egal war. Außerdem bemerkte ich zu meiner Freude, dass sie wieder ganz gesund aussah und genauso schön war wie vorher.

»Also echt jetzt, Schneeflocke! Alfie hat dich doch wiedergefunden.« Aber Schneeflocke fauchte erneut. Ich wusste nicht, was ich tun sollte, und schaute nur zwischen Christopher und meiner großen Liebe hin und her. Ja, ich war immer noch verliebt in sie, obwohl ich zugeben musste, dass sie ein blödes Timing hatte, gerade jetzt, da ich kurz davor war, zum Kern des Ganzen vorzudringen.

»Okay, krieg dich wieder ein«, sagte Christopher schließlich und hob mich hoch. »Sorry, Alfie, ich fürchte, du musst gehen. Wie's aussieht, gibt's in diesem Haus nur Platz für *eine* Katze.« Er trug mich zur Haustür hinüber, öffnete sie und setzte mich draußen mit einem bedauernden Lächeln ab. Das Letzte, was ich sah, bevor er die Tür wieder zumachte, war Schneeflockes bitterböser Blick.

Hm, das war nicht so ganz nach Plan gelaufen.

Wieder zu Hause verkroch ich mich in meinem Bett. Das Leben war kompliziert, für Katzen genauso wie für Menschen, wobei ich so langsam dahinterkam, dass die meisten Probleme durch Beziehungen entstanden. Wenn ich so darüber nachdachte, hatte das Verhalten anderer ziemliche Auswirkungen, gute wie schlechte, auf das eigene Leben.

Mein größtes Talent lag darin, Menschen zusammenzubringen, und ich war entschlossen, damit weiterzumachen, auch gegen jegliche Widerstände. Langfristig gesehen waren Beziehungen diesen Einsatz wert, selbst wenn sie einem mal Kummer bereiteten. Mit diesem Gedanken sank ich in einen unruhigen Schlaf.

Kapitel Sechsundzwanzig

»Wieso muss *ich* mich immer um alles kümmern?« Claires schrille Stimme riss mich aus dem Schlaf. Ich stand auf, streckte mich und schüttelte die letzten Reste von Müdigkeit ab, bevor ich mich nach unten wagte. Claire schrie sehr selten, das war ich gar nicht gewohnt. Ich fand sie und Jonathan in der Küche; sie sah wütend aus, während er eher eingeschüchtert dreinblickte.

»Es tut mir leid. Ich wusste ja nicht, dass ich auf dem Weg nach Hause noch beim Supermarkt vorbeifahren sollte.«

»Weil du nie fragst! Du gehst einfach davon aus, dass das Essen wie durch Zauberhand hier ins Haus geflogen kommt, obwohl du genau weißt, dass ich auch viel arbeiten muss. Ich verdiene vielleicht nicht so viel wie du, aber ich steuere trotzdem meinen Teil zur Haushaltskasse bei!«, rief Claire zornig.

»Aber Schatz, das weiß ich doch, und ich würde das auch nie bestreiten. Weißt du was, mach mir doch eine Einkaufsliste, und ich fahre sofort los.« Jonathan sah ganz erschrocken aus, wie ein Kater, der ins Scheinwerferlicht eines Autos geraten war.

»Ja, klar fährst du jetzt, nachdem ich dich angeschrien habe. Vergiss es einfach, und mach dir dein Essen selbst. Ich gehe eine Runde um den Block.« Die Haustür zitterte richtig, als Claire sie ins Schloss knallte. Jonathan sah mich an.

»Keine Ahnung, was mit ihr los ist, Kumpel, aber ich hoffe, das legt sich wieder.« Ich miaute. Das hoffte ich auch, denn dieses Verhalten passte überhaupt nicht zu meiner Claire, die nie laut wurde. Ob ich mir Sorgen machen musste? Wahrscheinlich schon.

Nachdem Claire davongestürmt war, gab Jonathan mir mein Futter und setzte sich dann an den Küchentisch, wo er weiter vor sich hin grübelte. Als Claire nach etwa einer Stunde zurückkam, entschuldigte er sich, wobei ich mir sicher war, dass er immer noch keine Ahnung hatte, wofür. Er goss ihr ein Glas Wein ein, und sie redeten eine Weile, bis Claire ihm schließlich verzieh und sie sich wieder vertrugen. Das war wirklich seltsam.

Als die beiden recht glücklich im Schlafzimmer verschwanden, ging ich ebenfalls ins Bett, konnte aber nicht einschlafen, weil ich mir Gedanken über Schneeflocke machte. Ich verstand nicht, warum sie so wütend auf mich war. Ich hatte doch geholfen, sie zu finden, und dann vor dem Zaun auf sie gewartet, um nachzufragen, ob es ihr gut ging. Und trotzdem gab sie mir das Gefühl, als hätte ich irgendetwas verbrochen. Sie benahm sich so, als würde sie mir niemals vergeben, nicht mal für eine Million Schüsseln voll Milch, obwohl ich doch nur hilfsbereit sein wollte. Das war so verwirrend.

Nachdem ich ein weiteres Mal nicht gut geschlafen hatte, beschloss ich, dass ich mir ein Beispiel an Jonathan nehmen und mich entschuldigen würde, auch wenn ich nichts Schlimmes getan hatte. Ich dachte sogar darüber nach, Schneeflocke irgendetwas zu schenken, aber ich wollte es auch nicht übertreiben. Klar hätte ich eine Maus oder einen Vogel für sie fangen können – oder wohl eher Tiger darum bitten –, doch es war besser, mich ehrlich bei Schneeflocke zu entschuldigen und darauf zu hoffen, dass sie mir vergeben würde. Wobei ich mir ziemlich sicher war, dass sie sich nicht so leicht besänftigen lassen würde wie Claire, die sich von Jonathan und mir leicht um den Finger wickeln ließ. Schneeflocke war schwer zu knacken.

Nun, da ich meinen Entschluss gefasst hatte, wollte ich keine Zeit vertrödeln. Ich schlang mein Frühstück hinunter, nahm mir aber einen Moment, um mich ausgiebig zu putzen, schließlich wollte ich gut aussehen. Dann machte ich mich schnell auf den Weg in den Nachbarsgarten. Dort versteckte ich mich erst mal hinter einem Busch und beobachtete die Snells, die in der Küche beschäftigt waren. Die Szene, die sich da vor meinen Augen abspielte, war mir schon seltsam vertraut.

Tim verteilte das Frühstück. Daisy starrte auf ihr Handy, während sie einen Toast aß. Christopher sah noch unglücklicher aus als gestern, und Karen trank eine Tasse Kaffee. Keiner schien mit den anderen zu reden. Ich hatte Glück und erhaschte einen Blick auf Schneeflocke, die ihr Frühstück aus ihrem Napf aß und im Gegensatz zu Christopher zufriedener wirkte als bei unserer letzten Begegnung. Jetzt musste ich nur noch auf den richtigen Moment warten.

Endlich fing Tim an, den Tisch abzuräumen, Karen verließ den Raum, und Daisy und Christopher folgten ihr kurze Zeit später. Ich schätzte, sie mussten in die Schule. Als Tim das Geschirr in die Spülmaschine stellte, kam Schneeflocke nach draußen.

Sofort schlüpfte ich aus meinem Versteck.

»Du!«, knurrte sie drohend.

»Ich wollte mich bei dir entschuldigen«, beeilte ich mich zu sagen. »Es tut mir leid, dass ich gestern einfach so ins Haus eingedrungen bin. Eigentlich wollte ich zu dir, um zu sehen, wie es dir geht und ob alles in Ordnung ist. Und dann hat Christopher mich angesprochen.«

»Was hat er dir erzählt?« Sie verengte die Augen.

»Nur, dass irgendjemand seinem Dad irgendwas angetan hat. Was, hat er nicht gesagt.«

»Gut so. Das ist schon mehr, als dich angeht.« Sie war so verärgert, dass ihr Schwanz hin und her zuckte.

»Schneeflocke, ich weiß doch jetzt, dass euch etwas Schlimmes passiert ist, und manchmal hilft es, wenn man darüber redet. Ich hab schon viele Probleme gelöst, sowohl für Katzen als auch für Menschen, und ich bin nicht schlecht darin, wenn ich das in aller Bescheidenheit so sagen darf.«

»Dieses Problem kannst auch du nicht lösen«, entgegnete sie.

»Aber ich könnte es doch wenigstens versuchen«, beharrte ich.

»Sag mal, verstehst du es nicht? Wir brauchen dich nicht und deine Hilfe auch nicht. Wieso kannst du uns nicht in Ruhe lassen?«

»Okay, na schön. Aber kann ich dich trotzdem noch um eins bitten, Schneeflocke? Wenn ich dir meine Geschichte erzähle, wie ich hierhergekommen bin und die Menschen in dieser Straße kennengelernt habe, würdest du mir dann wenigstens zuhören? Und wenn du danach immer noch willst, dass ich dich in Ruhe lasse, dann mache ich das.«

Erneut kniff sie die Augen zusammen. Sie sahen wirklich wie funkelnde Saphire aus.

»Also, wenn ich mir deine Lebensgeschichte anhöre, verschwindest du?«

»Wenn du das willst, ja.«

»Oh, da bin ich mir ziemlich sicher. Also dann, leg los. Ich versuche auch, nicht einzuschlafen.«

Sie war schwer zu beeindrucken, diese Katze, aber ich liebte Herausforderungen.

»Okay, weißt du, eigentlich bin ich ein Haustürkater. Bevor ihr hierhergekommen seid, hatte ich mir schon überlegt, die Leute, die hier einziehen, zu meiner neuen Familie zu machen, also zusätzlich zu meinen bereits vorhandenen, aber sie hatten ja schon dich.« Ich bemühte mich, meine Geschichte möglichst anregend und charmant vorzutragen. Ich erzählte ihr von Margaret, meiner ersten Besitzerin, von meiner Zeit als obdachloser Kater, von den Katzen, die mir während meiner Reise geholfen hatten, und auch von denen, die versucht hatten, mir zu schaden. Ich erzählte ihr von meiner Ankunft in der Edgar Road und davon, wie ich meine Familien kennenlernte, ihnen half und sie alle zusammenbrachte. Kein einziges Detail ließ ich aus, während ich Schneeflocke in meine Lebensgeschichte einweihte.

»Du siehst also, ich bin ein einfallsreicher Kater«, beendete ich meinen Bericht.

»Und das, was du mir da erzählt hast, ist alles wahr?«, fragte Schneeflocke.

»Natürlich. Ich lüge doch nicht.« Ein bisschen kränkte mich ihre Frage schon, auch wenn mir durchaus bewusst war, dass ich ihr ziemlich viel auf einmal erzählt hatte. Ich setzte mich aufrecht hin, schlang meinen Schwanz um mich und versuchte zu ergründen, was sie von all dem hielt.

»Da hast du ja ein ganz schön abenteuerliches Leben hinter dir«, befand sie. »Du scheinst diesen Leuten tatsächlich sehr geholfen zu haben, aber ich verstehe nicht, was das mit uns zu tun hat.«

»Siehst du denn nicht, dass ich deiner Familie auch helfen könnte, wenn ich wüsste, was bei euch los ist?«

»Nein, das könntest du nicht.«

»Woher willst du das wissen?«

»Ich weiß es einfach. Alfie, hör mal, du bist sicher ein lieber Kater, vielleicht hätten wir unter anderen Umständen sogar Freunde sein können. Aber gerade ist der falsche Zeitpunkt. Meine Familie bricht buchstäblich auseinander. Sie sind nur noch aus der Notwendigkeit heraus zusammen, und diese Not verschwindet nicht so einfach. Jedes Mal, wenn ich denke, es wird alles besser, wird es nur noch schlimmer. Es ist alles so furchtbar, und wir alle leiden. Und wenn ich irgendwas dagegen tun könnte, hätte ich es schon getan.«

»Ja, aber wenn ich Bescheid wüsste, vielleicht fiele mir was ganz Neues ein.«

»Du hast schon Erstaunliches in deinem Leben geleistet, das muss ich zugeben, aber dein Leben ist völlig anders als meins. Und ja, du hast schon einer Menge Leute geholfen, aber bei uns geht das nicht.«

»Ich bin mir aber sicher, dass ich das könnte«, entgegnete ich voller Überzeugung.

»Alfie, du hast gesagt, ich brauche dir nur zuzuhören.«

»Ja, das stimmt.«

»Und wenn ich dann immer noch will, dass du mich in Ruhe lässt, dann machst du das.«

»Das habe ich gesagt, ja«, gab ich zu.

»Okay, ich will, dass du mich in Ruhe lässt. Mich und meine Familie, vor allem Christopher.«

»Und du bist sicher, dass das wirklich dein Wunsch ist?«, hakte ich nach und klammerte mich an das letzte bisschen meiner rasch schwindenden Hoffnung.

»Ich bin mir vollkommen sicher. Mach's gut.« Sie ließ ihren Schwanz hin und her schwingen, und als ich ihr ins Gesicht sah, wusste ich, dass ich verloren hatte.

Ihr weißes Fell glänzte im Sonnenlicht, während sie zum Haus zurücklief und darin verschwand. In diesem Moment wurde mir klar, dass ich zum ersten Mal in meinem Leben meine Talente überschätzt hatte. Langsam machte ich mich auf den Rückweg, völlig niedergeschlagen, weil ich mein Ziel nicht erreicht hatte und wir wahrscheinlich nie Freunde werden würden. Gleichzeitig löste der Gedanke, dass ich sie ab jetzt nur noch von Weitem sehen und nie wieder ihre Stimme hören würde, große Angst in mir aus. Enttäuschung durchströmte mich, weil ihre Familie nun doch nicht Teil unserer Gemeinschaft werden würde, und ich hatte das Gefühl, als Haustürkater versagt zu haben. Nein, ich hatte insgesamt versagt. Das Gewicht der ganzen Welt schien auf meinen Schultern zu lasten, während ich nach Hause trottete.

Kapitel Siebenundzwanzig

»Ich mache mir Sorgen um Alfie«, hörte ich Claire sagen, aber ich hob nicht mal den Kopf.

»Wieso?«, fragte Jonathan. »Für mich sieht er aus wie immer.«

»Dir fällt ja auch nie irgendwas auf«, pampte Claire ihn an. Offensichtlich war ihre Schlechte-Laune-Phase doch noch nicht ganz vorbei. »In den letzten Tagen hat er kaum was gegessen. Gestern musste ich sogar seinen Lachs wegschmeißen.«

»Was, echt?« Nun hatte sie doch Jonathans Aufmerksamkeit gewonnen.

»Ja, echt. Glaubst du, er ist krank? Er war viel öfter und länger in seinem Körbchen als sonst und fast gar nicht draußen. Und wenn er nicht im Körbchen liegt, starrt er aus dem Fenster. Ich mache mir Sorgen, Jon.«

Das sollte sie auch. Irgendetwas stimmte definitiv nicht mit mir. Seit Schneeflocke mich aus ihrem Leben verbannt hatte, konnte ich kaum noch essen, und nichts machte mir mehr Spaß. Ich hatte nicht mal Lust, mich mit Tiger zu treffen. Tatsächlich hatte ich nur eine Pfote vor die Tür gesetzt, wenn es unbedingt sein musste. Tiger hatte an der Hintertür auf mich gewartet, um mit mir spielen zu gehen, aber ich hatte ihr gesagt, dass es mir nicht gut ginge, was sie schließlich widerwillig akzeptiert hatte. Ich fühlte mich wirklich elend und stand völlig neben mir. Claire hatte recht: Es war ganz untypisch für mich, nicht über mein Essen herzufallen, aber ich hatte fast gar keinen Appetit. Stattdessen wollte ich einfach nur vor mich hin starren. Ich hatte keine Energie für mein übliches Sporttraining, viel lieber rollte ich mich in meinem Katzenbett zusammen oder blickte aus dem Fenster ins Nichts. Ich fühlte mich nicht unbedingt krank, aber auch nicht wie sonst. Und ich hatte keine Ahnung, was mit mir los war.

»Sollen wir mit ihm zum Tierarzt?«, schlug Jonathan vor. Ich wollte sofort jaulend protestieren, doch selbst dafür fehlte mir die Energie.

»Ja, wenn er morgen immer noch so drauf ist, bringe ich ihn hin. Aber weißt du was? Es kommt mir vor, als wäre er depressiv oder so was.«

»Können Katzen depressiv werden?«, fragte Jonathan.

»Keine Ahnung, aber er verhält sich fast so wie ich damals, als ich hierhergezogen bin. So betrübt und lethargisch.«

»Na so was, eine depressive Katze. Wer hätte das gedacht? Er könnte natürlich auch einfach nur Liebeskummer haben.«

»Meinst du, dass Katzen so was bekommen?« Claire sah ihn stirnrunzelnd an, doch Jonathan hob nur unwissend die Schultern. Dann drehten die beiden sich um und gingen davon.

Aber genau das war es: Ich hatte Liebeskummer. Jonathan hatte den Nagel auf den Kopf getroffen.

Ich war lethargisch, traurig und niedergeschlagen. Ich wusste, ich bemitleidete mich nur selbst, doch wenn man verliebt war und von der Angebeteten abgewiesen wurde, ließ man sich wohl ein bisschen gehen, schätzte ich. Seit Schneeflocke mich aufgefordert hatte, sie in Ruhe zu lassen, hatte ich das Gefühl, sie für immer verloren zu haben. Nicht, dass ich sie überhaupt je für mich gewonnen hatte, aber in diesem Moment verlor ich sämtliche Hoffnung, dass sie jemals die

Katze an meiner Seite werden würde. Und ich war eigentlich jemand, der nie die Hoffnung aufgab.

Ich stellte die Ohren auf. Claire redete immer noch davon, mich zum Tierarzt zu bringen, von dem ich definitiv kein Fan war. Tierärzte piksten und stocherten überall an einem herum, an den unangenehmsten Stellen, und ja, vielleicht halfen sie einem auch mal, aber für mich standen sie auf der Liste der Menschen, die ich nur besuchen wollte, wenn es unbedingt sein musste. Um meine Zeit beim Tierarzt zu verschwenden, hatte ich viel zu viel zu tun, vor allem jetzt, da ich wusste, dass meine angebliche Krankheit nur durch die unerwiderten Gefühle zu einer Artgenossin verursacht worden war. Nein, zum Tierarzt wollte ich auf gar keinen Fall, deshalb musste ich mich schnellstens wieder aufraffen.

Und so fing ich an, meine Gedanken zu sortieren. Schneeflocke hatte zwar gesagt, dass ich sie in Ruhe lassen sollte, aber das hieß ja nicht automatisch für immer, oder? Und das Problem, das ihre Familie hatte, würde sich auch nicht so einfach verflüchtigen. Nein, tatsächlich brauchten sie meine Hilfe mehr denn je, auch wenn Schneeflocke das nicht so sah. Und wenn ich der Familie helfen konnte, wäre Schneeflocke sicher so erfreut darüber, dass sie sich doch wünschen würde, mit mir befreundet zu sein – mindestens. Deshalb würde ich ihren Wunsch, mich von ihr fernzuhalten, vorläufig respektieren, weil ich wusste, dass dieser Zustand nicht ewig anhalten würde. Wahrscheinlich noch nicht mal besonders lange.

Ich gewann also langsam meine Entschlossenheit zurück, wenn auch nicht meinen Appetit. Trotzdem wusste ich, dass ich, wenn ich meine Tauglichkeit unter Beweis stellen wollte, all meine Kräfte brauchen würde. Deshalb zapfte ich meine letzten Energiereserven an, verließ mein Bett und schleppte mich hinunter in die Küche zu Claire, wo ich so miaute, wie ich es immer tat, wenn ich mein Futter wollte. Claire war überglücklich und machte mir Komplimente, weil ich schon so viel besser aussähe. Also ehrlich, manchmal war es fast zu einfach.

Ich zwang mich, etwas zu essen; mir war nicht schlecht oder so was, ich hatte einfach nur keinen Hunger. Aber nachdem ich ein bisschen was gegessen und Wasser getrunken hatte, spürte ich bereits, dass meine Kräfte langsam zurückkamen. Ich wusste auch, dass ich mich gegen den Drang wehren musste, in Selbstmitleid zu zerfließen, denn dadurch hatte noch nie jemand etwas erreicht. Nach vier Tagen im Bett war es an der Zeit, endlich aufzustehen.

Als Erstes ging ich zu Tiger hinüber, doch nachdem ich erfolglos im Garten nach ihr geschaut hatte, versuchte ich es weiter bei unserem Spiel- und Relaxplatz. Sie war tatsächlich dort, zusammen mit Nellie, Rocky und Elvis. Die vier aalten sich faul in der Sonne, und ich gesellte mich zu ihnen.

»Geht's dir besser?«, erkundigte sich Tiger. Ich nickte.

»Was war denn los?«, fragte Nellie.

»Weiß nicht genau. Ich war einfach etwas angeschlagen«, entgegnete ich, um das Thema so schnell wie möglich zu beenden. Ich hatte Liebeskummer und bemitleidete mich selbst – je weniger Leute das wussten, desto besser. Schließlich hatte ich einen Ruf zu verteidigen.

»Hast du's schon gehört, Alfie?«, kam mir Elvis zu Hilfe.

»Was denn?« Ich spitzte die Ohren.

»Bandit hat sich in unsere Tiger verknallt«, drängte sich Rocky dazwischen, noch bevor Elvis antworten konnte.

»Ach, halt die Klappe!«, fauchte Tiger ihn an.

»Er hat ihr ein Geschenk vor die Tür gelegt, eine Maus«, erzählte Nellie, während Tiger mich nur stumm ansah.

»Er schleicht ihr die ganze Zeit hinterher, das ist echt witzig. Er tut mir fast schon ein bisschen leid.«

»Hey, jetzt reicht's aber!«, rief Tiger. »Ja, Bandit kann ganz schön ruppig sein, aber seit er aufgehört hat, uns ständig zu provozieren, benimmt er sich wirklich nett.«

»Und was ist mit seinem Angriff auf Schneeflocke?«, fragte ich.

»Das hat ihn offensichtlich wachgerüttelt, wobei ich ja sowieso glaube, dass sie eher wegen Zander abgehauen ist. Du hast doch mitbekommen, wie sehr er sich bei der Suche nach ihr ins Zeug gelegt hat. Ich finde, er verdient eine zweite Chance.«

Erstaunt hob ich meine Schnurrhaare. Anscheinend war Tiger ebenfalls angetan von Bandit, wenn sie ihm sogar eine zweite Chance geben wollte. Und sie hatte auch recht damit: Er hatte seinen Fehler wiedergutgemacht. Um ehrlich zu sein, freute ich mich für meine Freundin. Wenn man verliebt war, egal, ob diese Liebe erwidert wurde oder nicht, wollte man alle anderen an diesem Gefühl teilhaben lassen.

»Bandit hat sich wirklich zu einem netten Kerl gewandelt«, unterstützte ich Tiger, der die Sache unangenehm zu sein schien.

»So was hättest du früher nie gesagt«, meinte Nellie.

»Da hat er mich auch ständig geärgert, aber das macht er mittlerweile nicht mehr. Außerdem hat er gesagt, dass er keinen Streit mehr provozieren will«, setzte ich mich großmütig für meinen ehemaligen Feind ein.

»Schön, dass du meiner Meinung bist, Alfie. Aber wie auch immer: Nur weil er anscheinend Interesse an mir hat, heißt das ja noch lange nicht, dass es mir genauso geht«, redete sich Tiger aus der Sache heraus und bestätigte damit, dass ich mit meinem Instinkt richtig gelegen hatte.

»Dann hast du also kein Interesse an ihm?«, hakte ich nach.

»Okay, wer hat Lust, Schmetterlinge zu jagen?«, wechselte meine Freundin das Thema.

Ich bot mich an, mit Tiger auf Schmetterlingsjagd zu gehen, wobei das nur ein Vorwand gegenüber den anderen war. In Wahrheit musste ich unbedingt mit ihr reden.

»Warst du wirklich krank?«, fragte sie mich, als wir im Park ankamen und auf die besten Schmetterlingsbüsche zusteuerten.

»Nein. Um ehrlich zu sein, war ich nur ein bisschen traurig. Ich hab das erst nicht erkannt, aber mittlerweile bin ich mir sicher.«

»Du meinst, so wie Depressionen bei Menschen?«, wollte Tiger wissen.

»Ja, so ähnlich. Ich mochte nichts essen, war immer müde, und ich hatte irgendwie auf nichts mehr Lust.«

»Und jetzt?«

»Jetzt fühle ich mich etwas besser. Ehrlich gesagt war mir gar nicht klar, dass es mir so schlecht ging, aber als meine Menschen vom Tierarzt angefangen habe, wusste ich, dass ich irgendwas machen muss. Also habe ich mich gezwungen, aufzustehen und rauszugehen.«

»Och, Alfie, das passt gar nicht zu dir, dass du so schlecht drauf bist. Ist es wegen Schneeflocke?« Sie klang zwar schroff, aber nicht eifersüchtig.

»Ich weiß, dass ich sonst nicht so bin, deswegen ärgert mich das Ganze auch so. Und ja, auch wenn das ein blödes Thema ist, es hat mit Schneeflocke zu tun. Ich bin so traurig, weil sie mich nicht leiden kann.«

»Okay, du brauchst irgendwas zu tun, sonst wirst du nachher rückfällig und hechelst dieser Mieze wieder ständig hinterher. Die hat dich gar nicht verdient«, regte Tiger sich auf. »Der würde ich zu gern mal die Meinung geigen.«

»Das lässt du schön bleiben, Tiger. Aber du hast recht: Ich brauche was zu tun. Wenn ich mich darauf konzentriere, muss ich wenigstens nicht dauernd an die Messer denken, die mein armes Herz durchbohren.«

»Gott, du bist so eine Drama-Queen. Aber weißt du was? Ich werde dir helfen. Das hast du zwar nicht verdient, aber ich tue es trotzdem«, sagte Tiger mit einem frechen Augenzwinkern. Ich fragte mich, warum ich mich nicht in sie hatte verlieben können. Sie hatte mich so gern, dass mein Leben mit ihr an meiner Seite wesentlich einfacher gewesen wäre. Doch wie sagten meine Menschen immer so schön: »Man kann sich nicht aussuchen, in wen man sich verliebt. Es passiert einfach.«

Kapitel Achtundzwanzig

»Alfie, spielen wir draußen Fußball?«, fragte mich Aleksy und stürmte bereits durch die Terrassentüren. Ich folgte ihm. Heute war Familientreffen bei uns im Haus, und ich hatte fast wieder zu meiner alten Form zurückgefunden. Wenn ich mit meinen Menschen oder anderen Katzen zusammen war, konnte ich ganz ich selbst sein, aber wenn ich allein war, überkam mich doch noch ab und zu der Liebeskummer. Und wann immer ich mir Schneeflocke vor meinem geistigen Auge vorstellte, tat mir das Herz ein bisschen weh. Ich wusste selbst, dass mir diese Erinnerungen nichts brachten, aber ich hatte keine Kontrolle darüber. Gleichzeitig aß ich jedoch wieder normal, machte meine Übungen und fühlte mich insgesamt viel besser. Ein paarmal hatte ich Schneeflocke sogar gesehen, nur von Weitem, da der Zaun ja jetzt repariert war und ich es nicht wagte, in ihren Garten zu gehen. Noch nicht.

Der kleine Tomasz kam hinter uns hergehüpft, gefolgt von einem eher zögerlichen Henry. Als die Jungs anfingen, den Ball hin und her zu kicken, sah ich ihnen nur zu, anstatt mitzumachen, schließlich war der Ball fast so groß wie ich. Tomasz stieß so heftig mit Aleksy zusammen, dass der zu Boden ging, bevor sein kleiner Bruder den Ball hoch in die Luft schoss.

»Mensch, Tommy!« Aleksy, der auf dem Rasen saß, rieb sich das Bein.

»Tut mir leid, Aleksy. Ich wollte dir nicht wehtun.«

»Der Ball ist weg«, bemerkte Henry und deutete auf den Zaun. Wir starrten alle in die Richtung und suchten das Gras ab, doch der Ball war tatsächlich verschwunden.

»Mann, das ist echt blöd«, blaffte Aleksy seinen Bruder an und kämpfte sichtlich mit den Tränen, während er vom Boden aufstand. Dann stapfte er wütend ins Haus zurück.

Ich ließ Tomasz und Henry draußen zurück und folgte ihm. Alle anderen waren in der Küche versammelt, unterhielten sich fröhlich oder teilten das Essen auf, das selbst für mich mit meinem verringerten Appetit köstlich roch.

»Mamma, Tommy hat den Ball über den Zaun geschossen und mich umgestoßen.« Aleksy war ein sensibler Junge. Er rannte zu seiner Mutter hinüber und stürzte sich in ihre Arme.

»In welche Richtung ist er denn geflogen?«, wollte Jonathan wissen.

»Da rüber.« Aleksy deutete auf das Grundstück der Snells.

»Oje, die machen wahrscheinlich gar nicht auf, wenn ich da klingle.«

»Wer geht hin?«, fragte Claire.

»Ich hatte gedacht, wir hätten uns bei der Suche nach Schneeflocke irgendwie angefreundet«, sagte Jonathan an den großen Tomasz gewandt, »aber seitdem haben wir sie fast gar nicht mehr gesehen.«

»Nein?«, fragte Tomasz erstaunt.

»Ich gehe«, verkündete Polly.

Als sie aufstand, machte mein Herz einen Satz, und ich folgte ihr schnell. Diese Gelegenheit wollte ich definitiv nicht verpassen.

Auf dem Weg nach nebenan ging Polly so schnell, dass ich rennen musste, um mit ihr mitzuhalten. Ich war aufgeregt, weil ich vielleicht die Möglichkeit bekommen würde, einen Blick auf Schneeflocke zu erhaschen. Gleichzeitig machte mich die Aussicht darauf aber auch nervös, denn ich wusste ja nicht, wie sie reagieren würde.

Polly sah ebenfalls ein wenig besorgt aus, als sie auf die Klingel drückte. Von drinnen waren Geräusche zu hören, und nach einer gefühlten Ewigkeit öffnete sich ganz langsam die Tür.

»Ah, hallo, Polly«, sagte Daisy und lächelte, während sie die Tür weiter aufmachte. »Es ist Polly!«, rief sie über die Schulter zurück ins Haus. Die Antwort konnten wir leider nicht verstehen, aber es kam auch niemand sonst zur Tür geeilt, um uns zu begrüßen. »Tut mir leid, Mum steckt gerade in der Küche fest.« Ich hoffte mal, das war nicht wörtlich gemeint.

»Ach so. Es geht auch nur darum«, begann Polly mit leicht gerunzelter Stirn, »der Sohn meiner Freundin hat seinen Ball über euren Zaun geschossen. Es tut mir wirklich leid, wir wollten euch keine Umstände machen, aber wärst du vielleicht so lieb, ihn uns wiederzuholen?«

»Na klar, kein Problem.« Es überraschte mich, dass Daisy so gut gelaunt war, vor allem, wenn ich an unsere letzte Begegnung zurückdachte. Da sie die Tür nicht geschlossen hatte, als sie wegging, um den Ball zu holen, warf ich einen Blick ins Haus, während ich neben Polly stand und wartete. Doch von Schneeflocke war nichts zu sehen, und ich konnte nichts gegen das starke Gefühl der Enttäuschung machen, das mich überfiel. Nach einigen Minuten hörten wir wieder Schritte, und wenig später tauchte Daisy mit Aleksys Ball auf.

»Ach, vielen Dank, Liebes. Er wird sich so freuen, und ich sorge dafür, dass wir euch nicht noch mal stören müssen.«

»Echt kein Ding«, entgegnete Daisy, und auf einmal wirkte sie ein wenig schüchtern. »Darf dich mal was fragen? Bist du Model?«

»Nein, nicht mehr«, sagte Polly lachend. »Aber das war ich tatsächlich mal, bevor ich zwei Kinder hatte. Natürlich kein Supermodel, aber ich hab ein paar Magazin-Shootings gemacht und bin auch bei einigen Shows gelaufen. Warum? Würdest du gern modeln?«

»Ja, total, aber Mum und Dad … na ja …«

»Also, die Größe und das Aussehen dafür hast du auf jeden Fall, Daisy. Ich weiß natürlich nicht, wie du so vor der Kamera bist, aber … Wie alt bist du?«

»Sechzehn.« Daisy war ganz rot im Gesicht, doch ich bemerkte, dass sie sehr hübsch war. Wieso war mir das vorher nie aufgefallen?

»Hm, also ich würde dir raten, zuerst deinen Schulabschluss zu machen und dann noch mal darüber nachzudenken. In der Modewelt geht es ziemlich hart zu, aber wenn du dich wirklich dafür interessierst und deine Eltern ihr Okay geben, kann ich dich mit ein paar Agenturen in Kontakt bringen.

»Das würdest du tun?«

»Klar. Aber wie gesagt: Deine Eltern müssen einverstanden sein, und ich helfe dir erst, wenn du deinen Schulabschluss in der Tasche hast.«

Drinnen rief jemand etwas; es klang so, als würde die Mutter sich wundern, wo ihre Tochter so lange blieb. Daisy sah uns entschuldigend an.

»Tut mir leid, ich gehe besser wieder rein, aber ich werde mit Mum und Dad reden.«

»Danke noch mal für den Ball«, sagte Polly, bevor Daisy die Tür schloss. Meine Enttäuschung wurde noch stärker. Ich wusste, Schneeflocke hatte genau mitbekommen, dass ich da war; ich konnte ihre Anwesenheit spüren, aber sie wollte mich offensichtlich nicht sehen.

Schweigend gingen wir die Einfahrt hinunter und kehrten zu meinem Haus zurück. Als Claire die Tür aufmachte, stürmte Aleksy nach vorn und freute sich wahnsinnig, seinen Ball wiederzuhaben.

»Jetzt schieß ihn aber nicht noch mal über den Zaun, sonst ist er weg.«

»Das war ich nicht, das war Tomasz«, protestierte Aleksy.

»Okay, dann sag ihm, dass er ab jetzt besser aufpassen soll, Schatz.« Polly wuschelte ihm liebevoll durchs Haar und reichte ihm seinen Ball, dann ging sie mit Claire zurück in die Küche. Dort saßen bereits alle um den Tisch herum, Martha in dem Hochstuhl, den ihre Eltern mitgebracht hatten, und sobald Polly ebenfalls Platz genommen hatte, wurde das Essen aufgetischt.

»Wie war's nebenan?«, wollte Jonathan wissen.

»Also, ganz ehrlich, die Armen kommen mir echt vor wie Figuren aus einer Soap. Alle fragen sich ständig, was sie tun oder wieso sie so sind, wie sie sind. Jedenfalls hat Daisy uns die Tür aufgemacht. Von den anderen habe ich keinen gesehen.«

»Ich wünschte, wir wüssten, was mit ihnen los ist. Wie war denn Daisy so zu dir?«, erkundigte sich Claire.

»Sehr lieb. Sie wollte wissen, ob ich als Model arbeite. Ich hab ihr versprochen, ihr beim Einstieg in die Branche zu helfen, sofern ihre Eltern damit einverstanden sind, aber ehrlich gesagt kann ich mir das nicht vorstellen.«

»Glaubt ihr, sie sind vielleicht so wie diese geheimen Leute?«, fragte der große Tomasz. Ich hockte zu Aleksys Füßen auf dem Boden. Die Kinder schienen nicht so große

Lust darauf zu haben, sich zu unterhalten; sie waren alle mehr aufs Essen fixiert.

»Was für geheime Leute?«, wollte Matt wissen.

»Na, wenn irgendwas passiert und sie müssen neue Personen werden und niemand darf wissen, wer sie wirklich sind«, erklärte der große Tomasz.

»Ja, genau, die im Zeugenschutzprogramm!«, rief Claire.

»Hm, das würde auf jeden Fall erklären, wieso sie zu niemandem Kontakt haben wollen.« Polly nickte.

»Und wieso die Polizei manchmal vorbeikommt«, fügte Jonathan hinzu.

»Ja, aber sollte man sich, wenn man im Zeugenschutzprogramm ist, nicht möglichst normal verhalten, um kein Misstrauen zu erregen?«, warf Matt ein.

»Oh, stimmt.« Jetzt sahen alle wieder genauso verwirrt aus wie eben, bevor sie mit den Spekulationen angefangen hatten.

Nachdem das dreckige Geschirr abgeräumt worden war, einschließlich meines leeren Napfs, beschlossen alle, einen Spaziergang zu machen. Draußen war es zwar kalt, aber sonnig, und während die Kinder in warme Mäntel eingewickelt wurden und Matt Marthas Buggy holte, entschied ich mich dafür, hierzubleiben. So schön es auch gewesen war, alle um mich zu haben, war ich doch dankbar für ein bisschen Zeit allein.

Deshalb brachte ich die anderen nur bis zur Tür und lief dann in Richtung Garten, um ein wenig in der Sonne zu baden. Als ich durch die Katzenklappe sprang, stellte ich zu meiner Überraschung fest, dass ich Besuch hatte: Schneeflocke.

Ich traute meinen Augen kaum.

»Hi, was machst du denn hier?«, fragte ich verblüfft.

»Wir hatten doch eine Vereinbarung – dachte ich zumindest. Wieso warst du vorhin trotzdem bei uns?«

Sie war so kalt und feindselig wie immer, aber auch so schön.

»Das kannst du mir nun wirklich nicht vorwerfen, Schneeflocke. Ich habe Polly dabei geholfen, Aleksys Ball wiederzubekommen, und in den letzten Tagen hab ich mich wie versprochen von euch ferngehalten.«

»Verkauf mich nicht für blöd, Alfie.«

»Das würde ich nie tun.«

Sie warf mir einen vernichtenden Blick zu. Okay, vielleicht hatte sie ein winziges bisschen recht mit ihrem Vorwurf, aber versuchen konnte man es doch mal. »Daisy schien sich auf jeden Fall darüber zu freuen, Polly zu sehen.«

»Ja, das hat sie auch.« Einen kurzen Moment lang wirkte Schneeflocke ein wenig traurig. Ich hatte also ihren wunden Punkt gefunden: Daisy. »Aber ihre Eltern waren natürlich nicht begeistert, dass sie mit ihr gesprochen hat. Sie haben immer wieder betont, wie hart die Arbeit als Model ist und dass es nicht viele Leute gibt, die es bis ganz nach oben schaffen. Ich meine, sie war seit Monaten nicht mehr so glücklich, da sollte man doch erwarten, dass die beiden sie mehr unterstützen.«

»Ja, das sollten sie. Warum, glaubst du, haben ihre Eltern so reagiert?«

»Weil sie Angst haben, Alfie, große Angst. Wie wir alle. Ich weiß, diese Leute, bei denen dieser ekelhafte Kater Zander wohnt, halten uns für Verbrecher, und alle anderen finden uns seltsam, aber das sind wir nicht. Wir haben einfach nur Angst und sind ständig nervös, und als wäre das alles noch nicht genug, können wir auch niemandem mehr vertrauen. Wir haben die Fähigkeit dazu verloren.«

»Puh, da habt ihr aber ein ganz schön schweres Päckchen zu tragen. Was um Himmels willen ist denn passiert, dass euer Vertrauen so dermaßen erschüttert wurde?«

»Das kann ich dir nicht sagen, und das weißt du auch genau«, ermahnte sie mich.

»Verstehe.« Ich musste behutsam vorgehen – so freundlich war sie noch nie zu mir gewesen, und das wollte ich mir nicht verscherzen. »Ich kann das tatsächlich nachvollziehen, Schneeflocke, ehrlich, weil ich auch schon so viel Schlimmes erlebt habe. Das habe ich dir ja erzählt. Aber irgendetwas muss man doch machen können – allein schafft ihr das nicht.« Als ich den Blick hob, sah sie mich so traurig an, dass ich es kaum ertragen konnte. Ich wollte alles tun, um diesen Kummer aus ihren Augen zu vertreiben. »Und nicht nur deine Menschen brauchen Freunde, die ihnen helfen – auch du brauchst jemanden, und ich möchte gern ein Freund für dich sein.«

Sie streckte sich und ging dann im Kreis herum, als müsste sie über das nachdenken, was ich gesagt hatte. Dann blickte sie wieder zu mir.

»Du bist ein guter Kater, Alfie, und es tut mir wirklich leid, dass ich so gemein zu dir war, aber ich muss tun, was meine Familie will, und das heißt, ich muss mich von allen fernhalten.«

»Und ich kann dir gar nicht helfen?«

»Im Moment nicht.« Erneut schaute sie mich an. »Es tut mir wirklich sehr leid, Alfie.«

Mir fehlten die Worte, denn irgendetwas hatte sich gerade hier in meinem kleinen gemütlichen Garten verändert. Als hätte jemand einen Schalter umgelegt. Und obwohl ich nicht wusste, worauf das hinauslaufen würde, hatte ich das Gefühl, dass wir einen großen Schritt nach vorn gemacht hatten.

In diesem Moment ertönten Stimmen, und Schneeflocke drehte sich um und rannte davon. Meine Familien kamen zurück, während Schneeflocke in einer Wolke aus weißem Flaum verschwand.

»Alfie sieht aus wie ein Kind, das heimlich genascht hat«, meinte Claire später, als die anderen alle nach Hause gegangen waren. Sie hatte recht: Seit meiner Begegnung mit Schneeflocke konnte ich nicht aufhören zu grinsen. Es war zwar jetzt auch nicht so, als hätte sie mich mit Zärtlichkeiten überhäuft, aber das war unser erstes freundliches Gespräch gewesen, und mehr brauchte ich gar nicht.

»Hm, wenn er schon so aussieht wie eine Naschkatze, dann geben wir ihm doch was zum Naschen«, schlug Jonathan vor. »Es ist noch ein bisschen Sahne übrig vom Kuchen.« Claire kicherte, als er ihr zuzwinkerte, und ich leckte mir genüsslich die Lippen. Solche Momente, wenn das Leben sich einfach nur wunderbar anfühlte, waren unbezahlbar. Und als Sahnehäubchen bekam ich noch eine Riesenportion voll selbiger obendrauf.

Kapitel Neunundzwanzig

»Kommt jemand mit in den Park?«, fragte Tiger. Wir hingen alle auf unserem Platz am Ende der Straße herum. Unsere Gang – Elvis, Nellie, Rocky und unser neuestes Mitglied Bandit – hatte einen kleinen Wettkampf im Mäusefangen ausgetragen, und ich war wie immer Letzter geworden. Bandit hatte gewonnen, wobei uns allen klar war, dass er sich nur so angestrengt hatte, um Tiger zu beeindrucken.

»Tut mir leid, aber ich muss nach Hause. Claire ist in letzter Zeit irgendwie neben der Spur«, erklärte ich. »Nächstes Mal gerne.«

»Ich gehe mit dir in den Park, Tiger«, bot Bandit etwas ruppig an. Ich hatte Mühe, mir das Grinsen zu verkneifen.

»Uuuuuh!«, zog Nellie ihn auf.

»Halt die Klappe, Nellie. Komm, Bandit, gehen wir.« Ohne sich noch einmal umzublicken, stolzierte Tiger davon, und Bandit folgte ihr. Das war wirklich ein göttlicher Anblick: Tiger, die selbstbewusst vorneweg marschierte, während Bandit, der sich sonst wie ein Alphakater aufführte, buchstäblich hinter ihr hertrottete. Trotzdem gaben sie ein süßes Paar ab, auf eine skurrile Art und Weise.

Ich machte mir tatsächlich Sorgen um Claire, und ich hatte Angst, dass ich wegen der ganzen Aufregung um Schneeflocke meine Familien vernachlässigt hatte. Deshalb ging ich sie alle im Geiste durch: Also, bei Matt, Polly und den Kindern war definitiv alles in Ordnung. Bei Franceska und ihrer Familie jetzt auch. Was Claire und Jonathan anging, war ich mir da allerdings nicht sicher.

Während Jonathan so war wie immer, der zuverlässige Mann, den ich liebte, schwankte Claire ständig zwischen Gelassenheit und Wut hin und her. Im einen Moment wirkte sie noch glücklich und zufrieden, im nächsten keifte sie Jonathan an oder weinte. Das beunruhigte mich wirklich sehr. Ich wusste ja, dass sie sich ein Baby wünschte, aber ich verstand nicht, wieso sie sich so aufführte. Neulich hatte Jonathan zu mir gesagt, dass er sich gerade vorkam wie auf einem Minenfeld und seine Geduld – von der er schon in guten Zeiten nicht so viel besaß – aufs Äußerste strapaziert wurde.

Immer, wenn er Claire fragte, was los sei, fauchte sie nur: »Nichts!«, und klang dabei fast schon hasserfüllt. Ich gab mein Bestes, um sie zu beruhigen, indem ich mich an sie schmiegte, doch oft brach sie dabei abrupt in Tränen aus, selbst wenn ich mein entspannendstes Schnurren hören ließ. Dadurch bekam ich das Gefühl, dass ich alles nur noch schlimmer gemacht hatte. Jonathan und ich wussten mittlerweile nicht mehr, was wir noch tun sollten, um Claire zu helfen und die Stimmung im Haus zu verbessern.

Ich liebte Claire so sehr, dass ich es nicht ertragen konnte, wenn es ihr nicht gut ging, aber anscheinend blieb mir nicht viel anderes übrig. Und Jonathan kümmerte sich aufmerksam und liebevoll um sie, ohne sie mit seiner Liebe zu ersticken. Dazu war er auch gar nicht der Typ. Er kaufte ihr Blumen, was sie aus irgendeinem Grund furchtbar aufregte. Sie warf ihm vor, dass er sie damit nur »kaufen« wolle, was immer das bedeutete. Claire war zwar noch nicht so lange in dieser verrückten Phase, dass ich Angst um sie hatte, aber der Weg zurück zu ihren selbstzerstörerischen Verhaltensmustern war nicht weit. Und Jonathan kam mir vor wie ein hilfloser Zuschauer, der versuchte, sie vor dem Abgrund zu bewahren, ohne zu wissen, ob er das Richtige tat oder nicht. Leider wusste ich nur allzu gut, wie sich das anfühlte.

Als ich in die Küche kam, schien mein Timing geradezu perfekt zu sein: Claire stand vor einem zerbrochenen Teller und schluchzte. Dann ließ sie sich auf den Boden sinken, umklammerte ihre Knie und schluchzte sogar noch heftiger. Ich lief zu ihr hinüber und strich ihr um die Beine, doch sie schien mich gar nicht zu bemerken. Jonathan war nirgendwo zu sehen. Was sollte ich bloß tun?

Ich beschloss, die Dinge selbst in die Pfoten zu nehmen, und rannte zu Pollys und Matts Haus. In der Küche war die ganze Familie versammelt, als ich durch die Katzenklappe sprang. Die Kinder bekamen gerade etwas zu essen, und Matt fütterte Martha.

Ich miaute laut.

»Hi, Alfie«, begrüßte Matt mich und ließ den Löffel sinken, den er gerade seiner Tochter in den Mund stecken wollte, doch Martha fing sofort laut an zu schreien, sodass Matt sich beeilte, weiterzumachen.

In solchen Momenten wünschte ich mir, ich könnte sprechen. Stattdessen musste ich auf mein lautestes Jaulen zurückgreifen. Henry zuckte erschrocken zusammen und ließ sein Essen fallen. Polly sah mich nur stirnrunzelnd an, genau wie Matt.

»Was ist los?«, wollte er wissen.

»Glaubst du, es ist irgendwas passiert?«, fragte Polly. Ich jaulte erneut – natürlich war was passiert. Um ihnen verständlich zu machen, dass sie mir zu Claire folgen sollten, steckte ich den Kopf durch die Katzenklappe.

»Vielleicht ist was mit Claire?«, überlegte Polly. »Kannst du hier die Stellung halten?«

»Klar.«

Polly stand auf und ging auf die Haustür zu. Ich folgte ihr dicht auf den Fersen und stieß sie hin und wieder mit dem Kopf an. Sie sollte verstehen, dass ich sie wirklich brauchte, und das war meine beste Methode, ihr das begreiflich zu machen.

»Alfie, ich stolpere gleich über dich«, sagte sie, nahm mich auf den Arm und trug mich zu unserer Haustür hinüber, wo sie auf die Klingel drückte. Niemand öffnete. »Hallo, ist einer von euch zu Hause?«, rief sie. Ich miaute bestätigend. Polly läutete erneut, diesmal mehrmals und beharrlicher, bis Claire endlich die Tür aufmachte.

»Ach du Scheiße!«, entfuhr es Polly, als sie ihre Freundin anstarrte, und sie sprach damit genau das aus, was ich dachte. Claires Gesicht war tränenüberströmt, ihr Haar ganz zerzaust, und sie sah einfach furchtbar aus – als hätte sie sich in eine völlig andere Person verwandelt.

»Na, vielen Dank, Pol«, entgegnete Claire in sarkastischem Tonfall und trat beiseite, um Polly hereinzulassen. Sie ging ins Wohnzimmer, und wir folgten ihr.

»Entschuldige.« Polly wirkte zerknirscht. »Was ist denn los? Alfie ist zu uns gekommen, hat laut gejault und miaut, und ich dachte, dir ist vielleicht was passiert.«

»Es kann auch nicht mehr lange dauern, bis mir was passiert. Ich hasse mich gerade total, und wenn das so weitergeht, trennt sich Jonathan bestimmt von mir. Diese Woche hat er jeden Tag Überstunden gemacht.«

»Was hat das denn damit zu tun?«

»Er will mich nicht mehr sehen, und das kann ich ihm nicht mal verübeln.«

»Ach, du spinnst ja! Jonathan liebt dich, das sieht doch ein Blinder.«

»Er hat mich vielleicht geliebt, als ich noch normal war, aber mittlerweile führe ich mich total bescheuert auf. Wer soll mich denn so lieben?« Sie brach erneut in Tränen aus. Polly verließ kurz das Wohnzimmer und kehrte mit einer Box Taschentücher zurück, die sie Claire hinhielt.

»Also, was ist wirklich los?«, fragte sie sanft und setzte sich neben Claire aufs Sofa.

»Ach, ich weiß auch nicht. Wahrscheinlich ist es wegen dem Baby. Wir probieren es jetzt seit einer Ewigkeit, und jedes Mal, wenn ich PMS hab, bin ich so wahnsinnig enttäuscht … Ich kann einfach nicht anders. Und diesmal ist es sogar noch schlimmer. Diesmal bin ich schon seit Wochen mies drauf, und die Tatsache, dass meine Tage kommen, verstärkt das Ganze nur.«

»Ohne es noch schlimmer machen zu wollen, aber das kann doch jetzt nicht jeden Monat so gehen, Claire.«

»Ich weiß, aber was soll ich denn machen? In dem einen Moment möchte ich am liebsten jemanden umbringen, und im nächsten fange ich an zu weinen und kann gar nicht mehr aufhören.« Wie um das zu demonstrieren, brach sie wieder in Tränen aus. Polly legte den Arm um sie.

»Du, Süße, da stimmt aber irgendwas nicht. Also, so heftige Stimmungsschwankungen sollte PMS normalerweise nicht auslösen.«

»Tut es aber. Vielleicht hab ich auch irgendeine Störung und muss mal zum Arzt. Bei meinem Glück fangen bei mir schon die Wechseljahre an. Ach, und übrigens: Schau dir mal mein Gesicht an. Ich hab überall Pickel, wie ein Teenager.«

»Claire, ich glaube nicht, dass das die Wechseljahre sind. Und auch nicht PMS«, sagte Polly leise.

»Oh Gott, meinst du, es ist was noch Schlimmeres?«

»Seit wann bist du denn ein Hypochonder? Nein, nichts Schlimmeres«, beruhigte Polly sie.

»Und was dann? Ich meine, ich hab jetzt seit Wochen PMS.«

»Claire, könnte es sein …« Polly lächelte. »Könnte es vielleicht sein, dass du schwanger bist?«

Claires Gesicht verfinsterte sich, und sie starrte Polly geradezu bitterböse an – eine Reaktion, die keiner von uns erwartet hätte.

»Entschuldige, ich weiß doch, wie sehr du dir das wünschst … Deshalb schlag mich jetzt bitte nicht, aber … falls du nicht schwanger bist, solltest du wegen dieser unkontrollierbaren Stimmungsschwankungen auf jeden Fall zum Arzt gehen, und das Erste, was der macht, ist ein Schwangerschaftstest.« Polly klang so vernünftig und ruhig, ich war froh, dass ich sie geholt hatte.

»Oh Gott.« Claire sah ihre Freundin an, und in ihren Augen war ein hoffnungsvolles Funkeln zu sehen. »Meinst du, ich sollte jetzt einen Test machen?« Claire zitterte richtig.

»Ich nehme an, du hast einen da?«, fragte Polly.

»Ungefähr fünfzig Stück. Oben im Bad.« Das war meine Claire – immer auf alles vorbereitet.

Es dauerte eine Weile, bis sie wieder nach unten kam. Sie sah immer noch furchtbar aus. Polly war in der Küche und hatte die Scherben der zerbrochenen Schüssel weggeräumt.

»Und?« Mit angehaltenem Atem warteten Polly und ich auf die Antwort.

»Positiv.«

»Hast du den Test gemacht?«

»Gleich vier«, sagte Claire. »Meine Güte, ich bin schwanger. Ich bin tatsächlich schwanger!« Sie klang schockiert, doch gleichzeitig tanzten erste Anzeichen von Freude über ihr Gesicht.

»Du bekommst ein Baby!«, rief Polly, packte Claire bei den Schultern und drückte sie an sich.

»Oh mein Gott«, sagte Jonathan, der in diesem Moment in der Tür auftauchte. Keiner von uns hatte ihn hereinkommen hören, wir waren wohl viel zu vertieft in die Situation gewesen. Jetzt sah ich, wie sich ein strahlendes Lächeln auf seinem Gesicht ausbreitete. Pollys Lachen holte uns alle aus unserer Erstarrung: Claire lächelte endlich auch, und als Jonathan sie in die Arme zog, weinten und lachten sie beide zur selben Zeit. Polly huschte leise aus dem Zimmer, und ich folgte ihr; dieser Moment gehörte nur den beiden.

Bald würden wir also eine richtige Familie sein! Ich freute mich so und war gleichzeitig wahnsinnig erleichtert. Claire würde endlich wieder glücklich sein. Sie hatte sich so sehr ein Baby gewünscht, und wie es aussah, bekam sie jetzt eins. Wir alle bekamen ein Baby!

Kapitel Dreißig

»Schau mal, Alfie«, sagte Tiger und deutete zu Heather und Vic Goodwin hinüber, die vor ihrem Haus auf dem Bürgersteig standen, zusammen mit einem Mann im Anzug, den wir nicht kannten. Er sah nicht besonders glücklich aus. Ich hatte Tiger besucht, um ihr die guten Neuigkeiten mitzuteilen und Jonathan und Claire ein bisschen Zeit allein zu gönnen.

»Wir müssen unbedingt rausfinden, was da los ist.« Ich fragte mich, ob das was mit den Snells zu tun hatte.

»Überlass das mir.« Vorsichtig huschte Tiger über die Straße und versteckte sich unter einem Auto, das in der Nähe der Gruppe parkte. Ich wusste nicht, ob ich ihr folgen sollte, doch die Entscheidung wurde mir abgenommen, als Zander auftauchte, auf eine Mauer sprang und mich scharf ansah. Zum Glück schien er Tiger nicht bemerkt zu haben, aber ich würde hier warten und mich irgendwie beschäftigen müssen, damit Zander nicht misstrauisch wurde.

Der Mann im Anzug ging jetzt davon, überquerte die Straße vor Haus Nummer 48 und klingelte dort an der Tür. Nun war ich wirklich beunruhigt. Die Goodwins und Zander hatten alle das gleiche selbstzufriedene Lächeln im Gesicht, während sie den Mann beobachteten. Tiger vergewisserte sich, dass keiner in ihre Richtung schaute, dann kam sie zu mir zurück, und wir liefen in meinen Vorgarten, außer Sichtweite dieses Ekelpakets Zander.

»Und …?«, drängte ich Tiger und platzte fast vor Neugier.

»Anscheinend ist das der Vermieter der Snells. Die Goodwins haben ihm gesagt, dass die Snells irgendwas im Schilde führen. Er hat ihnen zwar versichert, dass da in dem Haus nichts Illegales passieren würde, aber sie haben ihm nicht geglaubt. Es hat sich so angehört, als seien die Goodwins ihm ständig auf die Pelle gerückt, buchstäblich, deshalb hat er wohl schließlich nachgegeben und eingewilligt, bei den Snells vorbeizugehen.«

»Glaubst du, er ist sauer auf die Snells?«

»Ich glaube, der ist eher sauer auf die Goodwins. Er hat gesagt, die Snells würden ihre Miete immer pünktlich zahlen und es hätte bisher keinen Ärger mit ihnen gegeben, was die Goodwins natürlich anders sehen. Am Ende hat er sich bereiterklärt, mit den Snells zu reden und ihnen zu sagen, dass die Nachbarn beunruhigt seien. Aber mehr wollte er nicht tun.«

»Oh, das ist gut. Es wäre schrecklich, wenn die Goodwins mit ihrer Hexenjagd Erfolg hätten und die Snells aus der Straße vertreiben würden.«

»Ich schätze allerdings, die werden nicht so schnell aufgeben, dafür haben die einfach zu viel Zeit. Und außerdem betonen sie dauernd, dass kriminelle Leute in der Nachbarschaft sich negativ auf die Immobilienpreise auswirken, was auch immer das heißen mag.«

»Was sagt denn deine Familie dazu?«, fragte ich.

»Also, ich hab gehört, wie sie mit den Goodwins gesprochen haben, und ich hab das Gefühl, die lassen sich leicht von denen beeindrucken. Ich meine, normalerweise sind meine Leute ganz lieb und so, aber sie mögen es nun mal ruhig, und die Goodwins haben sie davon überzeugt, dass die Snells über kurz oder lang eine Riesenunruhe in die Straße bringen werden. Also unterstützen sie die Goodwins.«

Wir kehrten auf die Straße zurück, um zu schauen, ob sich schon irgendwas Neues getan hatte. Die Goodwins waren verschwunden, Zander ebenfalls, und von dem Mann im Anzug war nichts mehr zu sehen. Wahrscheinlich war er bei den Snells im Haus. Ich blickte Tiger an.

»Das Ganze ist so vertrackt, dabei könnte man es sicher leicht lösen.«

»Sagt dir das dein Katerinstinkt?«

»Ja, aber ich muss jetzt nach Hause. Zeit fürs Abendessen, und ich glaube, heute gibt es was Besonderes. Zur Feier des Tages.«

»Du meinst, weil die zwei ein Baby bekommen, bekommst du einen leckeren Fisch?«

»Ich hoffe es.«

»Okay, komm morgen bei mir vorbei, dann schauen wir mal, was sich in der Straße so tut.«

»Apropos: Wie war eigentlich dein Ausflug in den Park mit Bandit?«, fragte ich. Bisher hatte Tiger noch nichts darüber erzählt.

»Ach so, ganz gut, danke«, entgegnete sie, verweigerte allerdings jegliche weitere Auskunft, sondern rannte schnell davon.

Ich hatte recht: Als ich nach Hause kam, gab Jonathan mir Fisch, und während ich aß, machte er das Abendessen für sich und Claire, die am Küchentisch saß.

»Du, es ist ja alles noch so früh«, sagte sie. »Ich meine, Polly weiß Bescheid, also Matt auch, das heißt, wir müssen es Franceska und Tomasz sagen, aber vielleicht sollten wir es sonst noch keinem erzählen. Vorläufig.«

»Was immer du willst, mein Schatz. Zuerst solltest du sowieso mal zum Arzt gehen, um alles Wichtige in die Wege zu leiten, und dann sehen wir weiter.« Ich hatte Jonathan noch nie so begeistert erlebt.

»Ja, ich rufe da gleich morgen früh an. Ich bin so unglaublich glücklich, Jon, aber ich hab auch Angst, dass irgendwas schiefgeht.«

»Es wird nichts schiefgehen, Claire. Und tief in dir drinnen weißt du das auch, oder?« Ich miaute, denn ich wusste definitiv tief in mir drinnen, dass alles gut werden würde.

Claires sorgenvolles Gesicht verzog sich, und zu meiner Überraschung fing sie tatsächlich an zu kichern.

»Soll ich dir was sagen? Ja, ich weiß es. Manchmal denke ich nur, dass ich allein doch gar nicht so viel Glück haben kann. Ich meine, ich habe dich und dieses wunderschöne Haus, einen Job, den ich liebe, Alfie natürlich und unsere Freunde, und jetzt auch noch ein Baby. Aber dann denke ich wieder, tief in mir drinnen, dass das alles so sein soll. Dass ich mir dieses Glück verdient habe, weil ich so hart dafür gekämpft habe, und deshalb sollte ich es endlich genießen, anstatt mir dauernd Sorgen zu machen.«

»Mein Gott, Claire! Wie oft habe ich dir das schon gesagt? Jetzt erkennst du es endlich selbst.« Jonathan ging zu ihr hinüber und küsste sie auf den Kopf.

»Ja, ich weiß, Mister Ich-habe-immer-recht«, frotzelte sie. »Es fällt mir nun mal schwer, an mein Glück zu glauben, aber ab jetzt werde ich es tun, versprochen. Ich liebe dich, und wir werden eine wunderbare Familie sein.«

In der Hoffnung, dass das auch mich mit einschloss, sprang ich behutsam auf Claires Schoß. Sie nahm mich hoch und küsste mich auf die Nase. »Ich bekomme zwar ein Baby, aber ich werde dich immer liebhaben, Alfie«, sagte sie, strahlend vor Glück. »Du wirst auch immer mein Baby sein.«

Damit entlockte sie mir ebenfalls ein Lächeln. Ich würde immer geliebt werden; tief in mir drinnen hatte ich das schon gewusst, doch nun war ich mir dessen auch sicher.

Kapitel Einunddreißig

Pollys Mum war zu Besuch; sie passte auf die Kinder auf, während Polly und Matt bei Claire und Jonathan im Wohnzimmer saßen. Bis auf Claire, die dem Wein bis nach der Geburt des Babys abgeschworen hatte, tranken alle Alkohol.

»Also, der Doktor meinte, du könntest schon im dritten Monat sein?«, fragte Polly.

»Ja, es sieht so aus, aber das ist immer noch früh.«

»Hab Vertrauen und entspann dich, das ist das Wichtigste. Und sei froh, dass dir nicht dauernd schlecht ist.«

»Das bin ich, und weißt du, was ich noch toll finde? Der Abstand zwischen meinem und Tashas Baby ist gar nicht so groß. Und wenn man es ganz genau betrachtet, ist Martha auch nicht so viel älter.«

»Wollt ihr das Geschlecht wissen?«

»Ich denke schon. Ich bin ja nicht so für Überraschungen, aber Jonathan ist sowieso davon überzeugt, dass es ein Junge wird. Er sagt schon immer ›er‹ und geht davon aus, dass er, Alfie und das Baby dieses Haus in eine Männerdomäne verwandeln.«

»Er ist glücklich, was?« Polly lachte.

»Total! Ist es nicht toll, wenn ein echter Kerl seine weiche Seite zeigt? Ich meine, ich weiß ja, wie gern er Alfie hat, aber jetzt, mit dem Baby – das ist einfach so schön mitanzusehen.«

»Und du bist mindestens so süß wie Schokoladentorte, mein Schatz«, mischte sich Jonathan ins Gespräch ein.

»Okay, kann bitte jemand irgendwas Schlimmes sagen? Sonst verweichliche ich noch.« Alle lachten, und in diesem Moment klingelte es an der Haustür.«

»Erwartest du noch jemanden?«, fragte Jonathan.

»Nein, Frankie passt auf die Jungs auf, und Tomasz konnte nicht aus dem Restaurant weg.« Claire stand auf, um nach vorn zu gehen. Ich begleitete sie, stellte jedoch zu meinem Entsetzen fest, dass die Goodwins vor unserer Tür standen. Die konnten einem auch jede kleine Feier vermiesen.

»Hi«, sagte Claire nervös. »Ich will nicht unhöflich sein, aber wir haben gerade Besuch.«

»Das hier dauert nicht lange«, entgegnete Heather und drängte Claire fast zur Seite, während sie einfach ins Haus marschierte. Vic folgte ihr mit seinem typischen unheilvollen Grinsen im Gesicht.

»Ach, gut«, sagte er, als er das Wohnzimmer betrat, »Matt und Polly sind ja auch da.«

Perplex starrten meine Familien ihn an.

Jonathan fand schließlich als Erster seine Sprache wieder. »Wieso habt ihr denn Weihnachtspullover an? Wir haben Juni!« Er hatte recht: Die Goodwins trugen Pullover mit Schneemännern drauf. Also, wenn hier jemand eine Gefahr für unsere Straße darstellte, dann definitiv die beiden.

»Ach so, das ist für unsere jährliche Weihnachtskarte. Zander hat auch so einen Pullover«, erklärte Vic.

»Ja, wir planen das gern frühzeitig, deshalb war der Fotograf heute da. Wir hatten nur noch keine Zeit, uns umzuziehen.«

»Ah … wie … äh … schön …« Polly hob eine Augenbraue und sah ein bisschen schockiert aus.

»Was können wir denn für euch tun?«, kam Claire ihr zu Hilfe und fasste Jonathan am Arm.

»Es geht um die Snells.«

»Was auch sonst?« Jonathan verdrehte die Augen.

»Wir haben mit dem Vermieter gesprochen, allerdings ohne Erfolg. Er beharrt darauf, dass sie pünktlich ihre Miete zahlen und keine Kriminellen sind. Deshalb dürfen sie weiter hier wohnen bleiben.«

»Schön, können wir die Sache dann endlich abhaken?«, fragte Claire.

»Nein, das können wir leider nicht. Das hier ist eine ordentliche Straße, und neulich habe ich die Tochter mit einer Zigarette gesehen.«

»Das ist ja nicht illegal.«

»Für einen Teenager ist das sogar ziemlich normal«, meinte Jonathan.

»Es mag vielleicht nicht illegal sein, aber es ist bezeichnend für den Sittenverfall der Jugend. Diese Familie ist durch und durch verkommen. Die weigern sich, mit uns zu reden, also haben sie definitiv was zu verbergen. Und das machen wir nicht mit.« Vic klang fest entschlossen und ließ wieder sein furchterregendes Lächeln aufblitzen.

»Ich denke, ihr solltet die Sache auf sich beruhen lassen«, klinkte Matt sich ein. »Es ist doch nicht nötig, eine Hexenjagd zu starten. Die Snells haben niemandem was getan, und nur weil die Polizei ein paarmal dort war, heißt das noch lange nicht, dass sie Kriminelle sind. Dafür kann es tausend Gründe geben.«

»Also, manchmal frage ich mich wirklich, ob euch die Gemeinschaft der Edgar-Road-Anwohner überhaupt wichtig ist«, sagte Heather ärgerlich.

»Da hat sie recht«, unterstützte Vic seine Frau. »Aber wie auch immer: Wir haben dem Vermieter gesagt, dass wir eine Petition gegen die Snells starten werden, und wenn alle in der

Straße unterschreiben, bleibt denen gar nichts anderes mehr übrig, als hier zu verschwinden.«

»Meine Güte, wollt ihr wirklich potenziell unschuldige Leute aus ihrem Haus jagen? Die haben Kinder.« Jonathan klang jetzt sehr ärgerlich, und ich war richtig stolz auf ihn.

»Sie brauchen uns nur zu sagen, wieso sie sich vor uns verstecken. Also, unterschreibt ihr nun unsere Petition oder nicht?«

»Wisst ihr was, wir haben euren Mist jetzt lange genug mitgemacht. Wir sind zu euren wahnsinnig langatmigen Versammlungen gegangen, und wofür das alles? Für nichts! Weil ihr die ganze Zeit nur heiße Luft produziert.« Jonathan war inzwischen aufgestanden, hielt aber immer noch genug Abstand zu den Goodwins.

»Stundenlang nur heiße Luft«, pflichtete Matt ihm bei und blickte dabei drein wie jemand, der wusste, dass er diese gestohlene Zeit niemals zurückbekommen würde.

»Aber wir werden nicht zulassen, dass diese Nachbarschaft hier zu einem feindseligen, widerlichen Haufen verkommt, was dank euch nämlich gerade passiert. Ihr beiden versucht, eine Familie zu vertreiben, die ihr überhaupt nicht kennt, und das aus Gründen, die sich allein in eurer Fantasie abspielen. Nein, wir werden eure Petition ganz sicher nicht unterschreiben, und solange ihr nicht zur Vernunft kommt, werden wir auch nicht mehr an euren Versammlungen teilnehmen«, beendete Jonathan seine Rede.

»Was fällt dir eigentlich ein?«, brüllte Vic wütend.

»He, lasst uns doch alle ganz in Ruhe darüber reden«, versuchte Polly die Gemüter zu besänftigen. »Keiner von uns bestreitet, dass sich diese Familie etwas merkwürdig verhält, aber wir haben uns schon mit Karen und Tim unterhalten, und wir sind sicher, dass sie einfach nur gerade viele Dinge zu stemmen haben. Und das ist der einzige Grund, wieso sie unbedingt unter sich bleiben wollen.«

»Ach, Polly, du bist so jung und naiv. Du hast dich von diesen Leuten einlullen lassen. Vertraue uns, wir haben wesentlich mehr Lebenserfahrung und Menschenkenntnis.« Heather klang wahnsinnig bevormundend.

»Gott, ihr seid so bescheuert.« Jonathan verlor erneut die Beherrschung. »Wir werden uns jedenfalls nicht an euren Aktionen beteiligen, also verlasst jetzt bitte mein Haus und lasst uns in Ruhe. Mein Gott, die Snells haben's echt richtig gemacht.«

»Es ist wirklich schade, dass euch eure Häuser selbst gehören, sonst würden wir dafür sorgen, dass ihr auch aus dieser Straße verschwindet«, schnauzte Vic immer noch laut zurück.

Ich verkroch mich unter einem Sessel; die beiden Männer wirkten ziemlich aggressiv.

»Und rechnet nicht damit, dass ihr dieses Jahr eine unserer exklusiven Weihnachtskarten bekommt«, fügte Heather noch hinzu, bevor sie samt ihrem Mann davonstürmte.

Als alle sicher waren, dass die Goodwins das Haus verlassen hatten, fing Claire an zu lachen. »Meine Güte, was für eine Strafe: keine Weihnachtskarte!«

»Ich wäre ja gern der Fotograf gewesen«, meinte Polly, der vor Lachen Tränen über die Wangen liefen.

»Wenn ich mir das vorstelle: die beiden und die Katze in diesen Pullovern …« Claire krümmte sich japsend.

»Wo kriegt man überhaupt die passenden Katzenpullover her?«, wollte Matt wissen.

»Ach, die strickt sie bestimmt selbst«, vermutete Polly.

»He, Schatz, das könnten wir doch nächstes Jahr auch machen«, schlug Jonathan vor. »Du, ich, Alfie und das Baby in den gleichen Pullovern.«

»Irgendwie hab ich das Gefühl, deine Verwandtschaft würde die Ironie dahinter nicht verstehen«, entgegnete Claire.

»Wer hat denn gesagt, dass ich das ironisch gemeint hab?«

Kapitel Zweiunddreißig

Die Welt wird von Liebe beherrscht. Wenn man sich umschaut, sieht man sie: Szenen der Liebe überall, wohin man geht. Vor allem in der Edgar Road.

Man spürt und sieht sie in einem Lächeln, einem Blick oder einer Geste. Sie strahlt eine Kraft aus, die jeden einhüllt, den sie berührt. Sie legt sich um dich wie ein Mantel, hält dich warm und beschützt dich. Durch sie kommt dir die Welt ein wenig heiterer vor: Die Sonne scheint heller, die Blumen leuchten bunter, und du erkennst die Schönheit in allem um dich herum.

Matt, Polly und die Kinder strahlten alle diese Liebe aus, Claire und Jonathan mehr denn je, und es war offensichtlich, wie sehr Franceska und Tomasz einander und ihre Kinder liebten. Und sie alle liebten mich. Selbst zwischen den Goodwins bestand eine Art von Liebe, auch wenn es seltsam war, dass sie so viel Freude daraus zogen, sich in das Leben anderer einzumischen. Doch dass sie einander und auch Zander liebten, auf ihre eigene skurrile Partnerlook-Art-und-Weise, konnte man deutlich sehen.

Mittlerweile war ein Monat vergangen, seit Tiger und Bandit angefangen hatten, gemeinsam etwas zu unternehmen, und inzwischen wirkten sie fast verliebt. Obwohl Bandit definitiv die treibende Kraft zwischen den beiden war, deutete Tigers Verhalten ihm gegenüber darauf hin, dass sie langsam seinem rauen Charme verfiel. Blieb nur noch ich … Ich liebte so viele Menschen und Katzen, aber der romantische

Teil meines Herzens war natürlich für Schneeflocke reserviert.

Wie ich gelernt hatte, gab es viele verschiedene Arten von Liebe: die glückliche, die mich und meine Leute umgab, und die traurige, wie sie bei den Snells und Schneeflocke herrschte. Ich wusste, die fünf liebten einander, aber sie hatten sich irgendwie verloren, und ihre Liebe ging nicht mit Glück einher, sondern mit Kummer. Irgendetwas musste ich unbedingt unternehmen, nicht zuletzt, um Schneeflockes Herz zu gewinnen. Wobei dieser Grund mein Vorhaben egoistischer klingen ließ, als es war. Schließlich helfe ich immer gern. Man sieht also: Liebe kann vieles bedeuten, und sie beherrscht wirklich die Welt.

Seit Jonathan den Goodwins Paroli geboten hatte, gingen die beiden in ihrer unsinnigen Abneigung gegen die Snells sogar noch entschlossener vor. Tiger berichtete mir, dass sie tatsächlich eine Petition gestartet hatten, um die Familie wegzuekeln, und mit diesem Blatt Papier in unserer langen Straße von Tür zu Tür gingen, um Unterschriften zu sammeln. Das Ganze war so lächerlich und würde auch gar nichts bringen, da die meisten Anwohner nicht einmal wussten, wer die Snells überhaupt waren. Sogar wir kannten ja gerade mal die wenigen Nachbarn, denen wir ab und zu freundlich zuwinkten, und selbst zu diesen fürchterlichen Treffen der Nachbarschaftswache kam nur ein Bruchteil aller Bewohner der Edgar Road.

Am meisten beunruhigte mich etwas, worüber sich Jonathan und Claire unterhalten hatten. Wenn die Snells sich jetzt schon unwohl fühlten, würde sich das sicher noch verstärken, wenn sie den Eindruck bekamen, hier nicht willkommen zu sein. Vielleicht würden sie dann sogar wegziehen, irgendwohin, wo sie ein ruhiges Leben führen konnten, und das bedeutete, sie würden meine Schneeflocke mitnehmen. Auch wenn die Goodwins keine akute Bedrohung darstellten, konnten sie mit ihrer Aktion doch eine Menge Schaden anrichten.

Anstatt immer nur zu betonen, dass ich jedes Problem lösen konnte, wurde es Zeit für die »große romantische Geste«. So etwas hatte ich schon ein paarmal gesehen, sowohl im Fernsehen als auch im wahren Leben. Eine große romantische Geste war etwas, das man tat, um seiner Angebeteten zu zeigen, wie sehr man sie liebte – wobei man dafür in der Regel irgendeine Art von Opfer bringen sollte.

Und jetzt würde ich meine große Geste für Schneeflocke vorbereiten. Ich musste sie umwerben, ihr zeigen, dass ich das, was ich ihr gesagt hatte, auch ehrlich gemeint hatte und sie nicht allein war. Seit dem Treffen bei uns im Garten vor ein paar Wochen hatte ich sie kaum gesehen, obwohl ich mich definitiv bemüht hatte. Aber sie war irgendwie noch schwerer zu fassen gewesen als sonst und zwang mich dazu, mich noch mehr anzustrengen.

Jegliche musikalische Darbietungen hatte ich schon ausgeschlossen. Genauso hatte ich Gedichte von meiner Liste gestrichen, da wir Katzen in der Regel nicht besonders gut im Vortragen sind. Ich könnte ihr irgendwelche Geschenke machen, aber das wäre nichts Besonderes. Leider hatte ich niemanden, den ich um Rat bitten konnte; Tiger würde mir nur einen ihrer vernichtenden Blicke zuwerfen und mich wahrscheinlich auslachen. Also war ich ganz auf mich allein gestellt und durfte dabei nicht vergessen, dass ich nur ein Kater war. Wir mochten zwar sehr einfallsreich sein, aber wir verfügten nicht über die gleichen Mittel wie Menschen.

Ich kam zu dem Schluss, dass ich mindestens schon mal Blumen brauchte. Die schienen Männer immer dabeizuhaben, wenn sie eine Frau umwarben. Die wunderschönen Blumen in Pollys Vorgarten kamen mir in den Sinn. Ein paar davon würde sie doch sicher mir zuliebe entbehren können, oder?

Und so machte ich mich auf den Weg zum Blumenpflücken. Mein Plan war zwar immer noch recht unausgegoren, aber ich war davon überzeugt, dass mir bald etwas einfallen würde. Als ich die Blumenbeete erreichte, stellte ich allerdings fest, dass die Sache mit dem Blumenpflücken nicht so einfach war, wie ich es mir gedacht hatte. Ich versuchte, sie mit meiner Tatze umzuwerfen, doch sie richteten sich sofort wieder auf. Dann probierte ich, sie mit meinen Krallen abzutrennen, aber dadurch erreichte ich nur, dass ein paar Blüten herunterfielen. Diese zu fangen funktionierte auch nicht, also blieb mir nur noch eine Möglichkeit. Es half alles nichts: Ich musste graben. Das war ziemlich harte Arbeit – schließlich bin ich kein Hund –, und so langsam bekam ich das Gefühl, dass diese Idee nicht zu meinen besten gehörte. Irgendwann hatte ich jedoch tief genug gegraben, um die Blumen bei den Wurzeln zu packen. Ich setzte mich hin und benutzte nun beide Pfoten und meine Schnute dazu, die Pflanzen aus der Erde zu reißen.

Dann stand ich allerdings vor einem neuen Problem: Wie sollte ich sie tragen? Das Einzige, was dazu geeignet schien, war mein Mund, also legte ich die Blumen auf den Boden, beugte den Kopf hinunter und hob sie auf. Dabei bemühte ich mich, den erdigen Geschmack zwischen meinen Zähnen zu ignorieren. Leider musste ich zugeben, dass sie, als ich mich damit auf den Weg zu Schneeflockes Haus machte, nicht mehr so schön aussahen wie vorher im Blumenbeet. Ich hoffte, es stimmte, was Claire oft sagte: Die Geste zählte.

In Schneeflockes Garten war niemand, genauso wenig wie

im Erdgeschoss des Hauses. Am liebsten hätte ich die Blumen irgendwo abgelegt, aber woher sollte sie dann wissen, dass sie von mir kamen? Ich fragte mich, was ich tun sollte, zumal mir dieser leicht gerupft aussehende Strauß auch nicht mehr wie eine große Geste vorkam. Mein Blick glitt nach oben zu dem Baum, der stolz in den Himmel aufragte, und plötzlich kam mir eine Idee. Wenn ich im Baum hockte, konnte ich einfach, sobald ich sie sah, hinunterklettern und ihr die Blumen persönlich überreichen. Dadurch würde meine Geste viel romantischer und pompöser wirken.

Ich war nicht gerade ein geübter Kletterer, aber ein sehr willensstarker Kater, und dementsprechend beherzt ging ich mein Vorhaben direkt an. Mit Blumen im Mund zu klettern war tatsächlich schwerer, als damit zu gehen, doch ich biss die Zähne zusammen und machte weiter. Ich schaute nicht nach unten, bis ich den zweiten Ast erreichte. Der war zwar nicht so hoch, aber definitiv hoch genug, entschied ich. Also machte ich es mir dort bequem und wartete auf Schneeflocke.

Eigentlich war es sogar sehr schön hier oben, befand ich, während ich meine Umgebung betrachtete. Durch die Fenster im ersten Stock des Hauses konnte ich leider nicht schauen, weil die Vorhänge alle zugezogen waren, doch ich beobachtete einige Vögel, die sich anscheinend auf mich stürzen wollten, es sich aber im letzten Moment anders überlegten und davonflogen. Allmählich tat mir der Kiefer weh vom Zusammenpressen, doch wenn ich ihn jetzt locker ließ, würden die Blumen hinunterfallen. Die Zeit verging, und ich wollte mich bewegen, aber das ging nicht, und es wurde immer kälter draußen. Dann fing es auch noch an zu regnen.

Als ich losgezogen war, hatte noch die Sonne geschienen, aber der Himmel hatte sich immer mehr verdunkelt, bis er irgendwann seine Schleusen öffnete und einen Regenschauer auf die Erde herabprasseln ließ. Während ich spürte, dass sich mein Fell vollsog und triefend herabging, kam ich so langsam zu dem Schluss, dass diese große romantische Geste keine so gute Idee gewesen war. Doch da sprang Schneeflocke endlich durch die Katzenklappe.

»Was um alles in der Welt machst du denn da?«, fragte sie, aber sie lächelte – oder lachte wahrscheinlich eher über den Anblick, wie ich mich hier, mittlerweile vor Kälte bibbernd, an den Ast klammerte, durchnässt bis auf die Knochen.

Aber auch wenn ich völlig durchnässt war, war nun der Moment gekommen, vom Baum zu steigen und wie geplant mit einer eleganten Verbeugung die Blumen zu präsentieren.

Und da wurde mir die nächste Schwachstelle meines Plans bewusst: Meine Beine hatten sich verkrampft. Meine alte Verletzung machte sich bemerkbar, wie so oft, wenn es regnete. Ich hatte das Ganze wirklich nicht gut durchdacht. Zu lange hatte ich in ein und derselben Position dagehockt und musste nun meine Beine erst einmal vorsichtig hin und her bewegen. Das Problem war nur: Ich hockte auf einem Baum. Und hatte Blumen im Maul. Was sollte ich jetzt tun?

»Alfie, ist alles okay?«, fragte Schneeflocke, und auf ihrem Gesicht machte sich Sorge breit. Ich hatte keine andere Wahl, als meine Schnute zu öffnen, und so segelten die Blumen auf den Boden. Eine davon landete auf Schneeflockes Kopf. Na, wenigstens bekam sie auf diese Art doch noch etwas von meiner Geste mit. Leider schien sie nicht so begeistert zu sein, wie ich es mir erhofft hatte: Sie schüttelte die ebenfalls nasse Pflanze einfach nur ab.

»Tut mir leid, die waren eigentlich für dich.«

»Alfie, was in drei Katers Namen machst du da?«

»Na ja, ich hatte die Idee, dir Blumen zu besorgen – was übrigens für uns Katzen nicht so leicht ist, wie es aussieht.

Und dann bin ich hier raufgeklettert, um auf dich zu warten, und sobald du kommen würdest, wollte ich runterspringen und dir die Blumen übergeben.«

»Warum denn das, um Himmels willen?«

»Weil es bei den Menschen auch so funktioniert.« Ich hatte Schmerzen und wurde langsam etwas grummelig.

»Und warum hast du das nicht gemacht?«, fragte Schneeflocke.

»Na ja, ich hab manchmal so ein Problem mit meinen Hinterbeinen. Wie es aussieht, hat sich hier was verklemmt. Irgendwie.«

»Verklemmt?«

»Ja, das heißt: Ich kann mich nicht bewegen.«

Ich versuchte erneut, mit den Hinterbeinen zu wackeln, aber die waren immer noch zu steif.

»Oje, Alfie, kann ich dir irgendwie helfen?« Na, wenigstens war ihr Ton sanfter geworden, auch wenn sie nicht mal die Blumen vom Boden aufgesammelt hatte. Von einem Dankeschön ganz zu schweigen.

Es gibt diese urbane Legende, dass Katzen immer von Feuerwehrleuten aus Bäumen gerettet werden müssen. Das mag den weniger intellektuellen unserer Art vielleicht mal passieren, aber es kommt nicht so häufig vor, wie die Leute denken, denn so was ist für uns Katzen wirklich die höchste Form der Erniedrigung.

»Würde es dir was ausmachen, meine Freundin Tiger zu suchen?«, fragte ich mangels anderer Alternativen. Ich hatte zwar keine Ahnung, was sie tun könnte, aber sie wusste von meinen körperlichen Beschränkungen und konnte mir möglicherweise irgendwie helfen.

»Okay, ich versuche es. Obwohl ich eigentlich keinen Regen mag.«

Ich erklärte Schneeflocke, wo sie Tiger am ehesten finden könnte, und sie trabte widerwillig davon. Ich probierte erneut, meine Beine auszustrecken, doch sie wollten einfach nicht. Mir war kalt, ich war durchnässt und konnte mich nicht bewegen – allmählich entwickelte sich meine große Geste tatsächlich zur blödesten Idee, die ich je gehabt hatte.

Es kam mir vor wie eine Ewigkeit, bis ich endlich Tiger erspähte, die Schneeflocke in den Garten folgte. Sie warf einen Blick auf mich und fing an zu lachen.

»Na, vielen Dank«, sagte ich. Immerhin hatte wenigstens der Regen genauso plötzlich aufgehört, wie er begonnen hatte.

»Was zum Geier machst du denn da?«

»Ich stecke fest. Meine Hinterbeine haben sich verkrampft, mehr brauchst du nicht zu wissen.« Ich bekam sehr wohl mit, dass Tigers Blick erst auf mich fiel, dann auf Schneeflocke und schließlich auf die traurig aussehenden Blumen.

»Oje, Alfie, ich komme hoch. Du warst noch nie besonders gut im Klettern.« Flink kraxelte Tiger am Stamm des Baumes hoch und gesellte sich zu mir auf den Ast, während Schneeflocke am Boden blieb und uns zuschaute.

»Du kannst dich also gar nicht mehr bewegen?« Tiger klang nun doch etwas besorgt.

»Meine Beine sind alle ganz steif. Ich hab versucht, sie zu schütteln, aber das geht irgendwie nicht. Tiger, bitte versprich mir: Egal, was passiert, lass nicht zu, dass sie die Feuerwehr rufen.«

»Auch nicht, wenn du sonst für immer hier oben bleiben musst?«

»Ich dachte, du bist hier, um mir zu helfen.«

»Klar, aber was soll ich denn machen? Ich glaube nicht,

dass ich dich runtertragen kann. Wahrscheinlich wirst du springen müssen.«

»Aber das ist doch viel zu tief, und wenn ich auf den Hinterbeinen lande, wird's noch schlimmer.«

»Wieso musst du auch immer so dumme Sachen machen?«

»Du bist keine große Hilfe, Tiger.«

»Wollt ihr beiden vielleicht aufhören, euch zu streiten, und mir sagen, wie *ich* helfen kann?«, fragte Schneeflocke, doch ausnahmsweise fiel weder Tiger noch mir etwas ein.

Unvermittelt wurden die Terrassentüren geöffnet, und Christopher kam heraus. Er blickte erst zu Schneeflocke, dann nach oben zu uns. Tiger schaute mich an.

»Er kann dir helfen«, flüsterte sie.

»Am besten gehst du wieder runter, dann weiß er, dass ich hier festsitze«, schlug ich vor. Mit einer Beweglichkeit, um die ich sie beneidete, kletterte Tiger sofort den Baum hinunter und gesellte sich zu Schneeflocke.

»Ach, du hast also doch Freunde, Schneeflocke. Mehr als ich«, sagte Christopher und wirkte bedrückt. »Ist das Alfie da oben?«, erkundigte er sich dann.

Schneeflocke miaute.

»Kann er nicht mehr runter?«

Sie miaute erneut.

Christopher lächelte. »Keine Sorge, Kumpel, ich hol dich runter.« Er versuchte, am Baum hochzuklettern, doch der unterste Ast hing nicht tief genug für ihn.

»Verdammt, ich komme nicht hoch«, murmelte er vor sich hin und sorgte damit dafür, dass ich mich vor Angst noch mehr versteifte. Schließlich ging er zum Schuppen hinüber und holte irgendetwas heraus. Als ich sah, was es war, kamen mir fast die Tränen vor lauter Erleichterung: eine Leiter.

»So, Alfie, alles wieder gut«, sagte Christopher kurze Zeit später und sah sehr zufrieden mit sich aus, als er mich sanft auf dem nassen Boden absetzte. Ich schnurrte und rieb dankbar meinen Kopf an seiner Wade. Während er die Leiter in den Schuppen zurückbrachte, streckte ich mich, und endlich kehrte wieder ein bisschen Leben zurück in meine Beine.

»Wenn ich das den anderen erzähle …«, sagte Christopher bei seiner Rückkehr, und für einen winzigen Moment sah ich den kleinen Jungen unter der Maske des schlecht gelaunten Teenagers hervorblitzen.

»Was sollte das denn alles?«, fragte mich Schneeflocke, als Christopher wieder im Haus verschwunden war, und blickte mich aus zusammengekniffenen Augen an.

»Ich wollte dich aufheitern. Mit Blumen und mir oben auf dem Baum. Als romantische Geste«, erklärte ich. Jetzt, da ich es laut sagte, ergab es irgendwie nicht mehr so viel Sinn wie in meiner Vorstellung.

Tiger sah zu Schneeflocke hinüber und lächelte, bevor sie sich wieder mir zuwandte. »Das ist wohl nicht so gelaufen wie geplant«, zog sie mich auf.

»Nein, nicht so ganz«, gab ich zu.

»Aber es war eine nette Geste. Okay, komm, Alfie, wir bringen dich mal besser nach Hause«, sagte Tiger. Sie hatte recht. Ich wollte Schneeflocke wirklich nur ungern verlassen, aber ich musste mich dringend abtrocknen und alle viere von mir strecken, und zwar irgendwo, wo es warm und gemütlich war.

»Okay, tut mir leid, Schneeflocke, wegen der …«, setzte ich an, doch sie brachte mich mit einer liebevollen Bewegung ihres Schwanzes zum Schweigen.

»Schon okay«, entgegnete sie und zog schüchtern den

Kopf ein. Meine Schnurrhaare begannen zu kribbeln, und ich wandte mich nur sehr zögerlich ab.

»Weißt du was?«, sagte Tiger zu Schneeflocke. »Alfie ist zwar manchmal ein bisschen bekloppt mit seinen ganzen verrückten Ideen, aber du hättest es wesentlich schlechter treffen können.«

Statt einer Antwort lächelte Schneeflocke. Ja, sie lächelte tatsächlich.

Und ich grinste in mich hinein, während ich langsam nach Hause humpelte.

Kapitel Dreiunddreißig

Am nächsten Morgen hatte sich meine Beinsteifheit gelegt, und ich konnte mich wieder bewegen. Trotzdem beschloss ich, es ein oder zwei Tage langsam anzugehen, um ein wenig Zeit zum Nachdenken zu haben. Wenn meine Beine schmerzten, erinnerte mich das an all die Dinge, die ich in der Vergangenheit erlebt hatte, und das machte mich immer nachdenklich. Dann sinnierte ich über die Ereignisse, Katzen und Menschen in meinem Leben, in der Vergangenheit und in der Gegenwart.

Ich fühlte mich vom Glück bestrahlt: Momentan war meine Welt ganz bunt, und allen meinen Familien ging es gut. Claire hatte das Puzzleteil gefunden, das ihr noch gefehlt hatte, Jonathan ebenso, und ich hatte selten zwei Menschen gesehen, die so glücklich waren. Dieses Baby war sicher das am sehnlichsten herbeigewünschte Wunschkind aller Zeiten. Wenn es erst einmal auf der Welt war, würde es mit Liebe überschüttet werden, und solange die beiden mich nicht vergaßen, sollte mir das mehr als recht sein. Schließlich war ein Neuzuwachs in der Familie etwas anderes, als einen neuen Freund zu finden: Ich würde einen Bruder oder eine Schwester bekommen, ein menschliches Geschwisterchen. Wobei meine neue Aufgabe sicher nicht leicht werden würde: Immerhin war ich ab jetzt der große Bruder und musste auf mein jüngeres Geschwisterchen achtgeben, so wie Aleksy immer auf den kleinen Tomasz aufpasste und Henry auf Martha.

Ich ließ mir viel Zeit bei meinem morgendlichen Putzritual

und überlegte dann, zu Tiger hinüberzugehen. Bewegung würde mir guttun. Wir mussten ja nicht gleich zu unserem üblichen langen Spaziergang aufbrechen. Ich schlüpfte durch die Katzenklappe und stand plötzlich Schneeflocke gegenüber.

»Hi«, sagte ich und wurde auf einmal ganz verlegen. Mit ihrem Besuch hatte ich nicht gerechnet.

»Hallo, Alfie. Ich wollte einfach mal schauen, wie es dir geht, nach gestern.«

»Das ist lieb von dir«, entgegnete ich. »Mir geht's gut, danke. Ich komme mir nur ein bisschen blöd vor, weil das Ganze so … na ja, du weißt schon …«

»Schiefgegangen ist? Ja, das ist es wohl, aber du hast mir trotzdem eine Freude gemacht. Und Christopher war gestern Abend so aufgekratzt, nachdem er dich gerettet hat. Das war, als hättest du das Ganze extra gemacht, um ihm einen Gefallen zu tun.«

»Ich wünschte, das wäre mir eingefallen«, sagte ich und dachte, dass es in der Tat schön gewesen wäre. Dann hätte ich mir das Herumgraben in Pollys Blumenbeet erspart.

»Na ja, du hast immer gesagt, dass du uns helfen könntest, und irgendwie hast du das gestern tatsächlich getan. Aber was ich eigentlich fragen wollte: Hast du vielleicht Lust, ein wenig spazieren zu gehen?«

»Mit dir?« Ich war vollkommen sprachlos: Lud sie mich gerade zu einem Date ein?

»Ja, natürlich mit mir. Ich dachte, wir könnten uns mal unterhalten.«

»Okay, aber wir müssten langsam machen, mir tun immer noch ein bisschen die Beine weh.« Ich wollte nicht den harten Kerl mimen, das würde nur zu noch mehr Ärger führen.

»Kein Problem.« Unsere Blicke trafen sich, und wieder

machte sich dieses Prickeln in meinen Schnurrhaaren bemerkbar. Hoffentlich fingen meine Beine nicht an zu zittern, während wir spazieren gingen. Da ich keiner der anderen Katzen begegnen wollte, führte ich Schneeflocke Richtung Park.

»Warst du schon mal dort?«, fragte ich.

»Nein, im Moment mache ich nicht so gern Streifzüge. Ich bleibe lieber in der Nähe vom Haus.«

»Wo hast du denn vorher gewohnt?«, wollte ich wissen.

»In Kent, das ist nicht weit weg von London, aber wir hatten ein ziemlich großes Haus mit einem Grundstück drum herum.«

»Unsere Häuser hier sind auch recht groß«, protestierte ich. Mein erstes Zuhause war wesentlich kleiner gewesen als Jonathans Haus, und seins war das größte, in dem ich je gewesen war.

»Das mag schon sein, aber verglichen mit dem Haus, das wir früher hatten, sind die hier nicht gerade riesig. In Kent hab ich nur selten meinen Garten verlassen. Es hat manchmal einen ganzen Tag gedauert, ihn zu durchstreifen, so groß war er. Und es gab Blumenbeete und Bäume und sogar einen See. Ich hatte so viel Spaß dort.«

»Echt? Also war es anders als hier?« Ich konnte mir nur ansatzweise vorstellen, welche Umgebung Schneeflocke gewohnt war, aber es klang wundervoll.

»Völlig anders. Unsere Nachbarn wohnten nicht so dicht neben uns, wir hatten viel Platz um uns herum. Und das Haus war viel größer als das hier. Viel zu groß, um ehrlich zu sein. Ich konnte stundenlang herumlaufen, ohne irgendeinem aus meiner Familie zu begegnen, obwohl wir im selben Haus gewohnt haben.«

»Wieso hatten sie so ein riesiges Haus?«

»Keine Ahnung, das machen Menschen wohl so. Meine Familie hatte ziemlich viel Geld, und Leute, die viel Geld haben, haben oft große Häuser. Sie hatten auch zwei Autos. Daisy und Christopher sind auf Schulen gegangen, für die man Geld bezahlen musste, und Karen … Das ist bestimmt schwer zu glauben, aber sie hatte so viele Klamotten, dass sie kaum noch in ihren Schrank gepasst haben. Sie sah immer wahnsinnig schick aus. Aber sie wollte trotzdem nicht nur zu Hause hocken, deshalb hat sie halbtags gearbeitet. Nicht so wie jetzt.«

»Was meinst du?«

»Jetzt arbeitet sie fast nur noch in dem Krankenhaus und übernimmt so viele Schichten wie möglich, weil sie die Einzige in der Familie ist, die Geld verdient.« Schneeflocke sah ganz traurig aus, aber mittlerweile hatten wir den Park erreicht.

»Komm, ich zeige dir die besten Büsche.« Ich führte sie hinüber, und wir krochen unter einen der Sträucher. Es war wirklich schön, allein hier mit ihr zu sein, und es hatte etwas Intimes, weil die Blätter uns verbargen, während wir dicht beieinandersaßen.

»Und was ist mit alldem passiert?«

»Eigentlich dürfte ich dir das überhaupt nicht erzählen.«

»Ich weiß, aber immerhin bin ich für dich auf einen hochgefährlichen Baum geklettert«, sagte ich lächelnd und wagte den Versuch, meinen Kopf an ihren zu schmiegen. Sie stieß mich zwar nicht weg, aber es schien ihr doch etwas peinlich zu sein.

»Okay, also, wir hatten viel Geld, weil Tim sich sehr gut mit Computern auskennt und eine sehr erfolgreiche Firma hatte. Er hat allerdings auch viel gearbeitet, und Karen hat sich immer beschwert, dass sie ihn fast nie sehen würde. Aber sie sind ab und zu in fremde Länder gereist, und dann musste ich immer in so einem Katzenhotel bleiben, was ich ehrlich gesagt nicht so toll fand, aber wenn sie zurückkamen, waren sie immer glücklich.«

»Ein Katzenhotel?« Davon hatte ich noch nie gehört.

»Ja, da schläfst du in deinem eigenen Käfig und bekommst Futter, aber da wohnen auch noch andere Katzen, und man bekommt nicht annähernd so viel Aufmerksamkeit wie zu Hause.«

»Klingt wie beim Tierarzt.«

»Hm, ein bisschen anders ist das schon. Wie auch immer, Tim hatte diesen Geschäftspartner, Simon, der gleichzeitig sein bester Freund war. Er war Trauzeuge bei Tims und Karens Hochzeit. Im Haus gibt's Fotos davon – oder gab es, früher. Und die Kinder nannten ihn Onkel Simon. Er hatte keine eigenen Kinder, aber ständig eine andere Freundin. Karen konnte die alle nie leiden.« Schneeflocke rollte sich auf die Seite und seufzte.

»Klingt ein bisschen so wie Jonathan, bevor er mit Claire zusammen war«, sagte ich.

»Auf jeden Fall war Simon ständig bei uns. Er und Tim waren wirklich enge Freunde, und er hat ihm vertraut. Bis zu diesem Vorfall …«

»Okay, erzähl weiter«, drängte ich sie, als sie stockte. Ich hielt die Spannung kaum noch aus.

»Wie sich herausgestellt hat, war Simon kein echter Freund. Er war sogar ein ziemlich mieser Kerl. Er hat etwas getan, das sich Betrug nennt, und ist mit dem gemeinsamen Geld abgehauen. Mit dem ganzen Geld.«

»Wie hat er das denn gemacht?«, fragte ich, weil ich noch nicht so recht verstand, was passiert war.

»Ich weiß nicht genau, wie er das gemacht hat, aber nachdem er abgehauen ist, war die Firma bankrott. Das bedeutet, sie war völlig kaputt, glaube ich. Auf jeden Fall hat er Tim in große Schwierigkeiten gebracht.«

»Also hat Tim nichts geahnt?«

»Nein, er hat Simon vertraut. Aber der ist einfach verschwunden, und Tim musste einer Menge Leuten ziemlich viel Geld zurückzahlen. Und er musste die Firma zumachen. Das war alles sehr schlimm. Die Polizei versucht, Simon zu finden, aber Tim und Karen meinten, dass das auch nichts ändern würde.«

»Ich bin schockiert, dass jemand so etwas Schreckliches tun kann.«

So langsam wurde es auch etwas begreiflicher, dass die Snells sich so abschotteten und niemanden an sich heranlassen wollten. Kein Wunder, dass sie niemandem mehr vertrauten.

»Das Ganze wurde sogar noch schlimmer«, fuhr Schneeflocke fort. »Sie mussten nicht nur ihren ganzen Besitz aufgeben und hierherziehen, sie haben auch alle ihre Freunde verloren. Manche Leute haben mit dem Finger auf Tim gezeigt. Obwohl er alles verloren hat, dachten sie, er hätte irgendetwas Illegales getan. Und viele andere haben sich von meiner Familie abgewandt, sobald sie erfahren haben, dass sie arm sind. Das war so furchtbar. All diese Leute, die immer zu unseren Partys gekommen sind, um diesen sprudelnden Wein zu trinken und unser Essen zu essen, sind plötzlich nicht mal mehr ans Telefon gegangen, wenn Tim oder Karen sie angerufen haben. Die beiden waren gezwungen, ihr Haus zu verkaufen, die Kinder konnten nicht mehr auf ihre teuren Schulen gehen, und ihre Freunde haben sie auch im Stich gelassen. Dann hat Karen diesen Job hier in der Nähe bekommen, und sie sind in die Edgar Road gezogen.«

»Aber wieso glauben die Leute, dass Tim etwas mit diesem Betrug zu tun hat?«, fragte ich, um das Ganze besser zu verstehen.

»Viele Menschen urteilen schnell über andere. Aber er ist wirklich unschuldig, und als wir hierhergezogen sind, hatte er Angst, dass die Leute hier ihn auch für einen Kriminellen halten könnten. Deshalb hat er sich mit niemandem angefreundet.«

»Das Ironische daran ist, dass die Goodwins ihn genau deshalb für einen Kriminellen halten. Eben weil er sich so zurückzieht.«

»Ich weiß. Aber das, was passiert ist, hat ihn so aus der Bahn geworfen, dass er gar nicht klar denken kann. Es hat die ganze Familie extrem mitgenommen.«

»Was für eine traurige Geschichte. Wobei ich nie verstehen werde, warum Geld den Menschen so wichtig ist. Wichtiger als alles andere. Ich meine, wir Katzen haben kein Geld, und schau, wie glücklich wir sind. Wir brauchen nur hin und wieder einen Schmetterling, den wir jagen können, ein schönes Zuhause mit einem warmen Feuer im Kamin und einen gemütlichen Schoß zum Kuscheln.«

»Ich verstehe das auch nicht.«

»Und da heißt es immer, wir Katzen seien oberflächlich. Aber wenn es drauf ankommt, sind wir wesentlich loyaler als die meisten Menschen.«

»Das sehe ich genauso, Alfie.« Schneeflocke schaute mich an, und mein Herz fing wie wild an zu klopfen. »Jetzt weißt du also, was passiert ist«, fügte sie hinzu. »Die Polizei war wegen Simon bei uns. Aber Karen und Tim sind immer noch so deprimiert und verletzt, dass sie sich mit niemandem treffen wollen. Sie wollen sich einfach schützen, und jetzt, da sie gerade hofften, ihr Leben würde langsam wieder in geregelten Bahnen verlaufen, machen die Goodwins alles noch viel schlimmer.«

»Das ist das Problem: Wenn es einem schlecht geht, kann man manchmal gar nicht mehr das Gute sehen.«

»Nein, und das ging mir eine ganze Zeitlang auch so. Ich mache mir immer noch Sorgen um die Kinder. Chris wird in seiner neuen Schule gehänselt, weil er vorher auf einer Privatschule war. Aber er ist gut im Fußball. Wenn er damit wieder anfangen würde, würde es ihm sicher besser gehen, aber er weigert sich. Und Daisy ist zwar beliebt, weil sie hübsch ist, aber ehrlich gesagt war sie schon immer eine kleine Prinzessin, deshalb macht ihr dieser neue Lebensstil ziemlich zu schaffen. Auch wenn sie es besser hat als die meisten anderen Menschen, wie Karen des Öfteren betont.«

»Das stimmt, und das gilt für euch alle. Aber ich finde, wenn man etwas gehabt hat und es einem dann weggenommen wird, ist es ganz natürlich, es zu vermissen.«

Ich musste an das denken, was Müllschlucker gesagt hatte: dass manche Leute obdachlos waren, weil sie keine andere Wahl hatten. Das machte mich traurig.

»Manche Leute haben gar kein Zuhause, geschweige denn so ein schönes wie ihr«, sagte ich sanft.

»Ich weiß. Du hast vollkommen recht, aber ich vermisse es trotzdem. Mein altes Leben und meinen Garten. Als ich hierhergezogen bin, war ich sehr deprimiert und traurig. Ich wollte niemanden sehen und mich auch mit niemandem anfreunden.«

»Echt? Das wäre mir nie aufgefallen«, witzelte ich.

»Ja, aber dann ist mir so ein Kater namens Alfie begegnet, der einfach kein Nein akzeptieren wollte.«

»Und bist du froh, dass ich es nicht getan habe?«, fragte ich, plötzlich ganz aufgewühlt.

Schneeflocke kuschelte sich an mich, und ihre Wärme gab mir das Gefühl, als würde die Sonne an meinem Innern scheinen. Zärtlich vergrub ich meinen Kopf an ihrem Hals.

»Ja, ich glaube, das bin ich tatsächlich«, antwortete sie.

Zum Teufel mit meinen schmerzenden Beinen! Nachdem ich das gehört hatte, waren sie überflüssig geworden – denn für den Rest des Tages schwebte ich überallhin.

Kapitel Vierunddreißig

»Also, ich würde ja zu ihnen rübergehen, das wisst ihr, aber das letzte Mal hab ich alles nur noch schlimmer gemacht, und ich glaube nicht, dass die mir überhaupt die Tür aufmachen«, sagte Jonathan.

Polly und Matt waren auf dem Weg von ihrem Spaziergang mit den Kindern vorbeigekommen, obwohl es schon Schlafenszeit war. Während die Erwachsenen sich unterhielten, knuddelte Claire mit Martha, und Henry und ich spielten mit einem Plastikball.

»Ich glaube auch nicht, dass die irgendeinen von uns reinlassen. Aber irgendwie müssen wir es doch versuchen.«

»Wir könnten ihnen eine Nachricht schreiben«, schlug Claire vor.

»Keine schlechte Idee«, befand Polly.

Ich versuchte, mich auf das Gespräch zu konzentrieren und alles mitzubekommen, was sie sagten, aber das war nicht leicht, da meine Gedanken dauernd zu meinem gestrigen Tag mit Schneeflocke abdrifteten. Nach unserem wunderschönen Date hatte ich richtig gut geschlafen und herrlich geträumt. So verliebt war ich wirklich noch nie gewesen, und bis gestern waren meine Gefühle ziemlich einseitig gewesen. Okay, Schneeflocke war jetzt auch nicht völlig meinem Charme erlegen, aber sie war mir gegenüber viel sanfter, und als ich sie bis zu ihrer Hintertür gebracht hatte, hatten wir zum Abschied zärtlich unsere Nasen aneinandergerieben. Ich hatte sie auch gefragt, wann wir uns das nächste Mal wiedersehen würden, aber sie hatte nur gesagt: Bald. Es kam mir so vor, als hätte sie wieder ihre Schutzmauer um sich herum aufgebaut, allerdings nicht ganz. Ich musste einfach nur ein bisschen geduldig sein.

Als ich mich wieder auf die Unterhaltung meiner Familien konzentrierte, erzählte Polly gerade, dass sie heute Morgen, nachdem sie Henry in den Kindergarten gebracht hatte, den Goodwins begegnet war.

Ich hatte Schneeflocke den ganzen Tag noch nicht gesehen, und jetzt erfuhr ich auch, warum. Polly war aufgebracht. Die Goodwins hatten vor dem Haus der Snells gestanden, zusammen mit zwei Polizisten. Laut Polly hatten Heather und Vic Tarnklamotten angehabt, wie die Leute vom Militär sie immer trugen, und sie hatten gesagt, dass sie das Haus undercover beobachtet hätten. Die Polizisten hatten anscheinend einen Termin mit den Snells gehabt, doch die Goodwins hatten sie gar nicht gehen lassen und die ganze Zeit über versucht, Informationen aus ihnen herauszuquetschen. Polly sagte, sie hätten sich wie zwei Verrückte aufgeführt, und sie habe schon fast erwartet, dass die Polizisten sie wegen Belästigung anzeigen würden.

Heather und Vic hatten also die Polizei verhört – was anscheinend normalerweise andersherum war. Die Polizisten hatten die beiden darüber aufgeklärt, dass sie ihnen nichts sagen dürften. Dennoch hatten die Goodwins immer wieder betont, dass die Snells zur kriminellen Unterwelt gehörten, und die Ordnungshüter sogar über ihre Petition informiert, für die sie schon mehr als zwanzig Unterschriften gesammelt hatten, wie auch immer ihnen das gelungen war. An diesem Punkt hatte sich Polly eingemischt und gesagt, dass die Snells einfach nur in Frieden gelassen werden wollten. Daraufhin hatten die Goodwins Polly als Komplizin und Kriminelle beschuldigt, und die Polizisten hatten ihr einen mitfühlenden Blick zugeworfen, als sie es endlich geschafft hatten, Vic und Heather zu entkommen und zu den Snells zu gehen.

»Schnell, zurück auf unseren Beobachtungsposten!«, hatte Heather gesagt, und dann waren die beiden davongerannt und hatten sich hinter einem Gebüsch in ihrem Vorgarten versteckt.

Polly war schließlich wütend nach Hause gestampft.

»Wenn man so darüber nachdenkt, ist es eigentlich recht witzig«, sagte Jonathan. »Ich meine, jetzt verkleiden sich die beiden schon als Busch, um herauszufinden, was da im Busch ist, und in Wirklichkeit ist da wahrscheinlich gar nichts.«

»Zum Glück haben die zwei nichts in der Hand, um die Snells aus der Straße zu vertreiben, aber es muss trotzdem belastend sein, wenn jemand eine Hetzkampagne gegen dich betreibt, egal wie lächerlich das Ganze ist. Ich finde, wir sollten den Snells sagen, dass wir nicht auf der Seite der Goodwins stehen, und ihnen unsere Unterstützung anbieten. Wir müssen ihnen zeigen, dass hier nicht alle so sind wie diese widerlichen zwei.« Polly war richtig zornig, und dafür liebte ich sie.

»Das sehe ich genauso«, pflichtete Claire ihr bei. »Lasst uns heute Abend noch einen Brief schreiben, dann können wir ihn alle unterschreiben.«

»Super. Matt, bring du die Kinder ins Bett. Ich schreibe mit Claire den Brief.«

»Na, wenn das so ist, kann Jonathan mir ja helfen, die beiden nach Hause zu tragen. Und anschließend ein Bier mit mir trinken, wenn die zwei im Bett sind.«

»Das klingt doch nach einem guten Plan«, befand Jonathan.

Die beiden Frauen verdrehten nur die Augen.

Ich schnurrte, so laut ich konnte, um ihnen zu sagen, dass ich von ihrer Idee mit dem Brief begeistert war, doch ich war mir nicht sicher, ob sie mich verstanden. Ihr Vorschlag war auf jeden Fall perfekt: Die Snells mussten wissen, dass sie von jemandem unterstützt wurden. Nachdem Schneeflocke mir erzählt hatte, wie verletzlich die Familie derzeit war, machte ich mir Sorgen, dass die Goodwins ihnen ernsthaft schaden könnten. Ich konnte es kaum erwarten, Schneeflocke davon zu berichten – und sie wiederzusehen natürlich.

Als die Frauen den Brief fertig geschrieben hatten und Polly ihn mitnahm, um ihn auf dem Nachhauseweg bei den Snells abzugeben, beschloss ich, einen Versuch zu wagen und ebenfalls nach nebenan zu gehen. Ich nahm den Weg über den Zaun, wobei ich betete, dass der Sprung meinen Beinen nicht schaden würde, dann lief ich hinüber zu den Terrassentüren. Leider hatten sie jedoch die Jalousien heruntergezogen. Deshalb ging ich weiter zur Katzenklappe und steckte vorsichtig den Kopf hindurch. Ich konnte Schneeflocke zwar riechen und gönnte mir einen Moment, um ihren Duft einzusaugen, aber sie war nirgendwo zu sehen. Etwas enttäuscht suchte ich mir ein schönes Plätzchen und legte mich dort auf die Lauer. Es war schon Abend, aber immer noch recht hell draußen, während ich wartete.

Irgendwann dachte ich, ich hätte Schreie gehört, und dann wurde eine Tür zugeschlagen. Kurz darauf noch eine, bevor ein seltsames Geräusch ertönte, gefolgt von einem Miauen und noch mehr zuknallenden Türen. Ich wusste, ich sollte das nicht tun; ich wusste, es war kein guter Zeitpunkt, und ich war im Haus nicht erwünscht, aber ich konnte nicht anders. Ohne weiter darüber nachzudenken, schlüpfte ich durch die Katzenklappe in die Küche, die in vollkommener Dunkelheit dalag. Auch der Rest des Hauses war leer. Schneeflocke war nicht hier. Ich suchte sie überall, oben und unten, doch ich fand keine Spur von ihr. Was, wenn ihr etwas passiert war?

Ich wusste, man durfte nicht ungefragt in anderer Leute Häuser eindringen, aber ich musste unbedingt hier warten, bis die Snells wieder zurückkamen. Was, wenn sie genug von all dem Ärger gehabt hatten und doch aus der Edgar Road geflohen waren? Panik stieg in mir auf. Was, wenn ich Schneeflocke nie wiedersehen würde? Ich rollte mich unter dem Sessel im Wohnzimmer zusammen und versuchte, meine Angst unter Kontrolle zu bekommen. Es kam mir vor, als hätte ich eine Ewigkeit dort verbracht, bis ich endlich das leise Tapsen von Katzenpfoten hörte.

»Alfie!«, rief Schneeflocke überrascht. »Was machst du denn da unter dem Sessel?«

»Ich hab mir Sorgen gemacht.«

»Worüber?«

»Ich dachte, ihr wärt weg. Polly hat uns von dem Vorfall heute zwischen den Goodwins und der Polizei erzählt, und eben haben Claire und Polly einen Brief geschrieben, um euch zu sagen, dass wir euch alle unterstützen. Dann habe ich Rufe gehört und Türenknallen, und es klang so, als würdet ihr flüchten. Ich dachte, ich würde dich nie wiedersehen, und hab's mit der Angst bekommen. Ich musste einfach hier warten und sehen, ob du zurückkommst. Ich konnte nicht gehen.«

»Meine Güte, Alfie, du hast wirklich eine blühende Fantasie.«

»Ja, vielleicht … Aber wenn ich dich so anschaue …« Ich legte den Kopf ein bisschen schief und betrachtete sie aufmerksam. »Gestern warst du noch ganz traurig und deprimiert, aber heute siehst du irgendwie anders aus.«

»Lustigerweise war ich gerade draußen und hab dich gesucht. Rate mal, was passiert ist: Die Polizei war hier, um uns zu sagen, dass sie Simon geschnappt haben. Es kann zwar sein, dass Tim und Karen ihr Geld nicht zurückbekommen, aber Tims Ruf ist auf jeden Fall gerettet, und Simon kommt ins Gefängnis. Meine Familie ist so glücklich. Karen hat den Brief von deinen Leuten gefunden und ihn Tim vorgelesen, und die beiden haben sich vor Freude umarmt. Dann haben die Kinder, also, nach einem kleinen Anstoß von mir, ihre Eltern gefragt, ob sie denn jetzt wieder ein bisschen was Normales machen könnten, so wie früher. Und das erste Normale, was sie gemacht haben, war, dass sie alle zusammen rausgegangen sind, um sich was zu essen vom Schnellimbiss zu holen. Ich hab mich so gefreut, dass ich gleich zu dir rübergerannt bin, und dann finde ich dich hier!«

»Und warum haben sie so geschrien?«

»Das waren Jubelschreie, aber die waren schon ziemlich laut, das muss ich zugeben.«

»Oje, irgendwie komme ich mir jetzt vor wie ein Idiot.«

»Du benimmst dich auch manchmal idiotisch, mein lieber Alfie, aber du bist ein liebenswerter Idiot.«

In diesem Moment wurde die Haustür geöffnet, und das Geräusch von Stimmen, fröhlichen, glücklichen Stimmen, drang ins Wohnzimmer. Es war zu spät: Ich konnte nicht mehr ungesehen verschwinden. Doch Schneeflocke blickte mich lächelnd an. »Eigentlich kannst du sie jetzt auch alle mal richtig kennenlernen. Komm mit.«

»Meinst du nicht, ich bekomme dann Ärger?«

»Ich glaube, heute würde es ihnen nicht mal was ausmachen, wenn ein Löwe in ihrem Wohnzimmer sitzen würde.«

Ich folgte Schneeflocke in die Küche, wo die Familie gerade Essen auspackte und Getränke eingoss.

»Ich wünschte, ich könnte dir Champagner anbieten, Schatz«, sagte Tim, während er Karen ein Glas Wein reichte.

»Ich denke, wir haben in diesem Leben genug Champagner getrunken, findest du nicht?«, entgegnete sie lächelnd.

»Darf ich auch Wein trinken?«, fragte Daisy.

»Ein kleines Glas«, stimmte ihr Vater zu und schenkte ihr etwas ein.

»Und was ist mit mir?«, fragte Christopher.

»Daisy ist sechzehn, du bist erst vierzehn. Also, leider nein, mein Sohn.« Liebevoll wuschelte Tim ihm durchs Haar.

Als ich sie so betrachtete, hatte ich das Gefühl, eine völlig andere Familie vor mir zu haben. Ich lächelte Schneeflocke an, die gar nicht mehr aufhörte zu strahlen.

»Ist das nicht die Katze von nebenan?«, fragte Karen, als sie mich entdeckte.

»Ja, das ist Alfie«, bestätigte Christopher. »Ich hab dir doch erzählt, dass ich ihn gerettet habe, weißt du noch? Ich glaube, er und Schneeflocke sind Freunde.«

»Dann ist also sogar die Katze der Nachbarn nett«, sagte Karen. »Dieser Brief war so rührend, und ich fühle mich wirklich schlecht, weil ich sie so blöd behandelt habe. Aber ich bin mir nicht sicher, ob ich schon bereit bin, ihnen zu erzählen, was wir durchgemacht haben.«

»Geht mir auch so, das ist alles noch zu frisch«, pflichtete Tim ihr bei.

»Wir brauchen wahrscheinlich noch ein bisschen mehr Zeit«, meinte Karen.

»Aber wir müssen uns endlich diese furchtbaren Goodwins vom Hals schaffen. Hast du mitbekommen, was die Polizisten gesagt haben? Dass sie sich extra im Gebüsch versteckt haben, um uns abzupassen.«

»Die haben sie echt nicht mehr alle«, sagte Daisy.

»Ja, aber noch bin ich nicht in der Lage, mich mit denen auseinanderzusetzen«, entgegnete Karen aufgewühlt.

»Kinder, Schatz, ich möchte euch noch mal sagen, wie sehr es mir leidtut, dass ihr so eine schreckliche Zeit durchmachen musstet. Ich weiß, wie schlimm der Umzug für euch war, und auch, dass ihr die Schule wechseln musstet. Aber jetzt, nachdem Simon geschnappt wurde, habe ich das Gefühl, dass so langsam wieder Normalität bei uns einkehren wird. Na ja, eine andere Art von Normalität.«

Tim wirkte erneut traurig. Ich konnte sehen, dass die Familie einen großen Schritt nach vorn gemacht hatte, aber dieser Schritt war noch nicht groß genug.

Leise bedeutete Schneeflocke mir, sie nach draußen zu begleiten.

»Wow, was für eine Veränderung! Und so schnell!«, rief sie aus, als wir allein waren. »Ich weiß, Tim wird es sich nie verzeihen, dass er Simon so blind vertraut hat, aber wenigstens hat die Polizei ihn jetzt geschnappt. Das verschafft Tim zumindest ein gewisses Gefühl der Genugtuung.«

»Glaubst du denn, sie bekommen ihr Geld zurück?«

»Ich denke eher, das ist schon lange weg. So, wie ich das verstanden habe, hat Simon es in schlechte Geschäfte investiert und verspielt, aber wir haben wenigstens ein Zuhause. Das mag vielleicht nicht so sein wie das, das wir gewohnt sind, aber uns geht es besser als vielen anderen Leuten. Das hast du mir beigebracht.«

»Sie sahen auch alle glücklicher aus. Na ja, abgesehen von Christopher«, stellte ich fest.

»Er vermisst immer noch sein altes Leben. Ich glaube, dass er in der neuen Schule keine Freunde gefunden hat, zumindest hab ich ihn noch nie mit welchen gesehen. Und er wirkt immer so in sich gekehrt, mehr als die anderen. Aber ich bin ja Daisys Katze, deshalb mag er mich nicht so besonders. Immer wenn er sich mit seiner Schwester zankt, scheint er mir die Schuld dafür zu geben.«

»Behandelt er dich schlecht?«, wollte ich wissen.

»Nein, er sagt nur ab und zu blöde Sachen zu mir, zum Beispiel nennt er mich Zottelviech, wenn er richtig sauer ist. Aber ich weiß, dass er das nicht wirklich so meint. Er tut auch immer so, als ob er Daisy nicht leiden kann, aber tief in seinem Innern hat er sie sehr lieb, das weiß ich«, entgegnete Schneeflocke.

»Ich denke, wir sollten meine und deine Familien zusammenbringen. Das würde deinen Leuten guttun, ehrlich. Dann würden sie sich hier wesentlich wohler fühlen.«

»Eines Tages sind sie sicher bereit dazu. Aber ich bin froh, dass ich *dich* kennengelernt habe, Alfie«, sagte Schneeflocke, und als sie dann auch noch ihren Kopf an meinen Hals schmiegte, fühlte ich mich wie im siebten Katzenhimmel.

Kapitel Fünfunddreißig

»Lustig, das ist ja fast so, wie wenn Claire und Jonathan mit Matt und Polly ausgehen!«, rief ich aus.

Drei Augenpaare starrten mich an. Tiger, Bandit, Schneeflocke und ich waren im Park und spielten in den Blumenbeeten. Das war wie ein Doppel-Date, fand ich. Auch wenn Schneeflocke sich derzeit noch wie eine gute Freundin verhielt, war ich mir sicher, dass es nur eine Frage der Zeit war, bis wir eine romantischere Ebene erreichen würden.

Auch Tiger ging nicht gerade romantisch mit Bandit um, dennoch lief er ihr ständig hinterher wie ein verliebter Hundewelpe. Es war offensichtlich, dass er ihr gefiel, doch sie ließ ihn noch ein bisschen zappeln – genau wie Schneeflocke mich. Aber ich wollte mich gar nicht beschweren, schließlich verbrachten wir trotzdem einen sehr schönen Nachmittag miteinander. Zu meiner Überraschung verstanden sich Tiger und Schneeflocke super, und Bandit war definitiv umgänglicher geworden. Ich konnte mir schon vorstellen, dass aus uns vieren eine richtig verschworene kleine Clique werden würde, und dieser Gedanke löste eine nie gekannte Zufriedenheit in mir aus.

Obwohl ich an meinem Leben vorher nichts auszusetzen gehabt hatte, war mir durch Schneeflocke definitiv eine neue Dimension eröffnet worden. Ich fühlte mich noch stärker, mein Lächeln war ein bisschen breiter, und wenn ich schlief, träumte ich nur schöne Dinge.

Und während sich Schneeflocke am Anfang nur sehr langsam für mich hatte erwärmen können, war das Eis um ihr Herz mittlerweile in rasanter Geschwindigkeit aufgetaut. Bald würde es ganz für mich schlagen. Nächster Halt: Liebe. Auch ihre Familie taute langsam auf. Inzwischen hatte ich sie schon häufiger gesehen. Schneeflocke hatte gesagt, dass ich immer willkommen sei, also hatte ich die Snells zur Liste meiner Familien hinzugefügt, auch wenn ich mich in ihrem Haus am seltensten aufhielt. Ich wollte, dass sie sich mit meinen Familien trafen und mit ihnen anfreundeten. Schließlich war ich ein Haustürkater, und ein Haustürkater wünscht sich nichts sehnlicher als Menschen zusammenzubringen. Aber obwohl die Snells mittlerweile glücklicher waren und sich sehr über Claires und Pollys Brief gefreut hatten, waren sie nicht gleich mit offenen Armen hinübergelaufen, was ich durchaus verstehen konnte. Wenn man so verletzt worden war und alles verloren hatte, und das alles auch noch, weil man von einem vermeintlichen Freund hintergangen worden war, brauchte man Zeit, um sich davon zu erholen und anderen Menschen wieder zu vertrauen.

Trotzdem mussten wir irgendeinen Weg finden, wie wir sie von unserer Edgar-Road-Gemeinschaft überzeugen konnten. Da wir gerade alle im Park versammelt waren, schien mir die Gelegenheit günstig, um zusammen einen Plan zu entwickeln.

»Als du das letzte Mal Menschen zusammenbringen wolltest, wärst du fast gestorben«, bemerkte Tiger.

»Also das wird mir ganz sicher nicht noch mal passieren«, entgegnete ich nachdenklich. »Ich glaube nämlich, ich hab inzwischen nur noch sechs meiner sieben Leben übrig. Trotzdem muss ich irgendwas unternehmen, und das muss was richtig Großes sein.«

»So wie auf einem Baum festzusitzen?«, zog Tiger mich auf.

»Nein, das ist zu …« Ich stockte. Sie hatte mich gerade auf eine Idee gebracht.

Doch ein tief fliegender Schmetterling lenkte uns ab. Bandit und Tiger versuchten gleichzeitig, ihn zu erwischen, und stießen dabei mit den Pfoten zusammen.

»Sorry«, murmelte Bandit verschämt.

»Also, ich weiß ja nicht«, wandte sich Tiger wieder an mich. »Vielleicht reicht es auch, dass es ihnen jetzt besser geht. Und sie haben doch gesagt, dass sie irgendwann mit den Nachbarn sprechen wollen. Meinst du nicht, das ist genug?«

»Nein, das glaube ich nicht.« Schließlich war ich ein zielstrebiger Kater.

»Aber keiner von uns hat irgendeine Idee.« Schneeflocke legte sich auf den Rasen und bettete traurig den Kopf auf ihre Tatzen. »Ich habe Angst, dass sie irgendwann wegziehen. Ja, sie haben gesagt, dass es jetzt wieder bergauf geht, aber sie sind immer noch nicht richtig glücklich hier, und ich will nicht aus der Edgar Road weg.« Schneeflocke sah so bekümmert aus, dass mir das Herz ganz schwer wurde. Auf keinen Fall durfte ich zulassen, dass sie unsere Straße verließ.

»Ich glaube, ich weiß jetzt, was wir machen können!«, rief ich aus, als ich mich an meinen Geistesblitz von eben erinnerte.

»Oh, oh, ich bin mir nicht sicher, ob ich das wissen will.« Tiger hielt sich mit den Pfoten die Ohren zu. »So, wie ich dich kenne, ist es bestimmt gefährlich.«

»Also, ich will es wissen. Los, Alfie, sag es uns«, drängte Bandit.

»Nein, ihr müsst alle noch warten«, versetzte ich. »Tiger, erzähl Schneeflocke, wie gut ich Menschen dazu bringen kann, das zu tun, was ich will.«

»Das stimmt. Er kann die Leute von so ziemlich allem

überzeugen. Mir macht er zwar nichts vor, aber diese komischen Menschen fallen jedes Mal auf ihn herein.«

»Hm, also dann …« Schneeflocke klang zweifelnd. »Wir haben ja nichts zu verlieren.«

»Dafür jede Menge zu gewinnen«, ergänzte ich.

Als wir uns auf den Nachhauseweg machten, hatte ich das schöne Gefühl, endlich wieder eine Aufgabe zu haben. Ich ging neben Schneeflocke, während Tiger und Bandit hinter uns herumtobten. Die beiden brachten definitiv die spielerische Seite des jeweils anderen zum Vorschein.

Wir waren schon fast an Schneeflockes Gartentor angekommen, als Zander plötzlich vor uns auf den Weg sprang. An den hatte ich gar nicht mehr gedacht.

»Na, wen haben wir denn da?«, sagte er und leckte sich unheilvoll über die Lippen. »Was für ein niedliches Grüppchen.« Schneeflocke stieß ein Fauchen aus, doch ich stellte mich sofort schützend neben sie.

»Verzieh dich, Zander. Und nimm deine neugierige Familie gleich mit. Die Snells haben nichts zu verbergen, also lasst sie endlich in Ruhe.«

»Ach, nur weil du das willst, oder wie?« Er lachte hämisch.

»Nein, weil ihr euch alle total lächerlich macht. Bald lacht die ganze Straße über euch.« Ich hörte mich mutiger an, als ich mich fühlte.

»Das tut sie doch jetzt schon«, meldete sich Tiger hinter mir zu Wort und gab mir dadurch neue Sicherheit.

»Stimmt, eure Petition hat nämlich nichts gebracht, und wir Katzen überlegen schon, ob wir nicht eine Petition gegen euch anstreben sollen«, scherzte Bandit, der, seit er sich mit Tiger angefreundet hatte, immer öfter seinen Sinn für Humor bewies.

»Katzen können doch gar nicht schreiben«, gab Zander zurück.

»Wir verteilen Mäuseblut in eurem Garten. Dann wirst du schon sehen, wie gut wir damit schreiben können«, erwiderte Bandit, klang aber nicht so, als würde er das ernst meinen. Zumindest glaubte ich nicht, dass er das wirklich tun würde.

»Das traut ihr euch nicht.« Zander blickte tatsächlich etwas verunsichert drein, zum ersten Mal, seit ich ihn kannte.

»Wetten?«, sagte ich herausfordernd.

Statt einer weiteren Antwort machte Zander auf den Pfoten kehrt und rannte über die Straße zurück nach Hause.

»Mein Held«, lobte mich Tiger. »Das war sehr beeindruckend.«

»Für mich bist du auch ein Held«, flüsterte Schneeflocke mir ins Ohr.

Kapitel Sechsunddreißig

Claire war enttäuscht. Ich glaube, sie hatte erwartet, dass Karen nach dem Brief, den sie ihr geschrieben hatten, vorbeikommen würde, um sich zu bedanken und sie vielleicht zum Tee zu sich einzuladen – was das Mindeste gewesen wäre. Die Antwort, die Karen zurückgeschickt habe, sei nicht mehr als ein gezwungenes Dankeschön, regte Claire sich bei Jonathan auf, eine vollkommen unzureichende Reaktion! Es war also gut, dass ich einen Plan hatte. Sie brauchten dringend eine helfende Pfote, und zum Glück konnte ich ihnen vier davon anbieten.

Ich war schon immer davon überzeugt gewesen, dass Freude ansteckend war. Wenn ich mir all meine Familien so ansah, sei es in unserer Straße oder auch weiter weg, konnte ich bei allen nur Freude erkennen. Selbst wir Katzen hatten keinen Grund, uns zu beklagen. Wir waren alle glücklich, und ich wusste, wenn wir die Snells nur irgendwie von einem Treffen überzeugen könnten, würden sie sich dieses Glück bei uns einfangen: Wir würden sie buchstäblich damit anstecken.

Heute Morgen frühstückte ich wie immer in Claires und Jonathans Haus, wo das Glück ebenfalls aus jedem Winkel strahlte und auch auf mich abfärbte. Claire erlaubte Jonathan nämlich schon seit Tagen, mir Fisch zu geben, aus der Dose oder sogar frischen. Irgendetwas sagte mir zwar, dass die beiden, wenn das Baby erst mal da war, etwas abgelenkt sein und mir somit nicht mehr die gleiche Aufmerksamkeit schenken würden wie sonst, aber falls das der Fall sein sollte, hatte ich ja noch andere Menschen. Ich weigerte mich, mir auch nur ein bisschen was von meinem Glück nehmen zu lassen. Nicht mal von Zander, der uns andere Katzen mittlerweile nur noch mit feindseligen Blicken anstarrte – allerdings aus sicherer Entfernung. Er war wirklich ein Feigling.

Außerdem war er derzeit noch schlechter gelaunt als vorher, weil Polly anscheinend ihn für denjenigen hielt, der ihre Blumen ausgegraben hatte. Das etwas zerstörte Blumenbeet hatte ich nach meiner großen romantischen Geste ganz vergessen, doch Polly hat Zander dabei erwischt, wie er in ihrem Vorgarten herumgeschlichen war, und daraus ihre Schlüsse gezogen. Mir war das mehr als recht.

»Alfie, du bist doch höchstens ein paar Stunden weg«, sagte Tiger, der ich noch einen Besuch abstattete, bevor ich meinen Plan in die Tat umsetzen würde. »Du benimmst dich, als wäre das ein Abschied für immer.«

»Gar nicht. Und außerdem, wenn irgendwas schiefgeht, wirst du dir noch wünschen, du hättest mich ein wenig liebevoller behandelt.«

»Oh Mann, du bist so eine Drama-Queen. Du hast doch selbst gesagt, dass dein Plan nicht gefährlich ist.«

»Ich weiß, aber es wäre trotzdem schön, ein wenig mehr Anerkennung zu bekommen für das, was ich vorhabe.«

»Aber es weiß doch keiner, was du vorhast.« Tiger war genervt, das konnte ich sehen, deshalb beschloss ich, sie einzuweihen, und ausnahmsweise hörte sie mir tatsächlich aufmerksam zu.

»Jetzt bist du echt übergeschnappt. Und das nach dem letzten Mal.« Tiger wirkte nicht begeistert.

»Genau deshalb ist es ja so genial. Weil ich schon Erfahrung darin habe. Aber du darfst es niemandem erzählen«, beschwor ich sie. »Das soll ein Geheimnis bleiben.« Tiger hob die Schnurrhaare, schüttelte den Kopf und lächelte.

»Du wirst dich nie ändern, Alfie. Sei einfach vorsichtig, und ich hoffe, du hast Erfolg.«

Es war schon Nachmittag, als ich zu Schneeflocke hinüberlief. Ich hatte ihr versprochen, bei ihr vorbeizukommen, deshalb wartete sie bereits in der Küche auf mich. Auch sie hatte noch keine Ahnung von dem, was ich vorhatte, und ich beschloss, sie ebenfalls einzuweihen.

»Also, ich werde noch mal auf den Baum klettern«, verkündete ich.

»Wieso denn das?«, wollte Schneeflocke wissen.

»Weil deine Familie dann meine Familie holen muss, um mich zu retten, und die gemeinsame Rettungsaktion wird sie alle zusammenschweißen.« Ich war sehr zufrieden mit meinem Plan, schließlich hatte ich ihn gründlich durchdacht. Meine romantische Geste hatte zwar nicht ganz so funktioniert wie geplant, aber sie hatte mich wenigstens auf diese Idee gebracht. Ich würde erneut auf den Baum klettern, so tun, als würde ich festsitzen (diesmal würde ich nämlich dafür sorgen, dass sich meine Beine nicht verkrampften), und Schneeflocke würde dann unsere Familien zu Hilfe holen. Ich konnte mir das Ganze schon bildlich vorstellen: Während sie alle überlegten, wie man mich retten könnte, würde den Snells klar werden, wie schön es war, Freunde in der Nachbarschaft zu haben, und wenn alle abgelenkt waren, würde ich wieder runterklettern. Und alle würden sich so über meine Rettung freuen, dass sie automatisch Freundschaft schlossen. Bei dem Plan konnte gar nichts schiefgehen.

»Was, wenn Christopher wieder die Leiter holt?«, fragte Schneeflocke.

»Das habe ich mir auch schon überlegt. Ich werde noch höher klettern, damit auf jeden Fall die Erwachsenen kommen müssen.« Mir war eingefallen, dass die Leiter nur bis zu dem Ast reichte, auf dem ich gehockt hatte, und der war nicht besonders hoch gewesen. Diesmal würde ich ein paar Äste weiter nach oben klettern.

»Und du glaubst wirklich, das funktioniert?«

»Klar, natürlich. Du nicht?«

»Was ist mit deinen Beinen?«

»Du machst dir zu viele Sorgen. Drück mir einfach die Krallen. Und vertrau mir, das hier wird sie zusammenschweißen. Davon bin ich überzeugt.«

»Okay, viel Glück. Und, Alfie: Du bist entweder total verrückt oder ein Genie. Ich hoffe nur, es ist Letzteres.«

Schneeflocke folgte mir in den Garten. Ich blickte zum Baum hoch und fühlte mich wirklich bereit. Das hatte ich schon einmal gemacht, also konnte ich es auch wieder tun, und da ich diesmal frei von Blumen war, würde es noch einfacher gehen. Voller Selbstbewusstsein fing ich an zu klettern, und es machte mir sogar Spaß. Das Wetter war an diesem Spätnachmittag noch sehr angenehm: Die Sonne schien warm auf mich herunter, und der Himmel erstrahlte in seinem schönsten Blau. Über mir entdeckte ich ein paar Vögel und lauschte ihrem Gesang, während ich mich Schritt für Schritt weiter nach oben vorarbeitete.

An dem Ast, von dem mich Christopher gerettet hatte, kam ich locker vorbei und kletterte beschwingt höher hinauf. Ich spürte den Wind in meinem Fell, und mit jedem Ast, den ich unter mir ließ, wuchs meine Entschlossenheit.

Nachdem ich schon ein gutes Stück hinter mir hatte, bemerkte ich plötzlich, wie erschöpft ich war, und so hielt ich an, um nachzuschauen, ob ich schon hoch genug gekommen war. Vorsichtig brachte ich mich auf dem nächsten Ast in Position und blickte nach unten. »Ach, du meine Güte«, dachte ich, »wie ist das denn passiert?« Schneeflocke war zu einem winzigen Punkt zusammengeschrumpft! Ich sah erneut hinunter und begriff, wie hoch ich inzwischen über dem Boden war. Mir wurde schwindlig. Der Rasen unter mir begann sich zu drehen, und ich klammerte mich voller Entsetzen an den Ast. Ich stieß einen Schrei aus, jedoch nicht als Teil meines Plans. Das war ein echter Hilferuf, der aus tiefstem Herzen kam, während mich Panik erfasste. Noch nie zuvor war ich so hoch oben gewesen, und ich hatte Angst. Ich überlegte sogar schon, meinen Plan aufzugeben und wieder hinunterzuklettern, doch ich konnte mich nicht bewegen. Es war, als wäre ich buchstäblich wie gelähmt vor Furcht.

Ich konnte zwar Schneeflockes Gesicht nicht erkennen, aber ich hörte, wie sie laut miaute, und dann sah ich sie ins Haus flitzen. Zu meiner Erleichterung kam sie schon kurz darauf mit Karen und Tim wieder, gefolgt von Christopher und Daisy. Leider konnte ich nicht verstehen, was sie sagten: Der Wind schien ihre Worte davonzutragen, und ich saß im wahrsten Sinne des Wortes fest, während sie alle da unten standen und zu mir heraufblickten.

Dann entstand Bewegung unter mir, als Daisy ums Haus herumlief und hinter der Ecke verschwand. Nachdem ich sichergestellt hatte, dass meine Hinterbeine mir genügend Halt gaben, legte ich mir die Vorderpfoten über die Augen, um zu testen, ob dieses Schwindelgefühl dann aufhörte, doch nichts sehen zu können war noch schlimmer. Das ertrug ich gar nicht. Ich hielt mich wieder am Ast fest, klebte geradezu am Holz und fragte mich, ob ich wohl für immer hier oben bleiben musste. Würde das hier mein neues Zuhause werden?

Nach einer gefühlten Ewigkeit tauchten Polly und Matt im Garten auf. Ich wunderte mich, warum Claire und Jonathan nicht da waren, während die anderen alle zu mir heraufstarrten und die Köpfe schüttelten. Matt trat unter den Baum und rief irgendetwas zu mir hoch, aber außer meinem Namen verstand ich nichts. Ich miaute so laut, wie ich konnte, doch ich hatte keine Ahnung, ob er mich hörte. Mir war nach Heulen zumute: Das hier lief ganz und gar nicht so toll und reibungslos, wie ich es geplant hatte.

Unter mir im Garten tat sich nicht viel. Ich konnte lediglich erkennen, dass Tim das Handy am Ohr hatte. Matt versuchte immer noch, mir irgendetwas zuzurufen, doch der Wind ließ seine Worte nicht zu mir heraufdringen, und so konnte ich ihn immer noch nicht verstehen. Ich wünschte, er würde mich jetzt im Arm halten oder einer der anderen. Mir war furchtbar schlecht, während ich mich auf den Ast kauerte und Todesängste ausstand.

Etwa eine halbe Stunde nachdem ich auf den Baum geklettert war, hörte ich in der Ferne Sirenengeheul und wusste instinktiv, was mir bevorstand. Oh, welche Schmach! Meine schlimmste Befürchtung wurde wahr. Matt und Tim rannten zur Vorderseite des Hauses und kamen nach einer Weile in Begleitung von vier Feuerwehrmännern zurück, die zu mir nach oben schauten. Erneut hielt ich mir die Augen zu. Das hier würde mir bis in alle Ewigkeit nachhängen, und wenn mein Plan, die Familien zusammenzubringen, scheiterte, hätte ich mich auch noch umsonst so blamiert. Die Feuerwehrmänner verschwanden und tauchten dann mit einer riesigen Leiter wieder auf, die sie an den Baum lehnten und ausfuhren, bevor einer der Männer daran nach oben stieg. Kurze Zeit später fand ich mich schließlich Auge in Auge mit einem freundlich aussehenden Feuerwehrmann wieder.

»Na, Alfie, jetzt bist du in Sicherheit«, sagte er, bevor er mich behutsam packte und auf den Arm nahm. Er musste mich buchstäblich vom Ast ablösen, aber als ich seine Arme um mich spürte, entspannte ich mich. Ich würde doch nicht bis in alle Ewigkeit auf dem Baum leben müssen.

Ich schloss die Augen, während der Feuerwehrmann mit mir die Leiter hinunterkletterte; mir war immer noch schlecht. Unten angekommen reichte er mich weiter an Polly, die mich weinend an sich drückte.

»Vielen Dank, dass Sie ihn gerettet haben«, sagte sie unter Tränen. »Also ehrlich, Alfie, manchmal frage ich mich wirklich, was in dir vorgeht. Du hättest runterfallen können!«

»Darf ich Ihnen einen Tee anbieten?«, wandte Karen sich an die Feuerwehrmänner.

»Nein, vielen Dank, junge Frau, könnte sein, dass wir noch ein echtes Feuer löschen müssen.« Der Mann, der mich gerettet hatte, lachte. »Aber passen Sie gut auf den Kater auf. Ist die erste Katze, die ich von ’nem Baum runterholen musste. Und ich bin seit über zehn Jahren bei der Feuerwehr.«

Noch nie hatte ich mich so geschämt!

Polly presste mich immer noch an sich, während wir ums Haus herumgingen. Schneeflocke folgte uns, und obwohl ich noch keine Chance gehabt hatte, mit ihr zu sprechen, konnte ich sehen, wie erleichtert sie war.

Das Erste, was mir auffiel, als wir um die Ecke bogen, war, dass der knallrote Feuerwehrwagen eine Menge Leute angezogen hatte. Fast alle Anwohner der Edgar Road hatten sich darum versammelt, abgesehen von den Goodwins, aber die standen bestimmt am Fenster und lugten durch die Gardine.

»Mein Gott, ist alles in Ordnung?« Ich hörte die Panik in Claires Stimme, als sie über die Straße gerannt kam und auf Polly zulief. »Wir sind gerade erst nach Hause gekommen und haben das Feuerwehrauto gesehen. Hat es hier gebrannt?«

»Nein, Claire, es ging um Alfie. Er ist bei den Snells im Garten auf einen Baum geklettert und kam nicht mehr allein runter«, erklärte Matt, der immer noch ganz erschrocken wirkte. Ich fühlte mich schlecht, weil ich meinen Familien mal wieder Kummer gemacht hatte, aber das Ganze war ja für einen guten Zweck, redete ich mir ein. Erst jetzt bemerkte ich, dass auch meine Katzenfreunde draußen waren und das Geschehen aus ihrem Versteck im Gebüsch heraus beobachteten. Tiger lächelte mir zu, und ich bemühte mich, zurückzulächeln, immer noch ganz benommen von meinem Abenteuer oben im Baum.

»Er war ziemlich weit oben«, sagte Karen. »Der arme Kerl. Wir wussten alle nicht, was wir machen sollen, also hat Tim die Feuerwehr angerufen.«

»Geht's dir gut, Alfie?« Claire nahm mich Polly ab und wiegte mich zärtlich in den Armen. Ich miaute und kuschelte mich an sie. Mir war immer noch schwindlig, aber da ich gleichzeitig so erleichtert war, nicht mehr auf dem Baum zu sitzen, war mir das ganz egal.

»Entschuldigen Sie bitte«, sagte ein Mann, den ich vom Sehen kannte. »Ich bin Rob und arbeite hier bei der Lokalzeitung. Ich würde gern einen Artikel hierüber schreiben. Eine Katze-im-Baum-Geschichte hatten wir schon lange nicht mehr. So was kommt heutzutage seltener vor, als man denkt.«

Musste er denn unbedingt noch in der Wunde herumstochern?

Aufgeregtes Stimmengemurmel erfüllte die Straße, als Claire mich wieder dem Feuerwehrmann übergab, der mich gerettet hatte, und wir zusammen fotografiert wurden. Für die Zeitung! Konnte es noch schlimmer kommen?

»Okay«, sagte Jonathan zu den Snells, nachdem sich gefühlt die ganze Nachbarschaft nach mir erkundigt und sich den Snells vorgestellt hatte. Diese wirkten etwas eingeschüchtert, aber auch erfreut, während sie Hände schüttelten und sich unterhielten. »Kommt ihr noch auf einen Drink zu uns rüber? Wir wollen uns wenigstens richtig bedanken.« Ich rechnete schon damit, dass die Snells sich mit irgendwelchen Ausreden entschuldigen würden, doch sie nickten.

»Sehr gern«, sagte Tim zu jedermanns Überraschung, und so machten wir uns alle glücklich und zufrieden auf den Weg zu unserem Haus.

Polly holte die Kinder, die sie bei ihrer Nachbarin gelassen hatte, und unsere Küche war voller Leben, genauso, wie es mir gefiel. Matt, Polly, Claire und Jonathan saßen mit den Snells am Tisch, Martha schlief in ihrem Buggy, und Henry spielte träge mit einigen Autos auf dem Boden. Daisy und Christopher waren ganz aufgekratzt und redeten angeregt mit allen, und irgendwann entschied sich Tim endlich, offen zu sein und zu erzählen, was ihm und seiner Familie passiert war. Ich sah, dass er erst zu Karen hinüberblickte, als wolle er sie um Erlaubnis bitten, und sie drückte ihm lächelnd die Hand.

Eigentlich wollte ich mich davonschleichen und zu Schneeflocke gehen, doch Claire und Polly ließen mich nicht aus den Augen, also hörte ich mir die Familiengeschichte, die ich schon von Schneeflocke kannte, noch einmal an und döste ein wenig. Tim ließ kein Detail aus, und meine Menschen wirkten ganz entsetzt, während sie seinem Bericht lauschten.

»Das ist ja furchtbar. Ich wünschte nur, wir hätten das eher gewusst«, sagte Jonathan, als Tim geendet hatte. »Schon allein, um euch vor den Goodwins zu retten.«

»Ja, es tut mir wirklich leid. Wir kamen einfach nicht gut damit klar«, erklärte Tim.

»Also, nach dem, was ihr alles durchgemacht habt, kann euch das auch keiner verübeln«, befand Claire und drückte Karen aufmunternd die Hand.

Ich war immer noch aufgewühlt von meinem Martyrium, von der Blamage ganz zu schweigen, doch als ich all die glücklichen Gesichter in meiner Küche sah, erinnerte ich mich daran, dass ich genau das bekommen hatte, was ich wollte. Na ja, fast.

In diesem Moment hörte ich das Klappern der Katzenklappe, und alle drehten sich um, während Schneeflocke die Küche betrat.

»Schneeflocke!«, rief Daisy strahlend. »Sie will bestimmt nach Alfie sehen.«

Schneeflocke miaute und kam zu meinem Körbchen herüber. Lächelnd winkte sie mir mit ihrem Schwanz zu, und als sie sich neben mir zusammenrollte, wusste ich, dass auch sie glücklich war.

»Mein Gott, das ist das Süßeste, was ich je gesehen habe«, sagte Polly.

»Das gibt's ja nicht! Alfie hat sich 'ne Freundin angelacht«, stellte Jonathan fest. Er und Matt gaben sich fünf, und alle anderen lachten, bevor sie sich begeistert über uns unterhielten. Claire war rot vor Entzücken.

Ich sah Schneeflocke an, und wir tauschten einen vielsagenden Blick. Menschen konnten manchmal echt albern sein, aber ich liebte sie trotzdem.

Epilog

Heute war wieder Familientreffen, sechs Monate nachdem ich auf dem Baum festgesessen hatte. Oh Mann, diese Geschichte schien irgendwie niemandem langweilig zu werden, schon gar nicht meinen Katzenfreunden, die sie zum Totlachen fanden. Tiger, die mich gewarnt hatte, dass ich kein guter Kletterer war, hörte nicht auf, mich damit aufzuziehen, und die anderen machten mit. Und dann war das Ganze ja auch noch in der Lokalzeitung erschienen, natürlich auf der Titelseite, und Claire hatte das Foto von dem Feuerwehrmann und mir eingerahmt, sodass ich auch noch jeden Tag an diese Schmach erinnert wurde.

Trotzdem war ich viel zu glücklich darüber, dass mein Plan funktioniert hatte, um mir deswegen Gedanken zu machen. Was bedeutete schon eine winzige Peinlichkeit, wenn man ein höheres Ziel vor Augen gehabt hatte?

Es hatte eine Weile gedauert, bis die Snells sich ganz in unsere Gemeinschaft eingefügt hatten, aber mit der Zeit hatten sie Vertrauen zu uns gefasst. Tim, Matt und Jonathan schauten regelmäßig zusammen Fußball, Karen war eine angenehme Gesprächspartnerin, jetzt, da sie wieder glücklicher war, und mittlerweile hatte die Familie schon ein paarmal an unseren Treffen teilgenommen.

Es war ein schöner Tag, und wir würden ein Picknick im Park machen, was zu meinen Lieblingsaktivitäten bei den Familientreffen zählte. Alle würden dort sein, und ich konnte es jetzt schon kaum erwarten. Bevor wir losgingen, bereitete

Claire ganz viel Essen vor, während ich ihr zwischen den Füßen herumlief, und Jonathan schimpfte vor sich hin, weil er verzweifelt versuchte, Picknickdecken und Klappstühle zu finden – die natürlich dort waren, wo sie immer waren. Und die kleine Summer, die vor etwas mehr als einem Monat zur Welt gekommen war, schlief zusammengerollt in ihrem Körbchen. Ich konnte kaum den Blick von ihr lassen, sie war einfach so wunderschön. Claire nannte mich immer scherzhaft ihren Bodyguard. Zum Glück war das bisher ein einfacher Job: Summer tat nichts anderes, als zu essen und zu schlafen – ein bisschen so wie Tiger am Anfang.

Ich liebte alle meine Menschenkinder, aber als Claire und Jonathan mit Summer aus dem Krankenhaus gekommen waren, war ich sofort in sie vernarrt gewesen. Sie war meine kleine Schwester, und ich würde alles tun, damit es ihr gut ging. Ihrem Namen machte sie schon alle Ehre: Sobald sie im Haus war, schien überall die Sonne, wie im Sommer. Selbst wenn sie mitten in der Nacht wach wurde, beklagte sich niemand, und Claire und Jonathan hatte ich noch nie so glücklich gesehen.

Kurze Zeit später kamen Polly und Matt vorbei, ebenfalls mit Essen und Stühlen bewaffnet, während die Kinder bequem in ihrem Buggy saßen.

Wir warteten alle zusammen am Gartentor, und Jonathan mit Summer im Tragetuch ging die Snells holen. Karen lächelte scheu, als sie die Tür öffnete, rief die anderen und gesellte sich zu uns auf den Bürgersteig. Mit einem breiten Grinsen im Gesicht schaute ich Schneeflocke entgegen. Wir blieben beide stehen, drehten uns um und sahen, wie sich im Haus der Goodwins gegenüber die Gardinen bewegten. Alle unsere Menschen winkten ihnen zu, und sie winkten zurück. Die Goodwins waren zwar immer noch nicht unsere

Freunde, aber sie hatten die Snells am Ende akzeptiert. Vor allem, nachdem Tim und Karen an einigen Versammlungen der Nachbarschaftswache teilgenommen und selbstgebackenen Kuchen mitgebracht hatten.

Schneeflocke erwiderte mein Lächeln, während wir uns auf den Weg in den Park machten.

Jonathan und Matt breiteten gerade die Decken aus, als Franceska, Tomasz und die Jungs zu uns stießen. Wie ich zu meiner Freude feststellte, hatte Aleksy seinen geliebten Fußball dabei, den er fest umklammert hielt.

»He, sollen wir Fußball spielen, während die anderen das Essen auspacken?«, fragte Christopher.

Es hatte sich so vieles verändert: Abgesehen davon, dass Summer jetzt bei uns war, ging es den Snells wesentlich besser. Tim hatte einen neuen Job gefunden und war glücklich, dass er wieder zur Arbeit gehen konnte. Karen hatte ihre Stundenzahl reduzieren können und war daher nicht mehr so müde. Polly hatte Daisy mit einer Modelagentur in Kontakt gebracht, weil sie mittlerweile ihren Abschluss gemacht hatte, und Daisy würde versuchen, in den Ferien ein paar Aufträge zu ergattern, bevor sie wieder in die Schule zurückkehrte, um ihr Abitur zu machen. Christopher hatte angefangen, Fußball in seiner Schulmannschaft zu spielen, und war so gut, dass er jetzt so etwas wie ein Star unter seinen Mitschülern war.

Und Schneeflocke und ich waren Freunde geworden. Richtig enge Freunde allerdings nicht mehr. Noch nicht. Ich wollte sie nicht drängen, deshalb ging ich sehr behutsam vor. Vieles änderte sich zwar gerade, aber ich spürte, dass sie noch mehr Zeit brauchte. Trotzdem hatte ich ein gutes Gefühl, dass heute der Tag war, an dem ich endlich den Durchbruch schaffen würde, auf den ich schon seit Monaten hinarbeitete.

Und das alles hatte damit angefangen, dass ich auf einem Baum festsaß.

»Jaa!«, rief Aleksy und rannte mit Christopher und dem Ball zur Mitte des Parks. Der kleine Tomasz eilte ihnen hinterher, begleitet von den Rufen seines Vaters, nicht wieder den Ball wegzuschießen. Henry lief, so schnell er konnte, um auch mitzuspielen, doch als die anderen Jungs anfingen, den Ball hin und her zu schießen, hielt er sich ängstlich zurück. Schneeflocke und ich gesellten uns zu ihm, und wir sahen zu, wie Christopher dem vollkommen ehrfürchtigen Aleksy ein paar beeindruckende Tricks mit dem Ball vorführte.

Matt, Jonathan und Tim kamen ebenfalls herüber.

»Wow, er ist echt gut«, befand Matt.

»Mittlerweile ist er ein Star an seiner Schule, auch wenn er das nicht gerne hört«, sagte Tim voller Stolz.

»Lasst uns doch 'ne Runde mitkicken«, schlug Jonathan vor. Begeistert liefen die Männer auf den kleinen Platz, und obwohl Christopher ganz offensichtlich der Einzige war, der wirklich spielen konnte, hatten sie alle sichtlich Spaß dabei, den Ball hin und her zu treten.

»Wir haben wieder Spaß am Leben, dank dir, Alfie«, sagte Schneeflocke, als könnte sie meine Gedanken lesen.

»Ich hab das alles für dich getan«, entgegnete ich und stupste sie mit der Nase an.

»Kommt her, Jungs, Essen!«, rief Franceska kurze Zeit später, und wir liefen alle hinüber, außer Henry, der von Matt getragen wurde. Die Kinder setzten sich zusammen auf eine Decke, die Erwachsenen auf eine andere. Obwohl Daisy ebenfalls bei den Großen saß, nahm Chris neben seinem größten Fan, Aleksy, Platz. Aleksy himmelte ihn an, und mir ging das Herz auf, wenn ich sah, wie toll Christopher mit ihm umging, fast wie ein älterer Bruder.

Ich legte mich neben Schneeflocke und sonnte mich, während meine Familien sich mit ihrer unterhielten und sich das köstliche Essen schmecken ließen, das sie mitgebracht hatten. Ich freute mich schon auf die Reste.

»Es ist so seltsam, wenn ich denke, wie viel sich hat geändert dieses Jahr«, sagte Franceska. Sie wurde oft nachdenklich, wenn wir alle zusammen waren. Der große Tomasz legte einen Arm um sie.

»Wir sind durch die Hölle gegangen, aber anscheinend geht es endlich wieder bergauf«, stimmte Tim zu.

»Darauf trinken wir!«, rief Jonathan, und die Männer stießen ihre Bierflaschen gegeneinander.

»Jonathan, weißt du noch, als du meintest, sie wären vielleicht wie Batman, nur eben eine ganze Familie, die gegen das Verbrechen kämpft?«, sagte Matt lachend.

»Danke für die Erinnerung, Matt, das war ja nur eine Theorie«, entgegnete Jonathan, musste aber ebenfalls lachen.

»Ich entschuldige mich für meinen Mann, manchmal ist er fast so durchgeknallt wie die Goodwins.« Claire strich Jonathan zärtlich über den Arm, während Franceska die schlafende Summer knuddelte.

»Wie es aussieht, hat bei denen unser Kuchen gewirkt: Mittlerweile benehmen sie sich sehr höflich uns gegenüber«, erzählte Karen.

»Ja, das stimmt, aber denk dran, die Grenze zwischen zwei Extremen ist oft fließend. Ich würde sie nicht zu sehr verwöhnen, sonst hocken sie am Ende dauernd bei euch.«

»Gutes Argument. Am besten ziehen wir mindestens einmal die Woche alle Vorhänge zu«, witzelte Tim.

Während unsere Familien erneut miteinander anstießen und sich nachschenkten, schlichen Schneeflocke und ich uns davon und steuerten auf die Blumenbeete zu.

»So unausgegoren dein Plan auch gewesen sein mag, rückblickend betrachtet hat er funktioniert«, sagte Schneeflocke.

»Und ich hab mich für euch sogar von einem Feuerwehrmann retten lassen.« Ich gab's ja zu: Selbst nach all diesen Monaten wollte ich immer noch dafür gelobt – und auch ein bisschen bedauert – werden.

»Das stimmt, und dank dir hat jeder sein Happy End gefunden.« Schneeflocke streckte sich gähnend. Die Kombination aus Sonne und Glück konnte schon ermüdend sein.

»Na ja, nicht ganz«, entgegnete ich bedeutungsvoll. »Es wird Zeit, dass ich nicht mehr wie die Katze um den heißen Brei herumschleiche.«

»Als würdest du je um einen guten heißen Brei herumschleichen«, zog sie mich auf.

»Okay, bin ich nie, aber du weißt schon … also, ich meine … Du weißt doch, was ich damit sagen will, oder?« Ich fühlte mich ganz ausgeliefert, verlegen und unsicher.

»Vielleicht muss du es einfach mal aussprechen.« Schneeflocke sah mir so tief in die Augen, dass meine Beine sich plötzlich wie Wackelpudding anfühlten.

»Manchmal machst du mich echt katzteufelswild, sogar noch mehr als Tiger. Aber du bist auch die schönste Katze, die mir je begegnet ist, und an deiner Seite fühle ich mich so lebendig, als wäre ich ein besserer Kater, wenn ich mit dir zusammen bin. Und ich muss einfach wissen, ob du das Gleiche für mich fühlst.«

»Oh, Alfie, natürlich fühle ich das Gleiche. Keiner hat je für mich zweimal auf einem Baum festgesessen, Blumen ausgegraben oder sich von einem Feuerwehrmann retten lassen. Und selbst wenn du das alles nicht gemacht hättest, finde ich, dass du ein ganz wundervoller und attraktiver Kater bist, und ich könnte mir mein Leben nicht mehr ohne dich vorstellen.«

Überglücklich rieb ich meinen Kopf an ihrem Hals, genau in dem Moment, als Aleksy zu uns herübergerannt kam.

»Alfie!«, rief er, während die anderen zu ihm aufschlossen. »Und Schneeflocke! Ich glaube, die beiden sind verliebt!«

Aleksy hielt seinen Bruder an der Hand. Daisy stand dicht neben Christopher. Martha und Henry klammerten sich an das Geländer, das die Blumenbeete umgab, und beäugten uns. Jonathan hatte Claire an sich gedrückt, die Summer auf dem Arm trug. Polly und Matt hielten Händchen, und Tim hatte seinen Arm um Karens Taille geschlungen. Schneeflocke und ich schmiegten uns eng aneinander, während wir zu all den Menschen hinüberschauten, die sich und uns liebten.

Es kam mir vor, als könnte ich die Liebe, die mich umgab, tatsächlich sehen, und während ich die Gesichter der Personen betrachtete, die meine Familie waren, lächelte ich so breit, wie es mir als Kater nur möglich war. Ich hatte in meinem Leben Liebe und Trauer erfahren und noch mehr Liebe – doch wie viel Freud und Leid ich auch noch erleben mochte, eines stand zweifellos fest: Auf der ganzen Welt gab es keinen Haustürkater, der mehr Glück hatte als ich.

Ich fühle mich so privilegiert, dass ich nun schon zum zweiten Mal über Alfie schreiben durfte, und es gibt eine Menge Leute, denen ich dafür meinen Dank schulde.

Danke an meine Lektorin Helen Huthwaite dafür, dass du mich weiter auf dieser Reise begleitet hast; es war eine Freude, erneut mit dir und dem ganzen Team bei Avon zusammenzuarbeiten. Zu sehen, wie sehr dir Alfie am Herzen liegt, ist einfach überwältigend.

Ich hätte dieses Buch nicht ohne die Hilfe meiner fantastischen Agentinnen Kate und Diane und ihrem Team bei Diane Banks Associates schreiben können. Ihr habt mir stets mit Rat und Tat zur Seite gestanden und hattet im Laufe dieses Jahres die wenig beneidenswerte Aufgabe, mich vor dem Durchdrehen zu bewahren – kein leichter Job.

Meine Familie verdient großen Applaus dafür, dass sie es nicht nur mit mir ausgehalten hat, sondern auch immer für mich da war. Thom – du hast ein so unglaubliches Wissen über Katzen; Mum – vielen Dank für all deine Hilfe bei Xavier; und Xavier – vielen Dank, dass du deine Mummy hast schreiben lassen, wann immer es nötig war. Auch an dich, Jo – vielen Dank für deine tolle Unterstützung. Ich liebe euch alle so sehr. Vielen Dank an Helen, Becky, Martin, Jack und eure Familien dafür, dass ihr euch so gut um Xavier gekümmert habt, während ich arbeiten musste. Zu wissen, dass er eine so liebevolle zweite Familie hat, bedeutet mir unglaublich viel.

Mein besonderer Dank geht an all die wundervollen Frauen, die ich als meine Freundinnen bezeichnen darf, vor allem Jo, Jas, Tam, Tammy, Tyne, Jessica, Sally und Tina – ich hab euch wahnsinnig lieb und kann mich glücklich schätzen, euch in meinem Leben zu haben. Eine Runde Prosecco für alle!

Ein Riesenorden gebührt Frankie und dem Team vom Morans in Westward Ho! Das war der perfekte Ort zum Schreiben, und ich wurde mit dringend benötigtem Kaffee, leckerem Essen und Inspiration versorgt – danke, Tomasz!

Alfie ist eine Mischung aus den Katzen, die ich glücklicher Mensch im Laufe meines Lebens kennen und lieben lernen durfte. Insofern existiert er für mich tatsächlich, und ich kann mich gar nicht genug bei all den Leserinnen und Lesern bedanken, die diesen besonderen Kater in ihr Herz geschlossen haben.